KB215917

국어 교과서 작품 읽기

고등 소설㉻

국어 교과서 작품 읽기: 고등 소설(하)

초판 1쇄 발행 • 2010년 11월 22일
개정판 1쇄 발행 • 2013년 11월 25일
개정2판 1쇄 발행 • 2017년 12월 27일
최신 개정판 1쇄 발행 • 2024년 12월 20일
최신 개정판 2쇄 발행 • 2024년 12월 25일

엮은이 • 서덕희 최은영
펴낸이 • 염종선
책임편집 • 정편집실 김도연
조판 • 한향림
펴낸곳 • (주)창비
등록 • 1986년 8월 5일 제85호
주소 • 10881 경기도 파주시 회동길 184
전화 • 031-955-3333
팩스 • 영업 031-955-3399 편집 031-955-3400
홈페이지•www.changbi.com
전자우편•ya@changbi.com

ISBN 978-89-364-3149-5 44810
ISBN 978-89-364-3146-4 (전4권)

* 책값은 뒤표지에 표시되어 있습니다.

국어 교과서 작품 읽기

고등 소설 ㊦

서덕희 · 최은영 엮음

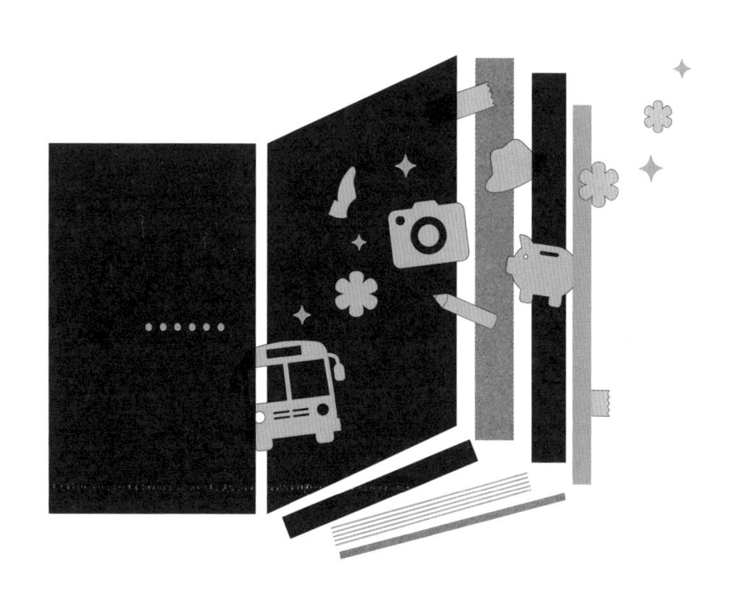

창비

'국어 교과서 작품 읽기'
최신 개정판을 펴내며

문학을 한 글자로 정의해야 한다면 '삶'이라 답할 수 있습니다. '시'에서는 화자가, '소설'에서는 서술자가, '수필'에서는 글쓴이가 직접 누군가의 삶을 들려주지요. 4차 산업혁명이라 불리는 시대를 따라가기도 벅찬데, 문학이 무슨 소용이냐고 말하는 이가 있습니다. 하지만 어떠한 혁명이나 기술에도 그 중심에는 '인간'이 있습니다. 심심하면 인공 지능과 대화를 나눌 수 있는 세상이 왔다고 하지만, 삶을 깊이 논할 친구를 만나는 기회는 여전히 귀합니다. 소셜 미디어를 통해 엿보는 여러 삶의 단편들은 때로 우리를 초라하게 만들지만, 문학은 타인의 삶을 더 깊이, 제대로 들여다보게 합니다. 갈래별 특성과 표현 방식을 이해하고 작품을 읽다 보면 거울처럼 나의 삶이 보이기도 합니다. 삶을 다루는 문학은 인간에 대한 이해와 공감을 불러일으키고, 더 나아가 사회와 역사를 보는 안목을 기르게 도와줍니다.

문해력 저하를 걱정하는 보도가 연일 이어지고 있습니다. 의식과 문화는 초고속으로 변하는데 여전히 어려운 한자어로 소통하는 기성세대가 문제다, 스마트 기기를 지나치게 많이 사용하는 청소년들이 문제다 하는 식으로 진단도 다양합니다. 해법은 어떤가요? 독서 습관 개선하기, 난도 높은 책 읽기, 한자 공부하기 등 여러 의견이 제시되지만 일관되게 적용하기란 어렵습니다. '글을 읽고 이해하는 능력'을 뜻하는 문해력은 단지 어휘력만을 뜻하지는 않습니다. 나무를 따로따로 보는 것이 아니라 숲 전체를 조망하는 능력이지요. 그러니 맥락이나 상황을 종합적으로 파악하는 훈련을 통해 차근차근 향상되는 것입니다. '국어 교과서 작품 읽기' 시리즈는 교과서에 실린 좋은 글들을 통해 학생들이 문학에 더 친근히 다가서고 문해력을 향상할 수 있도록 이끕니다.

'2022 개정 교육과정'이 시행됨에 따라 고등학교 국어 교과서가 『공통국어1』과 『공통국어2』로 개편되었습니다. 학기별로 학점을 이수하는 '고교 학점제'가 도입되면서 고등학교 학생들은 다양한 선택 과목을 통해 국어 학점을 이수하는데, 공통국어는 여전히 선택이 아닌 필수로 배우게 됩니다. '국어 교과서 작품 읽기' 최신 개정판은 새로 바뀐 공통국어 9종 교과서 총 18권에 실린 작품을 시, 소설, 수필·비문학으로 나누고 고등학생 수준에서 스스로 읽으며 재미를 느낄 수 있는 작품을 가려 뽑았습니다. 새 교육과정에 따른 성취 기준에 도달하도록 이끄는 도움 글, 작품마다 꼼꼼하게 붙인 단어 풀이, 내용 이해를 점검하는 활동과 창의력을 펼칠 수 있는 적용 활동, 작품의 맥락을 통해 문해력을 향상시키는 활동 등으로 구성했습니다. 새로 개정된 '국어 교과서 작품 읽기' 시리즈가 자양분이 되어 여러분이 튼튼한 나무로, 풍성한 숲으로 성장하기를 소망합니다.

『국어 교과서 작품 읽기: 고등 소설』(상·하)는 새로운 교육과정에 따른 『공통국어1』과 『공통국어2』 교과서에 수록된 소설들을 골라 엮었습니다. 9종의 교과서에 중복해서 실린 작품, 예술적인 완성도가 빼어난 작품, 다양한 독서 경험을 제공할 수 있는 작품들을 엄선했습니다. 상권에서는 다채로운 주제의식을 드러내는 최신 작품을 수록하여 깊이 있는 이해를 돕고, 하권에서는 문학사적인 평가가 높은 작품과 고전 작품을 수록하여 우리가 살아보지 못한 시대의 이야기를 들려줍니다. 교과서에서는 소설 전문을 싣지 못하는 경우가 많지만, 이 책에서는 소설 읽는 즐거움을 오롯이 누릴 수 있도록 단편소설 전문을 실었습니다. 중·장편소설의 경우에는 생략 부분 줄거리를 실어 작품 전체를 파악하도록 했습니다.

우리가 소설을 읽는 이유는 여러 가지입니다. 허구와 상상을 통해 재미를 얻기 위해서일 수도 있고, 자신이 생각해 보지 못했던 상황과 겪어 보지 못한 갈등이나 감정을 체험해 보기 위해서일 수도 있지요. 어떤 이유로 소설을 읽든 전체적인 줄거리를 잘 이해하고, 작품의 내용을 다양한 맥락에서 주체적으로 해석할 수 있다면 더할 나위 없이 좋은 감상일 겁니다. 이 책에서는 작품을 읽어 나가는 데 길잡이가 되어 줄 안내 글을 두어서 독서에 대한 낯섦이나 두려움을 한결 줄여 주고자 했습니다. 작품을 읽고 난 뒤에는 여러 활동을 통해 작품을 다시 한번 돌아보고 비판적·창의적으로 이해할 수 있도록 했고, 특히 어휘력을 기르고 문해력을 강화할 수 있는 활동에도 중점을 두었습니다. 아울러 서로 시대적 배경이 다른 소설을 비교하면서 읽어 보는 '엮어 읽기'를 두어 감상의 깊이를 더했습니다.

소설을 공부하는 일은 다양한 사람들이 모여 살아가는 이 사회를 공부하는 일과 같습니다. 이야기에 몰입해서 작품을 읽다 보면 타인의 생각을 이해하고 그의 입장이 되어 보기도 하면서 보편적인 가치관으로 세상을 바라보는 힘이 길러집니다. 공동체 속에서 타인과 함께 살아가는 삶에 대한 지혜를 배울 수 있지요. 이 책을 통해 좋은 문학 작품을 읽는 안목, 나아가 인간과 세상을 바라보는 넓은 시야를 키워 나갈 수 있기를 바랍니다.

2024년 12월

서덕희 최은영

차례

고등 소설 ㊤

일러두기

1. '2022 개정 교육과정'에 따른 고등학교 검정 교과서 9종 『공통국어』 1, 2에 수록된 소설 중에서 가려 뽑은 총 13편을 상, 하로 나누어 실었습니다.
2. 작품이 수록된 단행본을 원본으로 삼았습니다.
3. 표기는 원문에 충실히 따르는 것을 원칙으로 하되 맞춤법과 띄어쓰기는 최대한 현행 표기법을 따랐습니다.
4. 본문 아래쪽에 낱말 풀이를 달았습니다.
5. 활동의 예시 답안은 창비 홈페이지(www.changbi.com)의 '도서 > 자료실 > 어린이 청소년 자료실'에 있습니다.

아홉 켤레의 구두로 남은 사내

윤흥길

尹興吉(1942~) 소설가.

전북 정읍에서 태어나 원광대 국문과를 졸업했다. 1968년 한국일보 신춘문예에 당선되어 등단한 뒤 유년기에 겪은 전쟁의 상처와 분단의 고통, 가난한 서민들의 생활 현실을 섬세한 필치로 묘사해 왔다. 70년대 산업화 과정에서 소외된 우리 이웃들의 힘겨운 삶을 따뜻하게 형상화한 「아홉 켤레의 구두로 남은 사내」, 6·25로 빚어진 한 가정의 비극을 통해 이데올로기의 대립과 화해를 그린 「장마」 외에 『황혼의 집』 『무지개는 언제 뜨는가』 『꿈꾸는 자의 나성』 등이 있다.

들어가며

여기 도무지 이해가 되지 않는 행동을 하는 사내가 있습니다. 묻지도 않았는데 툭하면 자신이 안동 권씨이고 대학 나온 사람이라고 말하는 남자. 찢어지게 가난해서 처자식이 사나흘씩 굶는데도 불구하고 구두를 열 켤레나 갖고 있는 사내. 이 사람은 어쩌다가 아내의 병원비조차 마련할 수 없는 가장이 된 것일까요?

우선 8·10 성남 민권 운동, 일명 광주 대단지 사건에 대해 알고 가야겠네요. 1960년대 말 주택개량 사업을 벌인 서울시가 판자촌 사람들에게 경기도 광주군(현재 성남시)으로 이주를 제안합니다. 내 집 마련의 꿈을 품은 서민들은 서울시의 약속을 믿고 광주 대단지 토지를 불하받습니다. 하지만 상하수도 시설조차 해 놓지 않고서 애초 약속보다 4배에서 8배나 높게 책정한 토지 대금을 일시불로 내야 한다는 고지를 합니다. 집을 짓지 않으면 불하를 취소하겠다고까지 합니다. 사지로 내몰린 광주 대단지 군중들이 1971년 8월 10일 항의하기 위해 모였고, 그 과정에서 관공서와 공무용 버스에 불을 지르는 일까지 생깁니다. 정부가 약속을 이행하겠다고 한발 물러나지만 주동자로 지목된 주민 22명은 구속되어 형사 처분을 받게 됩니다.

이 소설의 주인공 권 씨는 이 사건으로 전과 기록이 생긴 인물입니다. 남들의 힘으로 토지 대금이 낮게 책정되기를 바라는 '기회주의자'였던 권 씨가 어쩌다 주동자가 된 걸까요? 아홉 켤레의 구두에는 어떤 의미가 담겨 있을까요?

이 작품은 집주인인 '나'와 권 씨의 삶을 오묘하게 오버랩하면서 실제와 이상적 삶 사이의 괴리감을 비롯해 인간의 내면 등을 깊숙이 들여다볼 수 있도록 설계되었습니다. 이해하기 어려운 부분에 표시해 두었다가 작품을 다 읽은 후 그 의미를 음미해 보세요. 고구마 넝쿨처럼 생각거리가 줄줄 딸려 나올 겁니다.

앞부분 줄거리

학교 선생인 ‘나’(오 선생)는 가난한 동네에서 셋방살이를 하다가 무리해서 고급 주택가에 집을 장만한다. 문간방에 우선 전셋돈 10만 원만 내고 권 씨 가족이 들어와 살기 시작하고 얼마 후 이 순경이 권 씨의 동태를 살펴봐 달라고 부탁한다.

이른 아침이었다. 문간방 툇마루에 앉아서 권 씨가 구두를 닦고 있었다. 누구나 그렇듯이 그가 솔로 먼지나 터는 정도의 일을 하고 있었다면 나는 그냥 지나쳤을지도 모른다. 바탕과 빛깔이 다르고 디자인이 다른 갖가지 구두를 대여섯 켤레나 툇마루에 늘어놓은 채 그는 털고 바르고 닦는 데 여념이 없었다.

“그거 팔 겁니까?”

아침 인사 겸 농담 삼아 나는 그에게 말을 걸었다.

“팔 거냐구요?”

갑자기 일손을 멈추더니 그는 내 발을 내려다보았다. 아니, 내가 신고 있는 구두를 유심히 쏘아보는 것이었다. 이윽고 내 바짓가랑이와 저고리 앞섶을 타고 꼬물꼬물 기어 올라오는 그의 시선이 마침내 내 시선과 맞부딪치면서 차갑게 빛났다. 그는 얼굴이 시뻘겋게 달아오르는가 싶더니 어느새 입가에 냉소를 머금고 있었다.

“어떻게 보고 하시는 말씀인지는 모르지만…….”

"제가 이거 실례했나 봅니다. 달리 무슨 뜻이 있어서가 아니고…… 다만 구두가 하두 여러 켤레라서…… 전 그저 많다는 의미루다……."

입을 꾹 다물고는 권 씨가 더 이상 나를 상대하지 않으려는 의사를 분명히 했으므로 내겐 아무 할 말이 없어져 버렸다. 그는 손질을 마친 구두를 자기 오른편에 얌전히 모시고는 왼편에서 다른 구두를 집어 무릎 새에 끼더니만 헌 칫솔로 마치 양치질하듯 신중하게 고무창과 가죽 틈에 묻은 흙고물을 제거하기 시작함으로써 내게서 사과할 기회를 아주 앗아가 버렸다. 나는 주번 교사를 맡아 다른 날보다 일찍 출근하려던 것도 까맣게 잊은 채로 권 씨 앞에서 오래 뭉그적거렸다. 그러나 권 씨를 향한 그 찜찜한 마음 덕분에 비로소 권 씨를 자세히 관찰할 기회를 얻었다. 여러 날 함께 살면서도 피차 밖으로 나돌며 빡빡하게 지내다 보니 이사 오던 그날 이후로 변변히 대면조차 할 기회가 없었던 것이다.

보아하니 권 씨의 구두 닦기 실력은 보통에서 훨씬 벗어나 있었다. 사용하는 도구들도 전문 직업인 못잖이 구색을 맞춰 일습*을 갖추고 있었다. 그리고 무릎 위엔 앞치마 대용으로 헌 내의를 펼쳐 단벌 외출복의 오손*에 대비하고 있었다. 흙과 먼지

* 일습(一襲) 옷, 그릇, 기구 따위의 한 벌. 또는 그 전부. 여기서는 구두닦이 도구 일체를 말한다.
* 오손(汚損) 더럽히고 손상함.

를 죄 털어 낸 다음 그는 손가락에 감긴 헝겊에 약을 묻혀 퉤퉤 침을 뱉어 가며 칠했다. 비잉 둘러 가며 구두 전체에 약을 한 벌 올리고 나서 가볍게 솔질을 가하여 웬만큼 윤이 나자 이번엔 우단* 조각으로 싹싹 문질러 결정적으로 광을 내었다. 내 보기엔 그런 정도만으로도 훌륭한 것 같은데 권 씨는 거기에 만족하지 않고 계속해서 같은 동작을 반복했다. 그만한 일에도 무척 힘이 드는지 권 씨는 땀을 흘렸다. 숨을 헉헉거렸다. 침을 퉤퉤 뱉었다. 실상 그것은 침이 아니었다. 구두를 구두 아닌 무엇으로, 구두 이상의 다른 어떤 것으로, 다시 말해서 인간이 발에다 꿰차는 물건이 아니라, 얼굴 같은 데를 장식하는 것으로 바꿔 놓으려는 엉뚱한 의지의 소산이면서 동시에 신들린 마음에서 솟는 끈끈한 분비물이었다. 권 씨의 손이 방추(紡錘)*처럼 기민하게 좌우로 쉴 새 없이 움직이고 있었다. 마침내 도금을 올린 금속제인 양 구두가 번쩍번쩍 빛이 나게 되자 권 씨의 시선이 내 발을 거쳐 얼굴로 올라왔다. 그는 활짝 웃고 있었다. 그의 눈이 자기 구두코만큼이나 요란하게 빛을 뿜었다. 사실 그의 이목구비 가운데 가장 높이 사 줄 만한 데가 바로 그 눈이었다. 그는 조로한* 편이었다. 피부는 거칠고 수염은 듬성듬성하고 주름이 많았다. 이마가 나오고 광대뼈가 솟은 편이며 짙은 눈썹에

* 우단 거죽에 곱고 짧은 털이 촘촘히 돋게 짠 비단.
* 방추 베틀에서 날실의 틈으로 왔다 갔다 하면서 씨실을 푸는 기구. 배 모양으로 생겼다. 북.
* 조로하다 나이에 비하여 빨리 늙다.

유난히 미간이 좁은 데다가 기형적으로 덜렁한 코가 신통찮은 권투 선수의 그것처럼 중동이 휘었고, 입은 내가 근무하는 학교의 '썰면' 선생과 맞먹을 만했다(입술이 하 두툼해 썰면 한 접시는 되겠대서 학생들이 붙인 별명이었다). 오직 눈 하나로 그는 구제받고 있었다. 보기 좋게 큰 눈이 사악하다거나 난폭한 구석은 전혀 찾아볼 수 없게 맑고 섬세했다.

이 순경이 또 찾아왔다. 지나는 길에 잠깐 들렀다지만 반드시 그런 것 같지만도 않은 것이, 대뜸 책망 비슷한 투로 나왔다.

"그러면 못써요, 못써."

"뭐 보고드릴 게 있어야 전화라도 걸든지 하죠."

"보고가 아니고 협조겠죠. 그건 그렇고, 협조할 만한 게 없었다구요?"

"전혀!"

"이거 보세요, 오 선생. 권 씨가 닷새 전에 직장을 그만뒀는데두요?"

"직장을 그만두다니, 그럼 또 실직했다는 얘깁니까?"

"출판살 때려치웠어요. 전번하곤 사정이 좀 달라요. 책을 만드는 데 저자들 요구대로 고분고분 따르는 게 아니라 틀린 걸 지적하고 저잘 자꾸만 가르치려 드니깐 사장이 불러다가 만좌중*에 주의를 주었대요. 네가 저자냐구, 네가 뭔데 감히 고명하

* 만좌중(滿座中) 사람들이 모든 좌석에 가득 앉은 가운데.

신 저자님 앞에서 대거리질이냐고 말이죠. 그랬더니 그담 날부터 출근을 않더라나요."

"오늘 아침만 해도 정상적으로 출근하는 것 같았는데…… 어제도 그랬고……."

"그러니까 주의 깊게 잘 좀 살펴봐 달라는 거 아닙니까."

"이 순경이 그렇게 앉아서 구만린데 내가 구태여 협조할 필요가 있을까요?"

그러자 학사 출신 이 순경이 빙긋 웃었다.

"권 씨가 드디어 실직했다는 그 점이 중요합니다. 이제부터 슬슬 오 선생이 맡아야 할 역할이 무엇인지 분명해질 성부릅니다. 권 씨가 다시 다른 직장을 붙잡을 때까진 저나 오 선생이나 맘을 놔선 안 됩니다."

내가 꼭 권 씨를 감시하고 보호해야 할 이유가 없음을 주장하기에 나는 벌써 지쳐 있었다. 죄가 있다면 셋방을 잘못 내준 죄밖에 없는 줄 누구보다도 이 순경이 잘 알고 있기 때문이었다.

중간 부분 줄거리

우연히 공사 현장 근처를 지나던 '나'는 사무복 복장으로 벽돌을 나르고 있는 권 씨와 마주친다. 그날 밤 술에 취해 귀가한 권 씨는 내 집 마련의 꿈을 안고 철거민 입주권을 구입하고 경기도 광주 대단지로 들어간 사연을 들려준다.

그런데 국회의원 선거 다음 날, 지상 낙원을 약속했던 서울시는 입장을 싹 바꾸고 입주자들을 압박한다. 집을 잃을 위기에 놓인 주민들은 지식인이었던 권 씨를 포함시켜 투쟁 위원회를 조직하고 최후 결단의 날인 8월 10일을 맞이한다. '나'는 이날 일어난 일도 권 씨로부터 듣게 된다.

공기가 흉흉했다. 그 흉흉한 공기가 저기압을 불러왔음 직했다. 비가 내렸다. 이른 아침부터 거리에 전단이 살포되고 벽보가 나붙었다. 시간이 되면 가슴에 달기로 한 노란 리본이 나누어졌다. 그는 방 안에서 꼼짝도 않으면서 밖에서 벌어지는 움직임에 잔뜩 신경을 곤두세우고 있었다. 꼭 무슨 일이 일어나고야 말 것을 예감케 하는 분위기였다. 그게 두려웠다. 무슨 일이 일어난다는 건 그에게 있어 일어나지 않느니만 같지 못했다. 비는 간헐적으로 내렸다. 11시가 지났다. 11시에 나와서 위원회 대표들과 면담하기로 약속한 사람이 나타나지 않자 사람들은 기다리는 일을 포기해 버렸다. 모두들 거리로 뛰쳐나오라고 외치는 소리가 골목을 누볐다. 맨주먹으로 있지 말고 무엇이든 되는 대로 손에 잡으라고 그 소리는 덧붙이고 다녔다. 누군지 빈지문*이 떨어져 나가게 두들기는 사람이 있었다.

* **빈지문** 한 짝씩 끼웠다 떼었다 하게 만든 문.

"권 선생! 권 선생! 집에 기슈?"

가슴이 덜컥 내려앉는 소리였다. 그는 마누라를 시켜 벌써 출근했다고 거짓말을 하게 했다. 누군지 모를 사내를 따돌리고 나서 그제야 생각해 보니 화요일이 아닌가. 일요일도 아닌데 여태껏 출근하지 않고 빈둥거린 그 이유는 또 뭔가. 별안간 그는 깜짝 놀랐다. 그것은 의타심이었다. 자기도 깊이 관련된 일에 정작 자기는 뛰어들 의사가 없으면서도 남들의 힘으로 그 일이 성취되는 순간이 오기를 기다리는 기회주의의 자세였다. 그것은 여지없는 하나의 자각이면서 동시에 부끄러움의 확인이었다. 그는 후닥닥 일어나 밖으로 나갔다. 그는 길을 가득 메운 채 손에 몽둥이와 각종 연장 따위를 들고 출장소 쪽으로 구호를 외치며 달려가는 사람들을 보았다. 그들과 마주쳤을 때 그는 낮도둑처럼 얼른 샛길로 몸을 피했다. 부끄럽게 자신을 깨달은 뒤끝이니까 한 번쯤 발길이 그들 쪽으로 향할 법도 하건만 그의 눈은 완강하게 서울로 가는 버스만 찾고 있었다. 그러나 헛수고였다. 외부로 통하는 교통수단은 이미 두절되어 있었다. 차를 찾는 잠깐 사이에도 전신이 비에 흠뻑 젖었다. 바람을 받으며 엇비슥이* 때리는 끈덕진 비로 거리에 나온 사람들은 저마다 후줄근히들 젖어 있었다. 그는 차 잡기를 포기하고 인적이 뜸한 골목만 골라 걷기 시작했다. 생전 처음 걷는 생소한 길을 서울로 통

* 엇비슥이 서로 한쪽으로 조금 기울어 있게.

하는 길이거니 하면서 무작정 걷다가 자기와 비슷한 처지의 동무를 만나게 되었다. 몽둥이와 돌멩이를 든 군중을 피해서 요리조리 골목을 누비며 오는 택시였다. 그는 재빨리 골목길 한복판을 결사적으로 막아섰다. 요금은 암만*이라도 좋았다. 택시 안엔 일행으로 보이는 신사분 셋이 선승해* 있었다. 그들을 태운 택시가 어쩔 수 없이 통과하지 않으면 안 되는 광주 단지의 관문에 다다랐을 때 검문에 걸렸다. 원시 무기로 무장한 일단의 청년들이 살기등등해 가지고 무조건 차에서 내릴 것을 명령했다.

"아하, 투쟁 위원님이 타구 계셨군요. 단신으로 서울까지 쳐들어가서 투쟁하시긴 아무래도 무립니다. 어서 내리십쇼."

웬 청년이 다가오더니 허리를 굽실하고 빙싯빙싯 웃으며 친절히 말했다. 청년은 용케도 그를 알아보는 모양이나 이쪽에서는 상대방이 누군지 전혀 기억에 없었다. 잠시 그가 어물쩍거리자 곁에 있던 다른 청년이 잡담 제하고 몽둥이를 휘둘러 단박에 차창을 박살 내 버렸다.

"개새끼들아, 늬들 목숨만 목숨이냐?"

"다른 사람들은 몇 끼씩 굶고 악을 쓰는 판인데 택시나 타고 앉았다니, 늘어진 개팔자로군."

* 암만 밝혀 말할 필요가 없는 값이나 수량을 대신하여 이르는 말.
* 선승(先乘)하다 먼저 차에 타다.

"굶어도 같이 굶고 먹어도 같이 먹어! 죽어도 같이 죽고 살어도 같이 살잔 말야!"

각목이나 자전거 체인 따위를 코앞에 들이대면서 청년들이 가뜩이나 쉰 목청을 한껏 드높이고 있었다. 물론 그러기 전에 차에 탔던 승객들은 차창이 부서져 나가는 순간 밖으로 뛰어나와 이미 절반쯤은 죽어 있었다.

"권 선생님, 저쪽으로 가실까요."

처음 알은체하던 예의 그 청년이 그에게 귀엣말을 했다. 그가 가장 두렵게 느끼는 건 몽둥이가 아니었다. 친절이었다. 청년은 웃음으로 그를 묶어 도로변 잡초 더미까지 손쉽게 연행해 갔다. 그러고는 거기에서 일장의 설교를 늘어놓기 시작했다. "물론 잘 아시겠지만……."이라고 말끝마다 전제하면서 청년은 주로, 지금 이 시간에도 먹고 마시고 춤추고 침대에서 뒹굴고 있을 서울의 유한계급*과 대단지 안의 처참한 생활상을 침이 마르도록 대비시킴으로써 아직도 잠자고 있는 그의 사회적 지각(知覺)을 새 나라의 어린이처럼 벌떡 일어나게 하려는 수작인 줄은 짐작이 되는데, 한마디도 귀에 들어오지 않았다. 대체 사람이 얼마나 잔인하면 이런 판국에서도 저토록 친절할 수 있을까만을 그는 생각하고 있었다. 자신의 설교가 웬만큼 먹혀들었다고 판단했던지 청년은 그를 이끌고 가파른 산등성이를 질러 단지 중심

* 유한계급 생산 활동에 종사하지 않으면서 소유한 재산으로 소비만 하는 계층.

부로 들어갔다.

"바루 저기 저 부근이었어요."

그는 우리 방 들창 쪽을 손으로 가리켰다. 그러나 유감스럽게도 안방 아랫목에 앉아서는 그가 가리키는 저기가 어디쯤인지 가늠키 어려웠다. 우리 내외의 얼굴이 실감한 사람답잖게 맨송맨송한 걸 알아차린 그는 갑자기 벌떡 일어서는가 싶더니 어느새 마루로 뛰어나가고 있었다. 덩달아 내가 뛰어나간 것은 순전히 그를 붙잡기 위해서였다. 언제 들어왔는지 마루 끝 현관 부근에 권 씨의 일가족이 오보록이* 몰려 차례로 뛰어나오는 우리를 빤히 올려다보고 있었다. 아비를 보자마자 새끼들 입에서 대번에 울음이 터져 나왔다. 잔뜩 부른 배를 금방이라도 마루에 내려놓을 듯한 자세를 취한 채 권 씨 부인은 홍당무가 된 자기 남편을 그저 멀뚱히 쳐다볼 따름이었다.

"울 것 없다. 느이 애비 아직 안 죽었다."

가장으로서의 체통 같은 걸 다분히 의식하는 목소리로 그가 낮게 말했다. 그는 내친걸음에 아들딸들 울음의 틈서리를 뚫고 마당에까지 진출했다. 말은 똑바로 하면서도 걸음은 비틀거리는 것이 아마 평형을 잃지 않으려는 그의 의지가 혀 아래까지는 미치지 못하는 모양이었다.

"저기 저쯤이었지요."

* **오보록이** 자그마한 것들이 한데 많이 모여 다보록하게.

방 안에서보다 훨씬 자신이 붙은 소리로 그가 재차 설명했다. 언덕 아래 한참 거리에 달팍 쏟아부은 듯한 불빛의 무리가 그의 가리키는 손끝에서 놀고 있었다. 어른들끼리 시방 서로 싸우느라고 그러는 것이 아닌 줄을 벌써 알아차렸을 텐데도 아이들은 봇물 터지듯 나오는 울음을 조금도 누그러뜨리려 하지 않았다.

"저것 좀 보라고 청년이 갑자기 소리칩디다. 그렇잖아도 난 이미 보고 있었는데요. 빗속에서 사람들이 경찰하고 한참 대결하는 중이었죠. 최루탄에 투석으로 맞서고 있었어요. 청년은 그것이 마치 자기 조홧속으로 그려진 그림이나 되는 것같이 기고만장입디다만, 솔직히 얘기해서 난 비에 젖은 사람들이 똑같이 비에 젖은 사람들을 상대로 싸우는 그 장면에 그렇게 감동하지 않았어요. 그것보다는 다른 걱정이 앞섰으니까요. 이 친구가 여기까지 끌고 와서 끝내 날 어쩔 작정인가 하고 말입니다. 그런데 잠시 지켜보고 있는 사이에 장면이 휘까닥 바뀌져 버립디다. 삼륜차 한 대가 어쩌다 길을 잘못 들어 가지고는 그만 소용돌이 속에 파묻힌 거예요. 데몰 피해서 빠져나갈 방도를 찾느라고 요리조리 함부로 대가리를 디밀다가 그만 뒤집혀서 벌렁 나자빠져 버렸어요. 누렇게 익은 참외가 와그르르 쏟아지더니 길바닥으로 구릅디다. 경찰을 상대하던 군중들이 돌멩이질을 딱 멈추더니 참외 쪽으로 벌떼처럼 달라붙습디다. 한 차분이나 되는 참외가 눈 깜짝할 새 동이 나 버립디다. 진흙탕에 떨어진 것까지 주워서는 어적어적 깨물어 먹는 거예요. 먹는 그 자체는 결코 아름다운 장면이 못 되었어요. 다만 그런 속에서도 그걸 다투어 주워 먹도록 밑에서 떠받치는 그 무엇이 그저 무시무시하게 절실할 뿐이었죠. 이건 정말 나체화구나 하는 느낌이 처음으로 가슴에 팍 부딪쳐 옵디다. 나체를 확인한 이상 그 사람들하곤 종류가 다르다고 주장해 나온 근거가 별안간 흐려지는 기분이 듭디다. 내가 맑은 정신으로 나를 의식할 수 있었던 것은 거기까지가 전부였습니다."

그가 더 이상 이야기를 계속할 눈치가 아니었으므로 나는 비로소 그에게 말을 걸 기회를 얻었다.

"그 뒤 권 선생이 어떻게 되셨는지 물어봐도 괜찮겠습니까?"

"벌써 물어 놓고는 뭘 양해를 구하십니까. 사흘 후에 형사가 출판사로 찾아와서 수갑을 채우더군요. 경찰에서 증거로 제시하는 사진들을 보고 놀랐습니다. 사진 속에서 난 버스 꼭대기에도 올라가 있고 석유 깡통을 들고 있고 각목을 휘둘러 대고 있기도 했습니다. 어느 것이나 내 얼굴이 분명하긴 한데 나로서는 전혀 기억에 없는 일들이었으니까요."

이제 그 이야기에 관해서는 들을 만큼 다 들은 셈이었다. 느닷없이 소주병을 꿰차고 들어와서 여태껏 잠자코 입을 봉하고 있던 그 이야기를 새삼스럽게 길게 늘어놓은 이유도 능히 짐작할 수 있었다. 하지만 내겐 아직도 궁금한 구석이 공연한 부담감과 함께 남아 있었다. 차제에 그걸 풀 수만 있다면 피차를 위해서 오히려 잘된 일일 것이었다.

"내가 이 순경을 만나는 줄 진작부터 알고 계셨습니까?"

권 씨가 소리 없이 웃었다.

"정확히 말해서 이 순경이 오 선생을 만나는 거겠죠. 어느 한 부분이 장해를 받으면 다른 한 부분이 비상하게 예민해지는 법입니다. 내 경우 그것은 제 육감입니다."

"설마 이 순경한테 고자질했다고 생각하진 않으시겠죠? 이 순경은 그걸 협조라는 말로 표현했습니다만……."

그는 또 소리 없이 웃었다.

"방금 얘기했잖습니까, 경우에 따라서 사람은 자기가 전혀 원치 않던 일을 자기도 모르는 사이에 할 수도 있다고 말입니다. 오 선생도 아마 거기서 예외는 아닐 겁니다. 지금까진 하진 않았지만 앞으로도 협조하지 않는다고 장담하실 필요는 없습니다."

그날 밤 잠자리에 들면서 아내가 내 귀에 속삭였다.

"권 씨 그 사람 꼴로 볼 게 아니네요. 어리숙한 줄 알았더니 여간내기 아녜요."

"앉으라면 앉고 서라면 서고, 당신 꼼짝없이 당하더구만."

"아이 분해라!"

불을 끈 다음에 아내가 다시 소곤거려 왔다.

"당신두 보셨죠? 오늘사 말고 영기 엄마 배가 유난히 더 불러 보였어요. 혹시 쌍둥이나 아닌가 싶어서 남의 일 같잖아요. 여덟 달밖에 안 된 배가 그렇게 만삭이니 원……."

"당신더러 대신 낳으라고 떠맡기진 않을 거야. 걱정 마."

나는 그날 밤 디킨스와 램의 궁둥이를 번갈아 걷어차는 꿈을 꾸었다. 내가 권 씨의 궁둥이를 걷어차고 권 씨가 내 궁둥이를 걷어차는 꿈을 꾸었다.

아내가 권 씨네에 대해서 갑자기 관심을 보이기 시작했다. 좀 더 정확히 얘기해서 권 씨 부인의 그 금방 쏟아질 것만 같은 아랫배에 관한 관심이었다. 말투로 볼 때 남자들이 집을 비우는 낮 동안이면 더러 접촉도 가지는 모양이었다. 예정일도 모르더라면서 아내는 낄낄낄 웃었다. 임산부가 자기 분만 예정일도 몰라서야 말이 되느냐고 핀잔했더니, 까짓것 알아도 그만 몰라도 그만, 어차피 때가 되면 배 아프며 낳기는 마찬가지라면서 태평으로 있더라는 것이었다.

권 씨는 여전히 일자리를 구하지 못한 채였다. 일정한 직장이 없으면서도 아침만 되면 출근 복장을 차리고 뻔질나게 밖으로 나가곤 했다. 몸에 붙인 기술도, 그렇다고 타고난 뚝심도 없으면서 계속해서 공사판 같은 데 나가 막일을 하는 눈치였다. "동주운아, 노올자아!" 하고 둘이 합창하듯이 길게 외치면서 일단 안방까지 들어오는 데 성공한 권 씨의 아이들은 끼니때가 되어도 막무가내로 버티면서 문간방으로 돌아가지 않는 적이 자주 있게 되었다. 문간방의 사정이 심상치 않다는 징조였다. 그렇다고 권 씨나 권 씨 부인이 우리에게 터놓고 도움을 청한 적은 한 번도 없었다. 다만 우리로 하여금 그런 꼴을 목격하고도 도울 마음을 먹지 않으면 도무지 인간이 아니게끔 상황을 최악의 선까지 잠자코 몰고 갈 뿐이었다. 애당초 이 순경이 기대했던 그대로 산타클로스 비슷한 꼴이 되어 쌀이나 연탄 따위를 슬그머니 문간방 부엌에다 넣어 주고 온 날 저녁이면 아내는 분하고 억울해서 밥도 제대로 못 먹었다. 임부나 철부지 애들을 생각한다면 그까짓 알량한 선심쯤 아무렇지도 않다는 주장이었다. 하지만 제게 딸린 처자식조차 변변히 건사 못 하는 한 얼간이 사내한테까지 자기 선심의 일부나마 미칠 일을 생각하면 괘씸해서 잠이 안 올 지경이라고 생병을 앓았다. 권 씨가 여간내기 아니라고 속삭이던 게 엊그제인 걸 벌써 잊고 아내는 셋방 잘못 내줬다고 두고두고 자탄하는 것이었다.

남편이 여전히 벌이가 시원찮은 상태에서 권 씨 부인은 어언 해산의 날을 맞게 되었다. 진통이 시작된 지 꽤 오래되는 모양이었다. 아내의 귀띔으로는 점심 무렵이 지나서부터 그런다고 했다. 학교에서 돌아와 저녁을 먹다가 나는 문간방에서 울리는 괴상한 소리를 들었다. 처음에는 되게 몸살을 하듯이 끙끙 앓는 소리로 시작되었다. 그러다가 느닷없이 몸의 어딘가에 깊숙이 칼이라도 받는 양 한 차례 처절하게 부르짖고는 이내 도로 잠잠해지곤 하면서 이러기를 몇 번이고 되풀이하는 것이었다. 나로서는 그것이 방을 세 내준 이후로 처음 듣는 권 씨 부인의 목소리였다.

"당신이 한번 권 씰 설득해 보세요. 제가 서너 번 애길 했는데두 무슨 남자가 실실 웃기만 하믄서 그저 염려 없다구만 그러네요."

병원 얘기였다.

"권 씨가 거절하는 게 아니고 돈이 거절하는 거겠지?"

아내는 진즉부터 해산 준비가 전혀 되어 있지 않음을 더러는 흉보고 또 더러는 우려해 왔었다.

"남산만이나 한 배를 갖구서 요즘 세상에 그래 앨 집에서, 그것도 산모 혼자 힘으로 낳겠다니, 아무래두 꼭 무슨 일이 터질 것만 같애요. 달이 다 차도록 기저귀감 하나 장만 않는 여편네나 조산원* 하나 부를 돈도 마련이 없는 사내나 어쩜 그리 짝짜꿍인지!"

서둘러 식사를 끝내고 나서 나는 권 씨를 마당으로 불러냈다. 듣던 대로 권 씨는 대뜸 아무 염려 말라면서 실실 웃었다. 마치 곤경에 빠진 나를 극진히 위로해 주는 투였다.

"둘째 때도 마누라 혼자서 거뜬히 해치웠거든요."

"우리가 염려하는 건 권 선생네가 아니라 바로 우리를 위해서요. 물론 그럴 리야 없겠지만 만의 일이라도 일이 잘못될 경우 난 권 선생을 원망하겠소."

작자가 정도 이상으로 느물거린다* 싶어 나는 엔간히 모진

* 조산원 해산을 돕거나 임산부와 신생아를 돌보는 일을 하는 사람.
* 느물거리다 말이나 행동을 자꾸 능글맞게 하다.

소리를 남기고는 방으로 들어와 버렸다. 정히나 어려우면 분만비를 빌려줄 수도 있음을 넌지시 비쳤는데도 작자가 끝내 거절한 것은, 까짓것 변두리 병원에서 얼마 들지도 않을 비용을 빌려 쓴 다음 나중에 갚는 그 알량한 수고를 겁낸 나머지 두 목숨을 건 모험 쪽을 택한 계산속일 거라고 나는 단정해 버렸다.

그러나 한결같은 상태로 자정을 넘기고 나더니 사정이 달라졌다. 경산(經産)*치고 진통이 너무 길고 악착스러운 데 겁이 났던지 권 씨는 통금*이 해제되기도 전에 부인을 업고 비탈길을 내려가느라고 한바탕 북새*를 떨었다. 북이 북채 위에 업힌 모양으로 권 씨 내외가 우리 집 문간방을 빠져나가는 걸 보는 것만으로도 한 근심 더는 기분이었다. 미역 근*이나 사 놓고 기다리다가 소식이 오면 병원에 가 보라고 아내에게 이르고는 출근했다.

오후 수업이 시작된 바로 뒤에 뜻밖에도 권 씨가 나를 찾아왔다. 때마침 나는 수업이 없어 교무실에서 잡담이나 하고 있는 중이어서 수위로부터 연락을 받자 곧장 학교 정문으로 나갈 수가 있었다.

"바쁘실 텐데 이거 죄송합니다."

* 경산 아이를 낳은 경험이 있음.
* 통금 '야간 통행 금지'를 줄인 말. 밤 시간에 일반인이 거리를 지나다니거나 집 밖으로 활동하는 것을 못 하게 하던 일.
* 북새 많은 사람이 야단스럽게 부산을 떨며 법석이는 일.
* 미역 근 '약간의 미역'을 뜻함. '근'은 '약간의 그것'이라는 뜻을 나타내는 불완전 명사.

권 씨는 애써 웃는 낯이었고 왠지 사람이 전에 없이 퍽 수줍어 보였다. 나는 그 수줍음이 세 번째 아이의 아버지가 된 데서 오는 것일 거라고 좋은 쪽으로만 해석함으로써 연락을 받는 그 순간에 느낀 불길한 예감을 떨쳐 버리려 했다.

"잘됐습니까?"

"뒤늦게나마 오 선생 말씀대로 했기 망정이지 끝까지 집에서 버텼다간 큰일 날 뻔했습니다. 녀석인지 년인진 모르지만 못난 애비 혼 좀 나라고 여엉 애를 멕이는군요."

권 씨는 수줍게 웃으며 길바닥 위에다 발부리로 뜻 모를 글씬지 그림인지를 자꾸만 그렸다. 먼지가 풀풀 이는 언덕길을 터벌터벌 올라왔을 터인데도 그의 구두는 놀랄 만큼 반짝거렸다. 나를 기다리는 동안 틀림없이 바짓가랑이 뒤쪽에다 양쪽 발을 번갈아 가며 문지르고 있었을 것이었다.

"십만 원 가까이 빌릴 수 없을까요!"

밑도 끝도 없이 그는 이제까지의 수줍음이 싹 가시고 대신 도발적인 감정 같은 걸로 그득 채워진 얼굴을 들어 내 면전에 대고 부르짖었다. 담배 한 대만 꾸자는 식으로 십만 원 소리가 허망히도 나왔다. 내가 잠시 어리둥절해 있는 사이에 그는 매우 사나운 기세로 말을 보태는 것이었다.

"수술을 해야 된답니다. 엑스레이도 찍어 봤는데 아무 이상이 없답니다. 모든 게 정상이래요. 모체 골반두 넉넉허구요. 조기 파수*도 아니구 전치태반*도 아니구요. 쌍둥이는 더더욱 아니구요. 이렇게 정상적인데도 이십사 시간이 넘두룩 배가 위에 달라붙는 경우는 태아가 돌다가 탯줄을 목에 감았을 때뿐이랍니다. 제기랄, 탯줄을 목에 감았다는군요. 빨리 손을 쓰지 않으면 산모나 태아나 모두 위험하대요."

어색하게 들린 것은 그가 '제기랄'이라고 씹어뱉은 그 대목뿐이었다. 평상시의 권 씨답지 않은 그 말만 빼고는 그럴 수 없이 진지한 이야기였다. 아니다. 그가 처음으로 점잖지 못한 그 말을 사용했기 때문에 내 귀엔 더욱더 진지하게 들렸을지도 모른다. 나는 한동안 망설이지 않을 수 없었다. 그의 진지함 앞에서 '아아, 그거 참 안됐군요.'라든가 '그래서 어떡하죠.' 하는 상투적인 말로 섣불리 이쪽의 감정을 전달하기엔 사실 말이지 '십만 원 가까이'는 내게 너무나 큰 부담이었다. 집을 살 때 학교에다 진 빚을 아직 절반도 못 가린 처지였다. 정상 분만비 1, 2만 원 정도라면 또 모르지만 단순히 권 씨를 도울 작정으로 나로서는 거금에 해당하는 10만 원 가까이를 또 빚진다는 건 무리도 이만저만이 아니었다. 뿐만 아니라 집안에서 경제권을 장악하고 있는 아내의 양해도 없이 멋대로 그런 큰일을 저질러도 괜찮을 만큼 나는 자유롭지도 못했다.

"빌려만 주신다면 무슨 짓을, 정말 무슨 짓을 해서라도 반드

* **조기 파수** 자궁이 완전히 열리기 전에 양막이 터져 양수가 흘러나오는 일.
* **전치태반** 태반이 정상 위치보다 아래쪽에 자리 잡아 자궁 안 구멍을 막은 상태.

시 갚겠습니다."

반드시 갚는 조건임을 강조하면서 그는 마치 성경책 위에다 오른손을 얹고 말하듯이 엄숙한 표정을 했다. 하마터면 나는 잊을 뻔했다. 그가 적시*에 일깨워 주었기 망정이지 안 그랬더라면 빌려주는 어려움에만 골똘한 나머지 빌려줬다 나중에 돌려받는 어려움이 더 클 거라는 사실은 생각도 못 할 뻔했다. 그렇다. 끼니조차 감당 못 하는 주제에 막벌이 아니면 어쩌다 간간이 얻어걸리는 출판사 싸구려 번역 일 가지고 어느 하가*에 빚을 갚을 것인가. 책임이 따르는 동정은 피하는 게 상책이었다. 그리고 기왕 피할 바엔 저쪽에서 감히 두말을 못 하도록 야멸치게* 굴 필요가 있었다.

"병원 이름이 뭐죠?"

"원산부인괍니다."

"지금 내 형편에 현금은 어렵군요. 원장한테 바로 전화 걸어서 내가 보증을 서마고 약속할 테니까 권 선생도 다시 한번 매달려 보세요. 의사도 사람인데 설마 사람을 생으로 죽게야 하겠습니까. 달리 변통할* 구멍이 없으시다면 그렇게 해 보세요."

내 대답이 지나치게 더디 나올 때 이미 눈치를 챈 모양이었

* 적시 알맞은 때.
* 하가 어느 겨를.
* **야멸치다** 자기만 생각하고 남의 사정을 돌볼 마음이 거의 없다. 태도가 차고 여무지다.
* **변통하다** 돈이나 물건 따위를 융통하다.

다. 도전적이던 기색이 슬그머니 죽으면서 그의 착하디착한 눈에 다시 수줍음이 돌아왔다. 그는 고개를 좌우로 흔들어 보였다.

"원장이 어리석은 사람이길 바라고 거기다 희망을 걸기엔 너무 늦었습니다. 그 사람은 나한테서 수술 비용을 받아 내기가 수월치 않다는 걸 입원시키는 그 순간에 벌써 알아차렸어요."

얼굴에 흐르는 진땀을 훔치는 대신 그는 오른발을 들어 왼쪽 바짓가랑이 뒤에다 두어 번 문질렀다. 발을 바꾸어 같은 동작을 반복했다.

"바쁘실 텐데 실례 많았습니다."

'썰면'처럼 두툼한 입술이 선잠에서 깬 어린애같이 움씰거리더니 겨우 인사말이 나왔다. 무슨 말이 더 있을 듯싶었는데 그는 이내 돌아서서 휘적휘적 걷기 시작했다. 나는 내심 그 입에서 끈끈한 가래가 묻은 소리가, 이를테면, 오 선생 너무하다든가 잘 먹고 잘 살라든가 하는 말이 날아와 내 이마에 탁 눌어붙는 순간에 대비하고 있었는지도 모른다. 그래서 그가 갑자기 돌아서면서 나를 똑바로 올려다봤을 때 그처럼 흠칫 놀랐을 것이다.

"오 선생, 이래 봬도 나 대학 나온 사람이오."

그것뿐이었다. 내 호주머니에 촌지*를 밀어 넣던 어느 학부형

* 촌지(寸志) 어떤 사람에게 잘 보아달라는 뜻으로 건네는 약간의 돈.

같이 그는 수줍게 그 말만 건네고는 언덕을 내려갔다. 별로 휘청거릴 것도 없는 작달막한 체구를 연방 휘청거리면서 내딛는 한 걸음 한 걸음마다 땅을 저주하고 하늘을 저주하는 동작으로 내 눈에 그는 비쳤다. 산 고팽이*를 돌아 그의 모습이 벌거벗은 황토의 언덕 저쪽으로 사라지는 찰나, 나는 뛰어가서 그를 부르고 싶은 충동을 느꼈다. 돌팔매질을 하다 말고 뒤집혀진 삼륜차로 달려들어 아귀아귀 참외를 깨물어 먹는 군중을 목격했을 당시의 권 씨처럼, 이건 완전히 나체구나 하는 느낌이 팍 들었다. 그리고 내가 그에게 암만의 빚을 지고 있음을 퍼뜩 깨달았다. 전셋돈도 일종의 빚이라면 빚이었다. 왜 더 좀 일찍이 그 생각을 못 했는지 모른다.

원산부인과에서는 만단*의 수술 준비를 갖추고 보증금이 도착되기만을 기다리고 있었다. 학교에서 우격다짐으로 후려낸 가불에다 가까운 동료들 주머니를 닥치는 대로 떨어 간신히 마련한 일금 10만 원을 건네자 금테의 마비츠 안경을 쓴 원장이 바로 마취사를 부르도록 간호원에게 지시했다. 원장은 내가 권 씨하고 아무 척분*도 없으며 다만 그의 셋방 주인일 따름인 걸 알고는 혀를 찼다.

"아버지가 되는 방법도 여러 질이군요. 보증금을 마련해 오

* 고팽이 굽은 길의 모퉁이.
* 만단 여러 가지나 온갖.
* 척분 성이 다르면서 한 집안이 되는 관계.

랬더니 오전 중에 나가서는 여태껏 얼굴 한 번 안 비치지 뭡니까.”

“맞습니다. 의사가 애를 꺼내는 방법도 여러 질이듯이 아버지 노릇 하는 것도 아마 여러 질일 겁니다.”

나는 내 말이 제발 의사의 귀에 농담으로 들리지 않기를 바랐으나 유감스럽게도 금테 안경의 상대방은 한 차례의 너털웃음으로 그걸 간단히 눙쳐* 버렸다. 나는 이미 죽은 게 아닌가 싶게 사색*이 완연한 권 씨 부인이 들것에 실려 수술실로 들어가는 걸 거들었다.

생명을 꺼내고 그 생명을 수용했던 다른 생명까지 암냥*해서 건지는 요란한 수술치곤 너무도 쉽게 끝났다. 보호자 대기석에 앉아서 우리 집 동준이 놈을 얻을 때처럼 줄담배질로 네 댄가 다섯 대째 불을 붙이고 나니까 울음소리가 들렸다.

“고추예요, 고추!”

수술을 돕던 원장 부인이 나오면서 처음 울음을 듣는 순간에 내가 점쳤던 결과를 큰 소리로 확인해 주었다. 진짜 보호자를 상대하듯이 원장 부인이 내게 축하를 보내왔으므로 나 역시 진짜 보호자 입장에서 수고를 치하하지 않을 수 없었다. 잠시 후에 나는 강보*에 싸여 밖으로 나오는 권기용 씨의 차남을 대면

* 눙치다 어떤 행동이나 말 따위를 문제 삼지 않고 넘기다.
* 사색 죽은 사람처럼 창백한 얼굴빛.
* 암냥 물건이나 사람을 보호하여 보냄. '암냥'은 '압령'의 변한 말이다.

할 수 있었다. 제 어미 배를 가르고 나온 놈답지 않게 얼굴이 두툼한 것이 속없이 잘도 생겼다. 제왕절개라는 말이 풍기는 선입감에 딱 어울리게끔 목청이 크고 우렁찼다. 병원 건물을 온통 들었다 놓는 억세디억센 놈의 울음소리를 듣는 동안 나는 동준이 놈을 낳던 날의 감격 속으로 고스란히 빠져 들어갔다.

우리 집에 강도가 든 것은 공교롭게도 그날 밤이었다. 난생처음 당해 보는 강도였다. 자꾸만 누군가 내 어깨를 흔들어 대고 있었다. 귀찮다고 뿌리쳐도 잠자코 계속 흔들었다. 나를 깨우려는 손의 감촉이 내 식구의 그것이 아님을 퍼뜩 깨닫고 눈을 떴을 때 나는 빨간 꼬마전구 불빛 속에서 복면의 사내를 보았다. 그리고 똑바로 내 멱*을 겨누고 있는 식칼의 서슬*도 보았다. 술 냄새가 확 풍겼다. 조명 빛깔을 감안해서 붉은빛을 띤 검정 계통의 보자기일 복면 위로 드러난 코의 일부와 눈자위가 나우* 취해 있음을 나는 재빨리 간파했다.*

"일어나, 얼른 일어나라니까."

나 외엔 더 깨우고 싶지 않은지 강도의 목소리는 무척 낮고 조심스러웠다. 나는 일어나고 싶었지만 도무지 일어날 수가 없었다. 멱을 겨눈 식칼이 덜덜덜 위아래로 춤을 추었다. 만약 강

* 강보 포대기.
* 멱 목의 앞쪽.
* 서슬 쇠붙이로 만든 연장이나 유리 조각 따위의 날카로운 부분.
* 나우 조금 많이.
* 간파하다 속내를 꿰뚫어 알아차리다.

도가 내 목통이라도 찌르게 된다면 그것은 고의에서가 아니라 지나친 떨림으로 인한 우발적인 상해일 것이었다. 무척 모자라는 강도였다. 나는 복면 위의 눈을 보는 순간에 상대가 그 방면의 전문가가 못 됨을 금방 알아차렸던 것이다. 딴에 진탕 마신 술로 한껏 용기를 돋웠을 텐데도 보기 좋을 만큼 큰 눈이 착하게만 타고난 제 천성을 어쩌지 못한 채 나를 퍽 두려워하고 있었다. 술로 간을 키우지 않고는 남의 집 담을 못 넘을 정도라면 강력 범행을 도모하는* 사람으로서는 처음부터 미역국이었다.

"일어날 테니까 칼을 약간만 뒤로 물려 주시오."

강도는 내가 시키는 대로 했다.

"내놔, 얼른 내노라니까."

내가 다 일어나 앉기를 기다려 강도가 속삭였다.

"하라는 대로 하죠. 허지만 당신도 내가 하라는 대로 해야만 일이 수월할 거요."

잔뜩 의심을 품고 쏘아보는 강도를 향해 나는 덧붙여 말했다.

"집 안에 현금은 변변찮소. 화장대 위에 돼지 저금통하고 장롱 서랍 속에 아마 마누라가 쓰다 남은 돈이 약간 있을 거요. 그 밖에 돈이 될 만한 건 당신이 알아서 챙겨 가시오."

강도가 더욱 의심을 두고 경거히* 움직이려 하지 않았으므로

* 도모하다 어떤 일을 이루기 위하여 대책과 방법을 세우다.
* 경거히 말이나 행동이 가볍게.

나는 시험 삼아 조금 신경질을 부려 보았다.

"마누라가 깨서 한바탕 소동을 벌여야만 시원하겠소? 난처해지기 전에 나를 믿고 일러 주는 대로 하는 게 당신한테 이로울 거요."

한 차례 길게 심호흡을 뽑은 다음 강도는 마침내 결심을 했다는 듯이 이부자리를 돌아 화장대 쪽으로 향했다. 얌전히 구두까지 벗고 양말 바람으로 들어온 강도의 발을 나는 그때 비로소 볼 수 있었다. 내가 그렇게 염려를 했는데도 강도는 와들와들 떨리는 다리를 옮기다가 그만 부주의하게 동준의 발을 밟은 모양이었다. 동준이가 갑자기 칭얼거리자 그는 질겁을 하고 엎드리더니 녀석의 어깨를 토닥거리는 것이었다. 녀석이 도로 잠들기를 기다려 그는 복면 위로 칙칙하게 땀이 밴 얼굴을 들고 일어나서 내 위치를 힐끔 확인한 다음 본격적인 작업에 들어갔다. 터지려는 웃음을 꾹 참은 채 강도의 애교스런 행각을 시종 주목하고 있던 나는 살그머니 상체를 움직여 동준이를 잠재울 때 이부자리 위에 떨어뜨린 식칼을 집어 들었다.

"연장을 이렇게 함부로 굴리는 걸 보니 당신 경력이 얼마나 되는지 알 만합니다."

내가 내미는 칼을 보고 그는 기절할 만큼 놀랐다. 나는 사람 좋게 웃어 보이면서 칼을 받아 가라는 눈짓을 보였다. 그는 겁에 질려 잠시 망설이다가 내 재촉을 받고 후닥닥 달려들어 칼자루를 낚아채 가지고는 다시 내 멱을 겨누었다. 그가 고의로 사람을 찌를 만한 위인이 못 되는 줄 일찍이 간파했기 때문에 나는 칼을 되돌려준 걸 조금도 후회하지 않았다. 아니나 다를까, 그는 식칼을 옆구리 쪽 허리띠에 차더니만 몹시 자존심이 상한 표정이 되었다.

"도둑맞을 물건 하나 제대로 없는 주제에 이죽거리긴!"*

"그래서 경험 많은 친구들은 우리 집을 거들떠도 안 보고 그냥 지나치죠."

"누군 뭐 들어오고 싶어서 들어왔나? 피치 못할 사정 땜에 어쩔 수 없이……."

나는 강도를 안심시켜 편안한 맘으로 돌아가게 만들 절호의 기회라고 판단했다.

"그 피치 못할 사정이란 게 대개 그렇습디다. 가령 식구 중에 누군가가 몹시 아프다든가 빚에 몰려서……."

그 순간 강도의 눈이 의심의 빛으로 가득 찼다. 분개한 나머지 이가 딱딱 마주칠 정도로 떨면서 그는 대청마루를 향해 나갔다. 내 옆을 지나쳐 갈 때 그의 몸에서는 역겨울 만큼 술 냄새가 확 풍겼다. 그가 허둥지둥 끌어안고 나가는 건 틀림없이 갈기갈기 찢어진 한 줌의 자존심일 것이었다. 애당초 의도했던 바와는 달리 내 방법이 결국 그를 편안케 하긴커녕 외려 더욱더 낭패케 만들었음을 깨닫고 나는 그의 등을 향해 말했다.

* 이죽거리다 자꾸 밉살스럽게 지껄이며 짓궂게 빈정거리다. '이기죽거리다'의 준말이다.

"어렵다고 꼭 외로우란 법은 없어요. 혹 누가 압니까. 당신도 모르는 사이에 당신을 아끼는 어떤 이웃이 당신의 어려움을 덜어 주었을지?"

"개수작 마! 그따위 이웃은 없다는 걸 난 똑똑히 봤어! 난 이제 아무도 안 믿어!"

그는 현관에 벗어 놓은 구두를 신고 있었다. 그 구두를 보기 위해 전등을 켜고 싶은 충동이 불현듯 일었으나 나는 꾹 눌러 참았다. 현관문을 열고 마당으로 내려선 다음 부주의하게도 그는 식칼을 들고 왔던 자기 본분을 망각하고 엉겁결에 문간방으로 들어가려 했다. 그의 실수를 지적하는 일은 훗날을 위해 나로서는 부득이한 조처였다.

"대문은 저쪽입니다."

문간방 부엌 앞에서 한동안 망연해* 있다가 이윽고 그는 대문 쪽을 향해 느릿느릿 걷기 시작했다. 비틀비틀 걷기 시작했다. 대문에 다다르자 그는 상체를 뒤틀어 이쪽을 보았다.

"이래 봬도 나 대학까지 나온 사람이오."

누가 뭐라고 그랬나. 느닷없이 그는 자기 학력을 밝히더니만 대문을 열고는 보안등 하나 없는 칠흑의 어둠 저편으로 자진해서 삼켜져 버렸다.

나는 대문을 잠그지 않았다. 그냥 지쳐* 놓기만 하고 들어오

* 망연하다 아무 생각이 없이 멍하다.

면서 문간방에 들러 권 씨가 아직도 귀가하지 않았음과 깜깜한 방 안에 어미 아비 없이 오뉘만이 새우잠을 자고 있음을 아울러 확인하고 나왔다. 아내가 잠옷 바람으로 팔짱을 끼고 현관 앞에 서 있었다.

"무슨 일이라도 있었어요?"

"아무것도 아냐."

잃은 물건이 하나도 없다. 돼지 저금통도 화장대 위에 그대로 있다. 아무것도 아닐 수밖에. 다시 잠이 들기 전에 나는 아내에게 수술 보증금을 대납해* 준 사실을 비로소 이야기했다. 한참 말이 없다가 아내는 벽 쪽으로 슬그머니 돌아누웠다.

"뗄 염려는 없어, 전셋돈이 있으니까."

"무슨 일이 있었군요?"

아내가 다시 이쪽으로 돌아누웠다. 우리 집에 들어왔던 한 어수룩한 강도에 관해서 나는 끝내 한마디도 내비치지 않았다.

이튿날 아침까지 권 씨는 귀가해 있지 않았다. 출근하는 길에 병원에 들러 보았다. 수술 보증금을 구하러 병원 문밖을 나선 이후로 권 씨가 거기에 재차 발걸음한 흔적은 어디에서도 찾아볼 수 없었다.

그다음 날, 그 다음다음 날도 권 씨는 귀가하지 않았다. 그

* 지치다 문을 잠그지 아니하고 닫아만 두다.
* 대납하다 남을 대신하여 조세 따위를 바치다.

가 행방불명된 것이 이제 분명해졌다. 그리고 본의는 그게 아니었다 해도 결과적으로 내 방법이 매우 졸렬했음*도 이제 확연히 밝혀진 셈이었다. 복면 위로 드러난 두 눈을 보고 나는 그가 다름 아닌 권 씨임을 대뜸 알아차릴 수 있었다. 밝은 아침에 술이 깬 권 씨가 전처럼 나를 떳떳이 대할 수 있게 하자면 복면의 사내를 끝까지 강도로 대우하는 그 길뿐이라고 판단했었다. 그래서 아무 일도 없었던 듯이 병원에 찾아가서 죽지 않은 아내와 새로 얻은 세 번째 아이를 만날 수 있게 되기를 기대했던 것이다. 현관에서 그의 구두를 확인해 보지 않은 것이 뒤늦게 후회되었다. 문간방으로 들어가려는 그를 차갑게 일깨워 준 것이 영 마음에 걸렸다. 어떤 근거인지는 몰라도 구두의 손질의 정도에 따라 그의 운명을 예측할 수도 있지 않았을까 하는 생각이 드는 것이었다. 구두코가 유리알처럼 반짝반짝 닦여 있는 한 자존심은 그 이상으로 광발이 올려져 있었을 것이며, 그러면 나는 안심해도 좋았던 것이다. 그때 그가 만약 마지막이란 걸 염두에 두고 있었다면 새끼들이 자는 방으로 들어가려는 길을 가로막는 그것이 그에게는 대체 무엇으로 느껴졌을 것인가.

아내가 병원을 다니러 가는 편에 아이들을 죄다 딸려 보낸 다음 나는 문간방을 샅샅이 뒤졌다. 방을 내준 후로 밝은 낮에 내부를 둘러보긴 처음인 셈이었다. 이사 올 때 본 그대로 세간*

* 졸렬하다 옹졸하고 천하여 서투르다.

이라곤 깔고 덮는 데 쓰이는 것과 쌀을 익혀서 담는 몇 점 도구들이 전부였다. 별다른 이상은 눈에 띄지 않았다. 구태여 꼭 단서가 될 만한 흔적을 찾자면 그것은 구두일 것이었다. 가장 값나가는 세간의 자격으로 장롱 따위가 자리 잡고 있을 꼭 그런 자리에 아홉 켤레나 되는 구두들이 사열*받는 병정들 모양으로 가지런히 놓여 있었다. 정갈하게 닦인 것이 여섯 켤레, 그리고 먼지를 덮어쓴 게 세 켤레였다. 모두 해서 열 켤레 가운데 마음에 드는 일곱 켤레를 골라 한꺼번에 손질을 해서 매일매일 갈아신을 한 주일의 소용에 당해 온 모양이었다. 잘 닦인 일곱 중에서 비어 있는 하나를 생각하던 중 나는 한 켤레의 그 구두가 그렇게 쉽사리 돌아오지 않으리란 걸 알딸딸하게 깨달았다.

권 씨의 행방불명을 알리지 않으면 안 될 때였다. 내 쪽에서 먼저 전화를 걸기는 그것이 처음이자 마지막이었다. 나는 되도록 침착해지려 노력하면서 내게, 이웃을 사랑하게 될 거라고 누차 장담한 바 있는 이 순경을 전화로 불렀다.

* 세간 집안 살림에 쓰는 온갖 물건.
* 사열 부대의 훈련 정도나 장비 유지 상태를 검열하는 일.

활동

1. 작품을 읽고, 권 씨에게 벌어진 사건들을 시간 순서대로 배열해 봅시다.

㉠ 광주 대단지 주민들이 투쟁 위원회를 조직해 싸움.
㉡ 대학을 졸업한 뒤 출판사에서 근무를 시작함.
㉢ 내 집 마련의 꿈을 안고 철거민 입주권을 구입해 광주 대단지로 들어감.
㉣ 전셋돈 10만 원을 내고 오 선생 문간방에 들어감.
㉤ 광주 대단지 소요 사건으로 체포되어 감옥살이를 함.
㉥ 강도로 변장하여 오 선생의 집에 침입하지만 정체를 들킨 채 집을 나감.
㉦ 아내의 수술비를 위해 오 선생에게 10만 원을 빌리려고 함.

2. 권 씨에게 '아홉 켤레 구두'가 상징하는 것은 무엇인지 생각해 적어 봅시다.

3. 소설에서 '나체' 혹은 '나체화'라는 단어가 등장한 대목을 찾아봅시다. 그리고 다음과 같은 사전적 의미를 참고하여 이 소설에서는 어떠한 의미로 쓰였는지 설명해 봅시다.

- **나체(裸體)**: 아무것도 입지 않은 몸.
- **나체화(裸體畫)**: 사람 또는 신이나 악마 등의 모습을 알몸으로 표현한 그림.

4. '나'에게 정체를 들킨 후 집에 돌아오지 않는 권 씨는 어떻게 되었을까요? 제시된 카드 중 하나를 골라 소설의 뒷이야기를 창작해 봅시다.

끝까지 집으로 돌아오지 않는다.	집으로 돌아와 구두 열 켤레를 모두 버린다.	집으로 돌아와 예전처럼 구두를 닦는다.

겨울 나들이

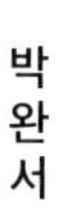

박완서

朴婉緖(1931~2011) 소설가.
경기도 개풍에서 태어나 1938년 서울로 이주했다. 서울대 국문과에 입학했으나 한국 전쟁으로 학업을 중단했다. 1970년 『여성동아』 장편소설 공모에 『나목(裸木)』이 당선되어 작품 활동을 시작했다. 소설집으로 『부끄러움을 가르칩니다』 『배반의 여름』 『엄마의 말뚝』 『해산바가지』 『너무도 쓸쓸한 당신』 등과 장편소설 『휘청거리는 오후』 『그해 겨울은 따뜻했네』 『그대 아직도 꿈꾸고 있는가』 『미망(未忘)』 『그 많던 싱아는 누가 다 먹었을까』 『그 산이 정말 거기 있었을까』 『아주 오래된 농담』 등이 있다.

들어가며

소설은 시대의 모습을 반영하여, 우리가 지식으로 접한 역사를 인물의 구체적인 삶을 통해 현실처럼 생생하게 보여 줍니다. 우리나라 역사에서 가장 힘든 시기였던 일제 강점기의 어둡고 암울한 사회의 모습을 보여 주기도 하고, 전쟁의 참혹했던 순간으로 안내하기도 하고, 전쟁 이후의 황폐한 현실을 마주하게도 만들어 줍니다.

그중에서 정신적·물질적으로 큰 피해를 남긴 한국 전쟁은 우리 역사상 가장 참혹하고 가슴 아픈 사건이었습니다. 전쟁이 끝나고 작가들은 전쟁으로 인한 인간성 상실과 상처를 극복하기 위해 다양한 작품을 창작했습니다. 단순히 전쟁을 소재로 하기보다 전쟁 후의 힘든 현실을 그려 내고 전쟁이 인간 사회에 어떤 영향을 미쳤는지를 이야기했습니다.

「겨울 나들이」도 한국 전쟁과 분단으로 인한 두 집안의 상처를 다루고 있습니다. 아들을 잃은 상처를 지니고 살아가는 시어머니와 그녀를 지극 정성으로 돌보는 며느리의 이야기, 난리 통에 어린 딸 하나만 데리고 남쪽으로 온 이북 출신 남편과 새로운 가족을 이루어 함께 살아가는 '나'의 이야기를 담고 있습니다. 오랜 시간이 지났음에도 등장인물들의 상처는 치유되지 않고 있습니다. 이러한 상황은 전쟁과 분단의 상처가 얼마나 크고 깊은지를 잘 보여 줍니다. 작품을 읽으면서 전쟁의 상처로 고통받는 사람들을 이해하고 그들에게 따뜻한 관심을 갖는 것이 얼마나 중요한지 생각해 보기 바랍니다. 또한 분단으로 인한 아픔을 애정으로 극복해 나가는 인물들의 모습을 통해 참다운 삶의 의미를 생각해 보기 바랍니다.

나는 온천물에 몸을 담그고 기분 좋아하기 전에, 이 온천물이 진짜일까 가짜일까, 고작 이런 주접스러운* 생각부터 했다. 이류 여관 특실의 평범한 타일 욕조에 달린 냉수 온수 두 개의 수도꼭지와 샤워기는 여느 허름한 목욕탕과 조금도 다르지 않았다. 빨간 동그라미 표시가 있는 수도꼭지에서 쏟아지는 더운물이 수돗물 데운 게 아니고 땅에서 솟은 진짜 온천물이란 증거가 어디 있냐 말이다.

꼭 온천물에 몸을 담가야 할 만한 특별한 지병(持病)*이 있는 것도 아니요, 또 이러쿵저러쿵 떠들어 대는 대로의 온천물의 효험 따위를 믿어 온 바도 없거늘 나는 그런 트집이라도 잡아 나를 더더욱 처량하게 만들고 싶었다. 처음부터 재미있으려고 시작한 여행은 아니었다. 무엇인가 어긋난 데서 시작된 여행이고 보니 끝내 어긋나 종당엔 엉망진창이 돼 버려라, 뭐 이런 심보였다.

* 주접스럽다 추하고 염치없게 욕심을 부리는 태도가 있다.
* 지병 오랫동안 잘 낫지 않는 병.

상업적으로 날리는 화가는 아니었지만 꽤 개성 있는 특이한 자기 세계를 고집하고 있어 그런대로 알려지고 평가도 받고 있는 중견 화가인 남편은 요즈음 세 번째 개인전을 앞두고 그 준비 때문에 집에 들어오지 않고 시내에 있는 아틀리에에 묵는 일이 많았다. 남편의 건강이 염려돼 나는 가끔 먹을 것을 해 가지고 나가 보고, 남편은 옷을 갈아입으러 집에 들르곤 하는 정도였다. 어제도 나는 시내에 나갔다가 로스 고기를 좀 사 가지고 아틀리에에 들렀다. 출가한* 딸이 와 있었다. 남편은 출가한 딸을 모델로 그림을 그리고 있었다. 극도로 단순화, 동화화한 풍경이나 동물을 즐겨 그릴 뿐, 인물이 남편의 그림에 등장하는 걸 거의 본 적이 없는 나는 적이* 놀랐다. 그리고 그 인물화는 남편의 종래의 화풍과는 전연 다른 끔찍하도록 섬세하고 생생하고 사실적인 그림이었다. 그렇게 똑같이 닮게 그린 그림이 좋은가 나쁜가는 둘째고 나는 울컥 혐오감부터 느꼈다. 흔까지 옮아 붙은 영정(影幀)*을 보는 느낌이었다. 더욱 질린 건 모델인 딸과 화가인 남편이 이루고 있는 미묘한 분위기였다. 부드럽고 따습고 만족한 교감은 사랑하는 부녀 사이의 그것으로서 이해할 수 있었으나, 부녀 이상의 비밀스러운 무엇인가가 있었다. 둘이만 친하고 싶은 눈치가 역력했다. 둘은 나를 예의 바르게 반

* **출가하다** 처녀가 시집을 가다.
* **적이** 꽤 어지간한 정도로.
* **영정** 제사나 장례를 지낼 때 위패 대신 쓰는, 사람의 얼굴을 그린 족자.

겼는데도 나는 밀려난 것처럼 느꼈다.

출가해서 삼 년째, 갓 돌 지난 첫애를 두고 있는 딸은 처녀 때와는 또 다른 윤택하고 기품 있는 아름다움으로 소파에 단정히 앉아 있었다. 한창때구나 하는 찬탄과 동시에 섬광처럼 눈부시게 어떤 깨달음이 왔다. 그렇지, 꼭 저맘때였겠구나! 남편이 난리 통에 첫 번째 아내와 생이별한 게 꼭 첫 번째 아내가 지금 딸만 한 나이 때였겠구나 하는 깨달음은 나에게 얼마나 충격적이었던가. 더군다나 딸은 내 친딸이 아니고 남편과 첫 번째 아내와의 사이에서 난 딸이었다. 딸은 엄마를 닮는 법이다. 남편은 딸을 통해 이북에 두고 온 당시의 아내의 모습을 되살렸음에 틀림없다. 나는 그 여자보다 훨씬 손아래지만 지금 옆에서 볼품없는 꼴로 늙어 가는데 그 여자는 남편의 가슴속에 지금의 딸의 모습처럼 빛나는 젊음과 아름다움으로 간직돼 있었구나 싶자 질투가 독사 대가리처럼 고개를 드는 걸 느꼈다. 여자의 질투를 위해선 휘어잡을 머리채가 마련돼 있어야 하는 법이다. 그러나 나는 지금 누구의 머리채를 휘어잡을 수 있단 말인가. 나는 점잖게 예사롭게 굴 수밖에 없었고, 그건 여간만 고통스러운 게 아니었다. 발산시키지 못한 질투심은 서서히 여직껏 산 게 온통 헛산 것 같은 허탈감으로 이어졌다.

사느라고 열심히 살았건만— 이북에 노부모와 아내를 남겨 두고 어린 딸 하나만 업고 내려온 빈털터리, 게다가 나이는 나보다 열두 살이나 더 많고 직업도 불안정한 무명 화가를 불쌍해하다가 그만 사랑하게 돼서 결혼까지 하고, 홀아비와 어미 없는 어린것의 궁기*를 닦아 내고, 사랑하고, 섬기며 살아온 게 큰 허탕을 친 것처럼 억울하게 여겨졌다. 속아 산 것 같은, 헛산 것 같은 기분은 씹으면 씹을수록 고약해서 나는 얼굴을 찡그렸다. 어디가 아프냐고 남편과 딸이 근심스러운 듯이 물었다. 나는 속상하는 일이 좀 있는데 어디로 훨훨 혼자 여행이나 떠나고 싶다고 했다.

"하필 이 겨울에 혼자서 여행을?" 남편이 놀라다 못해 신기해했다. 요 며칠 혹독한 추위가 계속되고 있었다. 문득 아틀리에의 창을 통해 해골 같은 가로수와 인적이 드뭇한 얼어붙은 보도가 내려다보였다. 나는 이런 을씨년스러운 도시의 겨울 풍경에 느닷없이 뭉클한 감동을 맛보았다. 그리고 그냥 투정처럼 해본 여행 소리가 비로소 현실감을 갖고 다가왔다. 정말 당장 떠나리라 마음먹었다. 서울을 떠나 보고 싶다거나 남편 곁을 떠나 보고 싶다거나 하느니보다는 여직껏 악착같이 집착했던, 내가 이룩한 생활을 헌신짝처럼 차 버리고 훨훨 자유로워지고 싶었다. 여직껏 산 게 말짱 헛것이었다는 진실을 가르쳐 준 게 바깥의 황량한 겨울 날씨였던 것처럼 나는 무턱대고 어느 먼 곳의 겨울 풍경에 그리움을 느꼈다. 나는 남편과 딸이 의아해하건 놀라워하건 상관하지 않고 당장 떠나겠다고 보챘다.

* 궁기(窮氣) 궁한 기색.

"당신이 히스테리 부릴 때가 다 있으니 원."

남편은 그 정도로 날 이해하고 제법 두둑한 여비를 주면서 겨울이니 온천장으로 가는 게 좋을 거라는 조언을 했다. 소중하게 움켜쥐었던 보물이 가짜였다는 걸 알았을 때 소중해했던 것만큼이나 정나미가 떨어지면서 우선 내던져 놓고 보는 심리로 나는 남편 곁을 떠났다. 교통이 편한 대로 온양으로 왔다. 고속버스에서 낯선 거리에 내리자마자 추위와 고독감이 엄습했다. 눈앞의 풍경에 울먹울먹 낯가림을 했다. 훨훨 자유롭다는 기분조차 이 온천장 거리만큼이나 생소하고 싫었다. 그런 기분에 도저히 익숙해질 것 같지가 않았다. 그런 중에도 몸만 떠나왔다 뿐 마음은 오랫동안 몸에 밴 내 나름의 생활의 관습에 얽매인 나를 발견하고 고소를 머금었다. 두둑한 여비를 갖고도 관광호텔 앞까지 갔다간 돌아서서 허름한 이류 여관을 찾고 참기름을 살 때의 버릇으로 온천물이 진짜가 가짠가를 심각하게 의심하고, 여관비에서 목욕값이라도 뺄 양으로 피곤을 무릅쓰고 목욕을 또 하고 또 했다. 다음 날 반찬이 열다섯 가지쯤 되는 여관의 아침상을 받자 두 번째 받는 상인데도 허구한 날 약비나게* 그것만 먹었던 것처럼 울컥 비위에 거슬려 왔다. 집을 떠난 지가 오래된 것 같은데도 실상은 하룻밤밖에 안 잤다는 게 서러워서 눈물이 핑 돌았다.

* 약비나다 정도가 너무 지나쳐서 진저리가 날 만큼 싫증이 나다.

여관에서 일하는 소년이 오늘 떠날 거냐 하루 더 묵을 거냐를 물어 왔다. 하루 더 묵겠다면 소년이 나를 불쌍해할 것 같아 곧 떠나겠다고 했다. 조그만 여행 백을 챙겨 가지고 거리로 나온 나는 여관에선 소년에게, 집에선 남편과 딸에게 쫓겨난 것처럼 느꼈다. 이 고장도 혹독한 추위는 서울과 마찬가지였다. 낮고 어둡게 흐린 하늘과 매운바람은 여직껏 산 게 말짱 헛산 것 같은 허망감을 쓰디쓰게 되새김질하기에 아주 알맞았다.

온천장 거리는 손바닥만 했다. 열 번을 넘어 돌아도 한 시간도 안 걸렸다. 관광호텔 커피숍에 들러 커피도 한 잔 마셨다. 남편에게 관광호텔에서 묵은 척하려면 그곳 내부 사정을 좀 알아 두어야겠기에 그렇게 했다. 호텔 건너편에 차부*가 보였다. 생소한 이름의 행선지를 써 붙인 고물 버스들이 지친 듯이 부르릉대며 손님을 부르고 있었다. 나는 뭔가 좀 숨통이 트이는 것 같았다. 아무나 붙들고 이 근처에 어디 구경할 만한 명승고적*이 없느냐고 물었다. 막 움직이기 시작하던 버스에서 차장*이 뛰어내리더니 미처 내가 뭐랄 새도 없이 나를 자기 버스에 짐짝처럼 쓸어 넣었다. 나는 앞으로 고꾸라지면서 버스에 탔다. 내부는 손님이 여남은도 안 돼서 휑했다. 비닐 시트가 빙판처럼 찼다.

* **차부** 버스 터미널. 자동차의 시발점이나 종착점에 마련한 차의 집합소.
* **명승고적** 훌륭한 경치와 역사적인 유적.
* **차장** 기차, 버스, 전차 따위에서 찻삯을 받거나 차의 원활한 운행과 승객의 편의를 도모하는 사람.

"이게 어디 가는 건데?"

버스가 속력을 내자 나는 겁먹은 소리로 물었다.

"가다가 호수에서 내려 드리면 되잖아요."

내가 언제 저더러 호수까지 데려다 달랬던 것처럼 차장은 당당했다.

"호수?"

"네, 호수요. 이 근처에서 경치 좋은 곳은 거기밖에 없어요. 겨울만 아니면 거기까지 가는 손님이 얼마나 많다구요."

오 분도 안 돼서 차장은 나에게 버스값을 재촉하더니 호수 다 왔다고 나를 밀어냈다. 과연 호수는 있었다. 낮고 헐벗은 산에 둘러싸인 얼어붙은 호수는 찌푸린 하늘이 그대로 내려앉은 듯 암울하고 불투명해 보였다. 별안간 호수의 빙판을 핥으며 휘몰아쳐 온 암상스러운* 바람이 모진 채찍처럼 뺨을 때렸다. 나는 황급히 버스에 다시 올라타려 했다. 그러나 이미 다음 정거장을 향해 흙먼지만을 남기고 떠난 뒤였다. 심한 낭패감으로 울상이 된 채 우선 모진 바람을 피해서 호숫가의 상지대(商地帶)*로 뛰어들었다. 겨울이 아닌 철엔 호경기를 누렸던 듯 무슨 무슨 유원지란 간판이 상지대의 입구 아치형의 문 위에 제법 크고 높게 달려 있었다. 그러나 지금은 식당도 다방도 잡화상도

* **암상스럽다** 보기에 남을 시기하고 샘을 잘 내는 데가 있다.
* **상지대** 잡화점이나 식당, 여관 등이 늘어서 있는 상업 구역.

선물 가게도 빈지문을 굳게 닫아 인기척이라곤 없는데, 퇴색한 간판들만 바람이 불 때마다 을씨년스럽게 덜컹대 황량한 느낌을 한층 더했다. 노천 탁구장의 탁구대엔 언제 적 내린 눈인지 녹지도 않고 먼지만 첩첩이 뒤집어쓰고 있어 흡사 더러운 홑이불을 펼쳐 놓은 것처럼 궁상스러워 보였다. 인기척이 있는 집은 한 집도 없는 것 같았다. 나는 너무 막막해 이게 꿈이었으면 했다. 상지대를 한 바퀴 돌자 다시 눈앞에 얼어붙은 호수가 펼쳐졌다. 꽁꽁 얼어붙은 호수엔 배를 띄울 수도 없지만 몸을 던져 빠져 죽을 수도 없겠거니 싶자 그게 조금도 다행스럽지 않고 두렵게 여겨졌다.

나는 다시 허둥지둥 딴 골목을 찾아들었다. 역시 인기척이라곤 없는 골목 저만치 대문이 열리고 문전이 정갈한 '여인숙'이란 간판이 붙은 집이 보였다. 대문간엔 연탄재가 쌓여 있고 안마당 빨랫줄엔 흰 빨래가 이상한 모양으로 비틀어진 채 얼어붙어 있었다. 나는 떨리는 목소리로 주인을 찾았다. 오십 대의 정갈한 아주머니가 안채에서 반색을 하며 나타났다. 나는 그 아주머니를 보자 내 집에 온 것처럼 마음이 놓이고 어리광이라도 부리고 싶어졌다. 참 묘한 분위기를 지닌 아주머니였다. 솜옷처럼 너그럽고 착하고 따뜻하게 사람을 감싸는 무엇이 있었다. 나는 마치 오랫동안 잊고 있던 무엇인가가 다시 나에게 찾아드는 것처럼 느꼈다.

"좀 녹여 가고 싶은데 따뜻한 온돌방 있어요?"

아주머니는 얼른 줄행랑*처럼 붙은 손님방 중 한 방으로 먼저 들어가 아랫목에 깔아 놓은 다후다* 포대기 밑에 손을 넣어 보더니 따뜻하긴 한데 외풍이 세어서 어쩌나 하면서 어쩔 줄을 몰라 했다. 내가 되레 안돼서 내가 그렇게 추워 보여요? 하면서 웃으려고 했지만 뺨이 얼어붙어서 제대로 웃어지지가 않았다.

"네, 꼭 고드름 같아 보여요. 참 안방으로 들어가십시다. 구들도 따뜻하고 난로도 있어요."

그러더니 친동기간*처럼 스스럼없이 나를 안채로 잡아끌었다. 난로가 있는데도 삥 둘러 방장*을 쳐 놔서 안방은 마치 동굴 속처럼 침침하고 아늑했다. 처음엔 아무도 없는 줄 알았는데 차츰 어둠에 눈이 익자 아랫목에 단정히 앉았는 한 노파를 볼 수 있었다. 미라에다 옷을 입혀 놓은 것처럼 바싹 마른 노파는 무표정하게 나를 바라보며 고개를 좌우로 저었다. 나를 거부하는 몸짓 같아서 나는 어색하게 멈칫댔다. 그러나 아주머니는 한사코 나를 아랫목으로 끌어다 앉히고 손을 노파가 깔고 있는 포대기 밑에 넣어 주었다. 노파의 입이 조금 웃었다. 그러나 고개를 저어 도리질을 하는 것은 멈추지 않았다. 아주머니는 나에게 우리 시어머니예요, 하고는 노파에겐 손님이에요, 하도 추

* 줄행랑 대문의 좌우로 죽 벌여 있는 종의 방.
* 다후다 광택이 있는 얇은 평직 견직물. 태피터(taffeta).
* 친동기간(親同氣間) 같은 부모에게서 난 형제자매.
* 방장(房帳) 방문이나 창문에 두르는 휘장. 흔히 겨울철에 외풍을 막기 위하여 친다.

워하시길래 안방으로 모셨어요, 했다. 그것으로 노파와 나와의 인사 소개는 끝났으나 노파는 여전히 도리질을 해 쌓았다. 아주머니는 노파의 도리질에 대해 나에게 아무런 설명도 하지 않았다.

노파는 수척했으나 흰머리를 단정히 빗어 쪽 찌고,* 동정이 정갈한 비단 저고리에 푹신한 모직 스웨터를 걸치고 꼿꼿이 앉았는 모습에 특이한 우아함이 있었다. 그것은 지극히 비현실적인 우아함이기도 했다. 도리질도 처음 내가 봤을 때보다 훨씬 유연해져 꼭 미풍에 살랑이는 것처럼 보였다. 아마 저러다가 멎으려니 했으나 아무리 기다려도 멎지는 않았다. 몸이 녹자 잠이 오기 시작했다. 누가 죽인대도 우선 한잠 자 놓고 볼 일이다 싶게 꿀 같은 잠이 덮쳐 왔다.

"이제 어지간히 몸도 녹았으니 아까 그 방에서 한잠 잘까 봐요. 참 온천장으로 나가는 버스는 몇 분만큼씩이나 있나요?"

"몇 분은요, 겨울엔 아침나절에 두 차례, 저녁나절에 두 차례밖에 안 다니는데, 타고 들어오신 게 아침나절 막차니까 이따 4시 반에나 있을걸요. 그리고 저어 점심은 어떡허시겠어요. 준비할 테니 드시고 가셨으면 —"

오로지 졸리다는 생각뿐 밥 생각 같은 건 전연 없었으나 그렇게 하라고 했다. 아주머니는 몇 번이나 고맙다고 했다. 나는 그

* 쪽(을) 찌다 머리카락을 뒤통수 아래에 틀어 올리고 비녀를 꽂다.

까짓 밥 한 상 팔아서 얼마나 남겠다고 저렇게 굽실대나 싶어 속으로 측은했다. 손님방으로 내려온 나는 따끈한 맨바닥에 다후다 포대기만 하나 덮고 깊은 잠 속으로 빠져들었다.

깨어나자마자 웬일인지 도리질하던 노파 생각이 먼저 났다. 꿈에서 봤던가, 현실에서 봤던가, 그것조차 아리송한 채 메마른 노파가 고개를 젓던 모습만 선명히 떠올랐다. 졸음 때문에 미루었던 궁금증이 서서히 고개를 들었다. 시계를 보니 아직 2시도 채 안 된 시간이었다.

“손님, 아직도 주무세요? 시장하실 텐데.”

미닫이 밖에서 아주머니의 나직한 소리가 들렸다. 나는 인기척을 내며 미닫이를 열었다. 행주치마를 두른 아주머니가 내가 이 집에 찾아들었을 때 반가워했던 것과 똑같은 모습으로 내가 잠에서 깬 걸 반가워해 주는 것이었다. 너무 반가워해 저 아주머니 혹시 나를 약이라도 먹고 영영 잠들려는 손님으로 오해했던 게 아닌가 하는 생각까지 들었다.

곧 점심상이 들어왔다. 장에 삭힌 깻잎이나 풋고추, 더덕 등 짭짤한 솜씨의 밑반찬과 김치, 깍두기, 뭇국 등은 조금도 영업집 밥상 같지 않고 시골 친척집에 들러서 받는 밥상 같아서 흐뭇했다. 그러나 입 속은 칼칼하고 식욕도 일지 않았다. 뭇국만 훌쩍대는 걸 보고 아주머니는 더운 뭇국을 또 한 대접 갖고 들어왔다. 나는 같이 좀 들자고 아주머니를 내 옆에 붙들어 앉혔다.

"원 별말씀을요. 저는 어머니 모시고 벌써 먹은걸요."

아주머니가 먼저 노파 얘기를 꺼냈기 때문에 나는 자연스럽게 노파의 이상한 도리질에 대해 물을 수가 있었다.

"할머니께서 제가 몹시 못마땅하셨나 보죠? 말씀은 안 하셨지만 제가 안방에 있는 내내 고개를 젓고 계셨어요."

"벌써 이십오 년 동안이나 그러고 계신걸요."

"이십오 년 동안이나!"

나는 기가 막혀서 벌린 입을 못 다물었다.

"네, 이십오 년 동안이나 허구한 날 자는 시간만 빼놓고 —"

나는 아주머니의 눈이 젖어 오는 것처럼 느꼈으나 말씨는 침착하고 고즈넉했다.

그녀의 시어머니는 이십오 년 동안을 자는 시간만 빼고는 허구한 날 도리질을 하는 게 일이란다. 건강과 기분이 좋을 때는 미풍에 살랑이는 것처럼 보일 듯 말 듯 유연하게, 건강이 나쁠 때는 동작이 크고 힘들게, 마음이 불안하거나 집안이 뒤숭숭할 때는 동작이 좀 더 크고 단호하게, 마치 "몰라 몰라. 정말 모른다니까." 하고 발악이라도 하듯이 죽자구나 도리머리를 어지럽게 흔든다. 그것 때문에 없는 돈, 있는 돈 긁어모아 한약도 많이 써 보았고 용하다는 침도 많이 맞아 봤지만 허사였다. 먼저 지친 것은 그녀 쪽이었고 시어머니는 마치 죽는 날까지 놓여날 수 없는 업보처럼 그 짓을 고통스럽게, 그러나 엄숙하게 감당하고 있는 것이었다.

그것은 6·25 동란 통에 발작한 증세였다. 동란 당시 젊은 면장이던 그녀의 남편은 미처 피난을 못 가서 숨어 살아야 했다. 처음엔 집에 숨어 있었지만 새로 득세한 패들의 기세에 심상치 않은 살기가 돌기 시작하고부터는 집에 숨겨 놓는다는 게 암만 해도 불안했다.

어느 야밤을 타 그녀는 남편을 집에서 이십 리쯤 떨어진 광덕산 기슭의 산촌인 그녀의 친정으로 피신을 시켰다. 시어머니와 그녀만이 알게 감쪽같이 그 일은 이루어졌다. 어떻게 된 게 세상은 점점 더 못되게만 돌아가 이웃끼리도 친척끼리도 아무개가 반동이라고 서로 고자질하는 짓이 성행해, 피비린내 나는 끔찍한 일이 이 마을 저 마을에 하루도 안 일어나는 날이 없었다. 끔찍한 나날이었다. 이렇게 되자 그녀는 시어머니까지도 못 미더워지기 시작했다. 어리숙하고 고지식하기만 해 생전 남을 의심할 줄 모르는 시어머니가 행여 누구 꼬임에 빠져 남편이 가 있는 곳을 실토하면 어쩌나 싶어서였다. 시어머니 같은 사람이 살 세상이 아니었다.

그녀는 공부 못하는 아이에게 구구셈을 익혀 주듯이 끈질기게 허구한 날 시어머니에게 '모른다'를 가르쳤다.

"어머님은 그저 모른다고만 그러세요. 세상없는* 사람이 물어도 아범 있는 곳은 그저 모른다고 그러셔야 돼요. 난리 나던

* 세상없다 세상에 다시없다. 또는 비할 데 없다.

날 집 나가고 나선 어떻게 됐는지 모른다고 딱 잡아떼셔야 돼요. 입 한번 잘못 놀려 사람 목숨이 왔다 갔다 하는 세상이에요. 큰댁 식구들이나 작은댁 식구들이 물어도 그저 모른다고 그러셔야 돼요. 이쁜이 할머니가 물어도, 개똥이 할머니가 물어도 그저 모른다고 그러셔야 돼요. 아무도 믿으시면 안 된다구요. 네, 아셨죠? 어머님."

그녀는 힘차게 도리질까지 곁들어 가며 거듭거듭 이 '모른다'를 교습했다. 시어머니는 늘상 겁먹고 외로운 얼굴을 해 가지고 혼자 있을 때도 "몰라요, 난 몰라요." 하며, 역시 도리질까지 해 가며 열심히 연습을 하는 것이었다.

난리가 났다고는 하지만 순박하던 마을 사람들이 무슨 도척의 영신*이라도 씐 것처럼 서로 죽이고 죽는 것 외에는 대포 소리 한번 제대로 난 적이 없던 마을에 별안간 비행기가 날아와 기총 소사*와 폭탄을 쉴 새 없이 퍼붓고 앞산 뒷산에서 총소리가 며칠 계속해 콩 볶듯이 나더니만 이어서 죽은 듯한 정적이 왔다. 집 속에 쥐 죽은 듯이 처박혔던 마을 사람들이 하나둘 조심조심 고개를 내밀었다간 재빨리 움츠러들었다. 아직은 서로의 대화를 꺼리고 있었다. 빨갱이가 물러갔다는 증거도 안 물러갔다는 증거도 없었다. 그쪽에 붙어서 세도 부리던* 패거리들의

* **도척의 영신** 몹시 악한 사람의 귀신. 도척은 중국 춘추시대의 큰 도적인 유척을 말하는데, 악인을 대표하는 이로 일컬어진다.
* **기총 소사** 비행기에서 목표물을 비로 쓸어 내듯이 기관총으로 쏘는 일.

모습은 안 보였지만 인민 위원회가 쓰던 이장 집 마당 깃대꽂이엔 아직도 그쪽 기가 펄럭대고 있었으니 말이다.

이런 어중간하고 모호한 때에 벌써 성질이 급한 남편은 야밤을 타서 집에 돌아와 있었다. 서울이 이미 수복됐는데 제까짓 것들이 여기서 버텨 봤댔자 며칠을 더 버티겠느냐는 거였다.

텃밭엔 이미 김장 배추를 간* 뒤였지만 울타리엔 기름이 잘잘 흐르는 애호박이 한창 잘 열 찬바람 내기*였다. 아침 이슬을 헤치며 뒤란으로 애호박을 따러 나갔던 시어머니가 별안간 찢어지는 소리를 냈다.

"몰라요, 몰라요. 정말 난 모른단 말예요."

소름이 쪽 끼치고 간담이 서늘해지는 처참한 비명이었다. 그녀도 뛰어나가고 그녀의 남편까지도 엉겁결에 뛰어나갔다. 잠깐 아무도 분별력이 없었다. 저만치 뒷간 모퉁이에 패잔병인 듯싶은 지치고 남루한 인민군이 서너 명 일제히 총부리를 시어머니에게 겨누고 있었다. 그들도 놀란 것 같았다. 그들은 처음부터 누굴 해치려고 나타났다기보다는 그냥 시어머니와 마주쳤거나 마주친 김에 옷이나 먹을 것을 달랄 작정이었는지도 모른다. 그런데 그들이 무슨 말을 걸기도 전에 시어머니는 그 자리에 꼼짝도 못 하고 못 박힌 채 고개만 미친 듯이 저으며 "몰라요,

* **세도 부리다** 권세를 마구 휘두르다.
* **갈다** 밭작물의 씨앗을 심어 가꾸다.
* **찬바람 내기** 가을에 찬바람 날 때.

난 몰라요.”를 딴사람같이 드높고 쇳된* 소리로 되풀이했다. 패잔병 중 한 사람의 눈에 살기가 번뜩이는가 하는 순간 총이 그녀의 남편을 향해 난사됐다. 그녀의 남편은 처참한 모습으로 나동그라지고 그들도 어디론지 도망쳤다. 이런 일은 일순에 일어났다.

그 후 거의 실성하다시피 한 시어머니를 오랫동안 극진히 봉양한 끝에 어느 만큼 회복은 됐지만 그때 뒷간 모퉁이에서 죽길 기를 쓰고 흔들어 대던 도리질만은 그때 같은 박력만 가셨다 뿐 멈출 줄 모르는 고질병이 되고 말았다. 그래서 도리도리 할머니라는 이 동네 명물 할머니가 됐다.

아주머니는 이런 얘기를 조금도 수다스럽지 않고 담담하고 고즈넉하게 했다.

“이젠 고쳐 드려야겠다는 생각보다 도와드려야겠다는 생각뿐이에요.”

“도와드리다니요? 어떻게요?”

“당신 임의로는 못 하시는 일이고, 얼마나 힘이 드시겠어요. 삼시 잡숫는 거라도 정성껏 잡숫게 해 드리고 몸 편케 보살펴 드리고, 뭐, 그런 거죠. 대사업을 완수하시고 돌아가시는 날까지 그거야 못 해 드리겠어요.”

치매가 된 채 허구한 날 도리질이나 해 대는 걸 ‘대사업’이라

* 쇠되다 새되다. 목소리가 높고 날카롭다.

고 하는 아주머니의 농담에 웃으려다 말고 입을 다물었다. 아주머니의 태도가 조금도 농담 같지 않아서였다. 정말 대사업을 힘껏 보필하는 이의 사명감과 긍지로 아주머니의 얼굴이 은은히 빛나 보이기까지 했다. 나는 어쩌면 이 아주머니야말로 대사업을 하고 있는 게 아닌가 하는 생각이 들면서 등골에 전율이 지나갔다.

점심값과 방값이 도합 팔백 원이라고 했다. 나는 천 원을 내주면서 그냥 넣어 두세요, 했다. 아주머니는 내가 불쾌할 만큼 굽실굽실 고마워했다. 아까 점심을 시킬 때도 그랬지만 통틀어 천 원인데 몇 푼 떨어지겠다고 저렇게 비굴하게 구나 싶었다. 아주머니의 비굴한 태도가 싫은 건 그만큼 내가 아주머니를 아끼고 좋아하기 때문일지도 몰랐다. 그리고 그 아주머니의 비굴한 태도는 몸에 배지 않고 어색하게 겉돌아 더 보기 흉했다.

아주머니는 내가 준 돈 천 원을 소중하게 스웨터 주머니에 넣고 나더니 지극히 안심스럽고 감사한 얼굴을 하고는 또 한 번 이상스러운 소리를 했다.

"이걸로 노자 해 가지고 서울 갈 겁니다. 오늘요."

"서울을요? 왜요? 하필이면 이 추운 날."

나는 나중 이 추운 날 소리를 하고는 내가 여행을 떠난다고 할 때 남편이 놀라면서 나에게 하던 말과 똑같은 말을 내가 했구나 생각했다. 문득 남편이 서럽도록 보고 싶어졌다.

"우리 아들이, 외아들이 서울에서 대학에 다니고 있어요. 그

때 즈이 아버지가 그 지경 당하는 걸 내 등에 업혀서 무심히 보던 녀석이 벌써 그렇게 자랐거든요. 군대도 갔다 오고 3학년인데 아주 착실하고 좋은 애죠."

"그렇지만, 지금은 겨울 방학 중일 텐데요."

"네, 그렇지만 학비라도 보탠다고 아이들을 맡아 가르치고 있어 못 내려오죠. 여기서 내가 제 학비쯤은 실컷 벌 수 있는데 글쎄 그 녀석이 그런답니다. 겨울 동안만 여기가 이렇게 쓸쓸하지 봄부터 가을까지는 여기 장사도 꽤 괜찮거든요. 관광철에 공일이라도 낀 날은 방이 모자라 법석인걸요. 새 학기 등록금이랑 하숙비까지 다 해서 꽁꽁 뭉쳐 놓았답니다. 겨울날 양식이랑 밑반찬도 넉넉하구요. 딴 영업집들은 이렇게 벌어 놓으면 겨울엔 문을 닫고 집에 가서들 쉬죠. 우린 여인숙이고 또 여기가 살림집이기도 해서지만 늘 한두 방쯤 불을 때 놓고 손님을 기다리죠. 돈 벌자고가 아녜요. 가끔 손님처럼 멋모르고 호숫가를 찾는 이에게 더운 방을 내드리는 게 그저 좋아서요. 정말이에요. 그럴 땐 돈 생각 같은 건 정말 안 한다니까요. 그야 몇 푼 주시고 가면 어머님 고기라도 사다 드리면 좋긴 하지만요. 근데 오늘은 그게 아니었어요. 돈 계산부터 츱츱하게* 하면서 손님을 기다렸답니다. 손님이 안 드셨으면 어쩔 뻔했을까 모르겠어요. 손님, 고마워요."

* 츱츱하다 너절하고 염치가 없다.

이번에는 굽실대는 대신 내 손을 꼬옥 잡았다. 굽실대는 것보다 훨씬 기분이 좋았다. 그러나 영문을 모르긴 마찬가지였다.

"어제 글쎄 서울서 이상한 편지가 왔답니다."

"아드님한테서요?"

"아뇨, 아들이 하숙하고 있는 주인집 아주머니한테서요. 벌써 일주일이 넘도록 아들이 하숙집에 들어오지를 않는다는군요. 평소 품행이 허랑한* 학생 같으면 이만 일로 고자질 같은 건 않겠는데 하도 착실한 학생이었던지라 만에 하나라도 무슨 일이 있는 게 아닌가 싶어 알리는 거니 어머니가 한번 올라와 수소문을 해 보는 게 어떻겠느냐는 사연이었어요. 허랑한 학생 아니더라도 제집도 아니고 하숙집이것다 나가서 친구 집 같은 데서 며칠 자고 들어올 수도 있는 일 아니겠어요? 그만 일로 편지질을 해서 사람을 놀라게 하는 하숙집 주인도 주인이지만 나도 나죠, 괜히 온갖 방정맞은 생각이 다 나지 뭡니까. 어젯밤에 한잠도 못 자고 뒤척이면서 온갖 주접을 다 떨다* 미신을 하나 만들어 냈는데, 글쎄 그게……."

"미신이라뇨?"

"네, 주책이죠. 오늘 우리 여인숙에 손님이 들어 그 돈으로 노자를 해 갖고 서울 가면 아들의 신상에 아무 일이 없을 게고,

* 허랑하다 언행이나 상황 따위가 허황하고 착실하지 못하다.
* 주접을 떨다 궁색하고 초라한 짓을 경망스럽게 하다.

꽁꽁 뭉쳐 논 돈을 헐어서 노자로 쓰게 되면 아들의 신상에 좋지 않은 일이 있을 게고, 뭐 이런 거랍니다. 이렇게 정해 놓고 손님을 기다리려니 어찌나 초조하고 애가 타는지 혼났어요. 그런데 손님이 내가 만든 미신의 좋은 쪽 점괘가 돼 주신 거죠. 정말 고마워요."

아주머니는 또 한 번 고마워했다. 나는 그런 기묘한 방법으로 외아들의 신상에 대한 크나큰 근심을 달래려 들었던 이 과부 아주머니에 대한 연민으로 가슴이 찐했다. 내가 점괘가 됐다는 게 조금도 언짢지 않았다.

"그럼 곧 떠나시겠네요."

"네, 준빈 다 됐어요. 이웃 사람에게 어머님 부탁도 해 놨구요. 이제 곧 온천장으로 나가는 4시 반 버스만 오면 돼요."

"동행하게 됐군요."

"참 그렇군요. 4시 반 버스로 온천장으로 나가신댔지……."

"아뇨. 서울까지 동행할 거예요."

나도 오늘 안으로 서울로 가리라는 결정을 나는 순식간에 내렸고, 그러자 마음이 그렇게 편안해질 수가 없었다. 아주머니가 시어머니에게 다녀오겠다는 인사를 하러 들어갈 때 나도 따라 들어갔다. 고부간의 비슷하게 늙은 손이 서로 꼭 맞잡았다.

"어머님, 저 서울 좀 다녀오겠어요. 물건 살 것도 좀 있고 방학인데도 공부 핑계로 안 내려오는 태식이 녀석도 보고 싶고 해서요. 어머님은 뒷집 삼순이가 잘 보살펴 드릴 거예요. 아무 걱정 마시고 진지 많이 잡수셔야 돼요."

알아들었는지 못 알아들었는지 노파는 여전히 고개만 살래살래 흔들었다. 나에겐 그 도리질이 "몰라요 몰라요."가 아니라 "며늘아, 태식이 녀석에겐 아무 일도 없어, 글쎄 아무 일도 없다니까. 우리가 무슨 죄가 많아서 그 녀석에게까지 무슨 일이 있겠니." 하는 것처럼 보였다.

나는 불현듯 아직도 마주 잡고 있는 고부의 손 위에 내 손을 포개 보고 싶어졌다. 남남끼리이면서 가장 친한 두 손, 대사업의 동업자끼리이기도 한 이 두 손 사이를 맥맥이* 흐르는 그 무엇을 직접 내 손으로 맥 짚어 보고, 느끼고, 오래 기억해 두고 싶었다. 마치 이 세상 온갖 것 중 허망하지 않은 단 하나의 것에 닿아 볼 수 있는 처음이자 마지막 기회라도 되는 듯이 나는 감지덕지 그 일을 했다. 거칠지만 푸근한 두 손 위에 내 유약한 한 손이 경건하게 보태졌다.

"할머니, 안녕히 계세요."

노파는 고개만 살래살래 흔들었지만 나는 노파가, "너는 결코 헛살지만은 않았어. 암, 헛살지 않았고말고." 하는 것처럼 느꼈다.

* 맥맥이 끊임없이 줄기차게.

활동

1. 이 소설은 서울에서 온양으로의 여로를 따라 펼쳐지는 '여로형 구조'의 작품이면서, 여행 중 주인공이 만난 사람들의 사연이 또 하나의 이야기로 들어 있는 '액자식 구성'의 작품입니다. 작품의 구성을 정리하며 전체적인 줄거리를 파악해 봅시다.

❶ 여로형 구조

여행을 떠남	남편에게 (　　　　)을 느끼고 여행을 떠남.
↓	
여인숙에서 고부를 만남	전쟁으로 (　　　　)을 잃고도 시어머니와 아들을 극진히 보살피는 (　　　　)의 모습에 감동을 받음.
↓	
집으로 돌아갈 결심을 함	가족의 (　　　　)을 깨달으며 집으로 돌아가기로 함.

❷ 액자식 구성

외부 이야기('나'의 이야기)	내부 이야기(여인숙 아주머니와 노파의 이야기)
• 나의 남편은 전쟁 통에 아내와 생이별하고 어린 딸 하나만 데리고 남쪽으로 온 (　　　) 출신. • 남편의 어린 딸을 보살펴 출가시켰으나, 우연히 남편이 그린 (　　　)의 초상화를 보고, 남편이 헤어질 당시 젊었던 (　　　)를 그리워하는 것이라고 생각함. • 허무한 마음을 달래고자 (　　　)으로 온천 여행을 떠남. • 전쟁의 상처를 서로 보듬으며 살아가는 (　　　)와 노파의 모습을 통해 이산의 아픔을 품고 살아온 남편의 마음을 이해하고 (　　　)을 결심함.	• 한국 전쟁 중 면장이던 아주머니의 남편이 집을 떠나 (　　　)로 피신함. • 아주머니는 시어머니가 남편이 가 있는 곳을 실토하면 어쩌나 싶어서 '(　　　)'를 가르침. • 인민군이 채 물러나지도 않았는데 남편이 집에 돌아옴. • 남편이 시어머니와 아주머니의 눈앞에서 (　　　)의 총에 맞아 죽음. 그 후로 시어머니의 (　　　)은 고질병이 됨.

2. 다음 단어들의 사전적 의미를 살펴보고, 작품의 제목을 '겨울 나들이'로 정한 까닭이 무엇일지 생각해 봅시다.

- **소풍**: 휴식을 취하기 위해서 야외에 나갔다 오는 일.
- **여행**: 일이나 유람을 목적으로 다른 고장이나 외국에 가는 일.
- **나들이**: 집을 떠나 가까운 곳에 잠시 다녀오는 일.

3. 아래 ❶과 ❷에 제시된 소설의 내용을 바탕으로 다음 중에서 인물의 감정을 나타내는 단어를 선택하고 그 이유를 적어 봅시다. 그리고 인물에게 위로가 될 수 있는 따뜻한 말을 써 봅시다.

괴롭다	답답하다	막막하다	무섭다	분하다	불만스럽다
불행하다	비참하다	당황스럽다	서럽다	서운하다	섭섭하다
속상하다	슬프다	심란하다	아프다	어이없다	억울하다
외롭다	우울하다	원망스럽다	원통하다	절망하다	참담하다
한 맺히다	허무하다	혼란스럽다	화나다	힘들다	후회스럽다

❶ '나'

사느라고 열심히 살았건만 — 이북에 노부모와 아내를 남겨 두고 어린 딸 하나만 업고 내려온 빈털터리, 게다가 나이는 나보다 열두 살이나 더 많고 직업도 불안정한 무명 화가를 불쌍해하다가 그만 사랑하게 돼서 결혼까지 하고, 홀아비와 어미 없는 어린것의 궁기를 닦아 내고, 사랑하고, 섬기며 살아온 게 큰 허탕을 친 것처럼 억울하게 여겨졌다. 속아 산 것 같은, 헛산 것 같은 기분은 씹으면 씹을수록 고약해서 나는 얼굴을 찡그렸다.

'나'의 감정을 나타내는 단어:

선택한 이유:

위로가 되는 따뜻한 말:

❷ 여인숙 아주머니와 노파

그런데 그들이 무슨 말을 걸기도 전에 시어머니는 그 자리에 꼼짝도 못 하고 못 박힌 채 고개만 미친 듯이 저으며 "몰라요, 난 몰라요."를 딴사람같이 드높고 쉿된 소리로 되풀이했다. 패잔병 중 한 사람의 눈에 살기가 번뜩이는가 하는 순간 총이 그녀의 남편을 향해 난사됐다. 그녀의 남편은 처참한 모습으로 나동그라지고 그들도 어디론지 도망쳤다. 이런 일은 일순에 일어났다.

여인숙 아주머니와 노파의 감정을 나타내는 단어:

선택한 이유:

위로가 되는 따뜻한 말:

돌다리

이태준

李泰俊(1904~1970?) 소설가.

강원도 철원에서 태어나 휘문고보를 거쳐 일본 조치 대학에서 공부했다. 1925년 『시대일보』에 단편소설 「오몽녀」를 발표하면서 등단했다. 구인회 회원으로 활동하고 해방 직후 조선문학가동맹에 가담했다가 월북했다. 주요 작품으로 「달밤」 「까마귀」 「복덕방」 「패강랭」 「농군」 「해방 전후」 등이 있다.

들어가며

'가치'의 사전적 의미는 사물이 지니고 있는 쓸모, 대상이 인간과의 관계에 의하여 지니게 되는 중요성, 인간의 욕구나 관심의 대상 등을 이르는 말입니다. 평등, 자유, 정의, 평화 등 인류가 오랫동안 추구해 온 보편적인 가치도 있지만, 새로운 기술의 유입이나 문화의 발달로 사람들이 중요하다고 생각하는 가치도 시시각각 달라지고 있습니다. 급변하는 사회 속에서 과거에는 절대적인 진리로 여겼던 가치들이 상대적 진리로 변하기도 하고 그 자리에 새로운 가치들이 채워지기도 합니다.

다양한 가치가 공존하는 것이 이상적인 사회의 모습이겠지만 가치들이 항상 조화를 이루는 것은 아닙니다. 사회 질서 유지와 개인의 자유 보장 문제가 대립할 수도 있고, 평등한 사회를 이룬다는 이유로 개인의 노력과 성과를 소홀히 할 수도 있습니다. 이렇게 상충하는 가치들이 때로는 갈등을 일으킬 수도 있고, 사람들은 더 바람직하다고 여기는 가치를 우선적으로 선택해야 하는 어려운 상황에 놓일 수도 있습니다.

그렇다면 다양한 가치들이 조화를 이루려면 어떻게 해야 할까요? 변화 속에서 사회는 어떻게 안정을 유지하고 발전할 수 있을까요? 급변하는 환경에 유연하게 적응하고 갈등을 완화하는 방법은 무엇일까요? 살아가면서 어떤 가치를 중요하게 생각해야 할까요?

여기 기존의 사회 구조와 가치관이 크게 바뀌고 있는 사회에서 살아가는 아버지와 아들이 있습니다. 작품에서 땅을 중요하게 여기는 농부 아버지와 경제적 효용을 먼저 생각하는 의사 아들을 통해 변화하는 시대 속의 다양한 가치들을 살펴봅시다. 여러분은 어떤 사람의 이야기에 주의를 기울일 것인지, 그리고 나라면 어떤 선택을 할 것인지 생각해 보고, 자신의 삶을 되돌아보는 시간을 가져 보시기 바랍니다.

정거장에서 샘말 십 리 길을 내려오느라면 반이 될락 말락 한 데서부터 샘말 동네보다는 그 건너편 산기슭에 놓인 공동묘지가 먼저 눈에 뜨인다.

창섭은 잠깐 걸음을 멈추고까지 바라보았다.

봄에 올 때 보면, 진달래가 불붙듯 피어 올라가는 야산이다. 지금은 단풍철도 지나고 누르테테한 가닥나무*들만 묘지를 둘러, 듣지 않아도 적막한 버스럭 소리만 울릴 것 같았다. 어느 것이라고 집어낼 수는 없어도, 창옥의 무덤이 어디쯤이라고는 짐작이 된다. 창섭은 마음으로 '창옥아.' 불러 보며 묵례를 보냈다.

다만 오뉘*뿐으로 나이가 훨씬 떨어진 누이였었다. 지금도 눈에 선하다. 자기가 마침 방학으로 와 있던 여름이었다. 창옥은 저녁 먹다 말고 갑자기 복통으로 뒹굴었다. 읍으로 뛰어 들어가 의사를 청해 왔다. 의사는 주사를 놓고 들어갔다. 그러나 밤새도록 열은 내리지 않았고 새벽녘엔 아파하는 것도 더해 갔다.

* 가닥나무 '떡갈나무'의 사투리.
* 오뉘 '오누이'의 준말.

다시 의사를 데리러 갔으나 의사는 바쁘다고 환자를 데려오라 하였다. 하라는 대로 환자를 데리고 들어갔으나 역시 오진을 했었다. 다시 하루를 지나 고름이 터지고 복막*이 절망적으로 상해 버린 뒤에야 겨우 맹장염인 것을 알아낸 눈치였다.

그때 창섭은, 자기도 어른이기만 했으면 필시 의사의 멱살을 들었을 것이었다. 이런, 누이의 허무한 죽음에서 창섭은 뜻을 세워, 아버지가 권하는 고농*을 마다하고 의전*으로 들어갔고, 오늘에 이르러는, 맹장 수술로는 서울서도 정평이 있는 한 권위가 된 것이다.

'창옥아, 기뻐해 다오. 이번에 내 병원이 좋은 건물을 만나 커지는 거다. 개인 병원으론 제일 완비한 수술실이 실현될 거다! 입원실 부족도 해결될 거다. 네 사진을 크게 확대해 내 새 진찰실에 걸어 노마…….'

창섭은 바람도 쌀쌀할 뿐 아니라, 오후 차로 돌아가야 할 길이라 걸음을 재우쳤다.

길은 그전보다 넓어도 졌고 바닥도 평탄하였다. 비나 오면 진흙에 헤어날 수 없었는데 복판으로는 자갈이 깔리고 어떤 목*은 좁아서 소바리*가 논으로 미끄러져 들어가기 십상이었는데

* 복막 배안의 내장 기관을 싸고 있는 얇은 막.
* 고농 옛 '고등 농림 학교'를 가리키는 말.
* 의전 옛 '의학 전문학교'를 가리키는 말.
* 목 통로 가운데 다른 곳으로는 빠져나갈 수 없는 중요하고 좁은 곳.
* 소바리 등에 짐을 실은 소.

바위를 갈라내어서까지 일매지게* 넓은 길로 닦아졌다. 창섭은,
'이럴 줄 알았더면 정거장에서 자전거라도 빌려 타고 올걸.' 하였다.

눈에 익은 정자나무 선 논이며 돌각 담을 두른 밭들도 나타났다. 자기 집 논과 밭들이었다. 논둑에 선 정자나무는 그전부터 있은 것이나 밭에 돌각담들은 아버지께서 손수 쌓으신 것이다.

창섭의 아버지는 근검으로 근방에 소문난 영감이다. 그러나 자기 대에 와서는 밭 하루갈이*도 늘쿠지는* 못한 것으로도 소문난 영감이다. 곡식값보다는 다른 물가들이 높아졌을 뿐 아니라 전대(前代)에는 모르던 아들의 유학이란 것이 큰 부담인 데다가,

"할아버니와 아버니께서 나를 부자 소린 못 들어도 굶는단 소린 안 듣고 살도록 물려주시구 가셨다. 드럭드럭 탐내 모아선 뭘허니. 할아버니께서 쇠똥을 맨손으로 움켜다 너시던 논, 아버니께서 멍덜*을 손수 이룩허신 밭을 더 건* 논으로 더 기름진 밭이 되도록, 닦달만 해 가기에도 내겐 벅찬 일일 게다."
하고 절용해* 쓰고 남는 돈이 있으면 그 돈으로는 품을 몇씩

* 일매지다 모두 다 고르고 가지런하다.
* 하루갈이 소가 끄는 쟁기로 하룻낮 동안에 갈 수 있는 밭의 넓이.
* 늘쿠다 '늘리다'의 사투리.
* 멍덜 험한 바위나 돌 따위가 삐죽삐죽 나온 곳. 너설.
* 걸다 흙에 영양분이 많다.

들여서까지 비뚠 논배미*를 바로잡기, 밭에 돌을 추려 바람맞이로 담을 두르기, 개울엔 둑막이하기, 그러다가 아들이 의사가 된 후로는, 아들 학비로 쓰던 몫까지 들여서 동네 길들은 물론, 읍 길과 정거장 길까지 닦아 놓았다. 남을 주면 땅을 버린다고 여간 근실한 자국*이 아니면 소작을 주지 않았고, 소를 두 필이나 매고 일꾼을 세 명씩이나 두고 적지 않은 전답을 전부 자농*으로 버티어 왔다. 실속이 타작*만 못하다는 둥, 일꾼 셋이 저희 농사해 가지고 나간다는 둥 이해만을 따져 비평하는 소리가 많았으나 창섭의 아버지는 땅을 위해서는 자기의 이해만으로 타산하려 하지 않았다. 이와 같은 임자를 가진 땅들이라 곡식은 거둔 뒤, 그루만 남은 논과 밭이되, 그 바닥들의 고름, 그 언저리들의 바름, 흙의 부드러움이 마치 시루떡 모판이나 대하는 것처럼 누구의 눈에나 탐스럽게 흐뭇해 보였다.

이런 땅을 팔기에는, 아무리 수입은 몇 배 더 나은 병원을 늘쿠기 위해서나 아버지께 미안하지 않을 수 없었다. 그러나 잡히기나 해 가지고는 삼만 원 돈을 만들 수가 없었고, 서울서 큰 양관*을 손에 넣기란 돈만 있다고도 아무 때나 될 일이 아니었다.

* 절용하다 아껴 쓰다.
* 논배미 논두렁으로 둘러싸인 논의 하나하나의 구역.
* 근실한 자국 부지런하고 진실한 흔적이 보이는 사람을 비유적으로 표현한 말.
* 자농 자기 땅에 자기가 직접 짓는 농사.
* 타작 거둔 곡식을 지주와 소작인이 어떤 비율에 따라 갈라 가지는 것.
* 양관 서양식으로 지은 건물.

'아버지께선 내년이 환갑이시다! 어머니께선 겨울이면 해마다 기침이 도지신다. 진작부터 내가 모셔야 했을 거다. 그런데 내가 시굴로 올 순 없고, 천생 부모님이 서울로 가시어야 한다. 한동네서도 땅을 당신만치 못 거둘 사람에겐 소작을 주지 않으셨다. 땅 전부를 소작을 내어 맡기고는 서울 가 편안히 계실 날이 하루도 없으실 게다. 아버님의 말년을 편안히 해 드리기 위해서도 땅은 전부 없애 버릴 필요가 있는 거다!'

창섭은 샘말에 들어서자 동구*에서 이내 아버지를 뵐 수가 있었다. 아버지는, 가에는 살얼음이 잡힌 찬물에 무릎까지 걷고 들어서서 동네 사람들을 축추겨* 돌다리를 고치고 계시었다.

"어떻게 갑재기 오느냐?"

"네, 좀 급히 여쭤봐야 할 일이 생겼습니다."

"그래? 먼저 들어가 있거라."

동네 사람 수십 명이 쇠고삐 두 기장*은 흘러 내려간 다릿돌을 동아줄에 얽어 끌어 올리고 있었다. 개울은 동네 복판을 흐르고 있어 아래위로 징검다리는 서너 군데나 놓였으나 하룻밤 비에도 일쑤 넘치어 모두 이 큰 돌다리로 통행하던 것이었다. 창섭은 어려서 아버지께 이 큰 돌다리의 내력을 들은 것이 아직도 기억에 남아 있다.

* 동구 동네 어귀.
* 축추기다 남을 부추겨 어떤 일을 하게 하다.
* 기장 길이.

"너이 증조부님 돌아가시어서다. 산소에 상돌*을 해 오시는데 징검다리로야 건네올 수가 있니? 그래 너이 조부님께서 다리부터 이렇게 넓구 튼튼한 돌루 노신 거란다."

그 후 오륙십 년 동안 한 번도 무너진 적이 없었는데 몇 해 전 어느 장마엔 어찌 된 셈인지 가운뎃 제일 큰 장이 내려앉아 떠내려갔던 것이다. 두께가 한 자는 실하고 폭이 여섯 자, 길이는 열 자가 넘는 자연석 그대로라 여간 몇 사람의 힘으로는 손을 댈 염두부터 나지 못하였다. 더구나 불과 수십 보 이내에 면(面)의 보조를 얻어 난간까지 달린 한다한* 나무다리가 놓인 뒤의 일이라 이 돌다리는 동네 사람들에게 완전히 잊어버린 채 던져져 있던 것이었다.

집에 들어가니, 어머니는 다리 고치는 사람들 점심을 짓느라고, 역시 여러 명의 동네 여편네들과 허둥거리고 계시었다.

"웬일인데 어째 혼자만 오느냐?"

어머니는 손자 아이들부터 보이지 않음을 물으신다.

"오늘루 가야겠어서 아무두 안 데리구 왔습니다."

"오늘루 갈 걸 뭘허 오누?"

"인전* 어머니서껀* 서울로 모셔 갈 채빌 하러 왔다우."

* 상돌 무덤 앞에 제물을 차려 놓기 위하여 넓적한 돌로 만들어 놓은 상.
* 한다한 한다하는. 수준이나 실력 따위가 상당하다고 자처하거나 그렇게 인정받는.
* 인전 '인제'의 사투리. 이제.
* 서껀 ~(이)랑 함께.

"서울루! 제발 아이들허구 한데서 살아 봤음 원이 없겠다."
하고 어머니는 땅보다, 조상님들 산소나 사당보다 손자 아이들에게 더 마음이 끌리시는 눈치였다. 그러나 아버지만은 그처럼 단순히 들떠질 마음이 아니었다.

아버지는 아들의 뒤를 쫓아 이내 개울에서 들어왔다. 아들은, 의사인 아들은, 마치 환자에게 치료 방법을 이르듯이, 냉정히 차근차근히 이야기를 시작하였다. 외아들인 자기가 부모님을 진작 모시지 못한 것이 잘못인 것, 한집에 모이려면 자기가 병원을 버리기보다는 부모님이 농토를 버리시고 서울로 오시는 것이 순리인 것, 병원은 나날이 환자가 늘어 가나 입원실이 부족되어 오는 환자의 삼분지 일밖에 수용 못 하는 것, 지금 시국에 큰 건물을 새로 짓기란 거의 불가능의 일인 것, 마침 교통 편한 자리에 3층 양옥이 하나 난 것, 인쇄소였던 집인데 전체가 콘크리트여서 방화 방공으로 가치가 충분한 것, 3층은 살림집과 직공들의 합숙실로 꾸미었던 것이라 입원실로 변장하기에 용이한 것, 각 층에 수도·가스가 다 들어온 것, 그러면서도 가격은 염한* 것, 염하기는 하나 삼만 이천 원이라, 지금의 병원을 팔면 일만 오천 원쯤은 받겠지만 그것은 새집을 고치는 데와, 수술실의 기계를 완비하는 데 다 들어갈 것이니 집값 삼만 이천 원은 따로 있어야 할 것, 시골에 땅을 둔대야 일 년에 고작 삼천 원의

* 염하다 값이 싸다.

실리*가 떨어질지 말지 하지만 땅을 팔아다 병원만 확장해 놓으면, 적어도 일 년에 만 원 하나씩은 이익을 뽑을 자신이 있는 것, 돈만 있으면 땅은 이담에라도, 서울 가까이라도 얼마든지 좋은 것으로 살 수 있는 것……. 아버지는 아들의 의견을 끝까지 잠잠히 들었다. 그리고,

"점심이나 먹어라. 나두 좀 생각해 봐야 대답허겠다."

하고는 다시 개울로 나갔고, 떨어졌던 다릿돌을 올려놓고야 들어와 그도 점심상을 받았다.

점심을 자시면서였다.

"원, 요즘 사람들은 힘두 줄었나 봐! 그 다리 첨 놀 제 내가 어려서 봤는데 불과 여남은 이서 거들던 돌인데 장정 수십 명이 한나잘을 씨름을 허다니!"

"나무다리가 있는데 건 왜 고치시나요?"

"너두 그런 소릴 허는구나. 나무가 돌만 허다든? 넌 그 다리서 고기 잡던 생각두 안 나니? 서울로 공부 갈 때 그 다리 건너서 떠나던 생각 안 나니? 시쳇 사람*들은 모두 인정이란 게 사람헌테만 쓰는 건 줄 알드라! 내 할아버니 산소에 상돌을 그 다리로 건네다 모셨구, 내가 천잘* 끼구 그 다리루 글 읽으러 댕겼다. 네 어미두 그 다리루 가말 타구 내 집에 왔어. 나 죽건 그 다

* 실리 실제로 얻는 이익.
* 시체 사람 요즘 사람. '시체(時體)'는 그 시대의 풍습과 특이한 유행을 뜻함.
* 천자 천자문.

리루 건네다 묻어라……. 난 서울 갈 생각 없다.”

“네?”

“천금이 쏟아진대두 난 땅은 못 팔겠다. 내 아버님께서 손수 이룩허시는 걸 내 눈으루 본 밭이구, 내 할아버님께서 손수 피땀을 흘려 모신 돈으루 장만허신 논들이야. 돈 있다구 어디가 느르지논 같은 게 있구, 독시장밭 같은 걸 사? 느르지논 둑에 선 느티나문 할아버님께서 심으신 거구, 저 사랑 마당엣 은행나무는 아버님께서 심으신 거다. 그 나무 밑에를 설 때마다 난 그 어룬들 동상이나 다름없이 경건한 마음이 솟아 우러러보군 헌다. 땅이란 걸 어떻게 일시 이해를 따져 사구팔구 허느냐? 땅 없어 봐라, 집이 어딨으며 나라가 어딨는 줄 아니? 땅이란 천지 만물의 근거야. 돈 있다구 땅이 뭔지두 모르구 욕심만 내 문서 쪽으로 사 모기만 하는 사람들, 돈놀이처럼 변리*만 생각허구 제 조상들과 그 땅과 어떤 인연이란 건 도시* 생각지 않구 헌신짝 버리듯 하는 사람들, 다 내 눈엔 괴이한 사람들루밖엔 뵈지 않드라.”

“…….”

“네가 뉘 덕으루 오늘 의사가 됐니? 내 덕인 줄만 아느냐? 내가 땅 없이 뭘루? 밭에 가 절하구 논에 가 절해야 쓴다. 자고로

* 변리 이익금.
* 도시 도무지.

하늘하눌 허나 하눌의 덕이 땅을 통허지 않군 사람헌테 미치는 줄 아니? 땅을 파는 건 그게 하눌을 파나 다름없는 거다."

"……."

"땅을 밟구 다니니까 땅을 우섭게들 여기지? 땅처럼 응과* 가 분명헌 게 무어냐? 하눌은 차라리 못 믿을 때두 많다. 그러나 힘들이는 사람에겐 힘들이는 만큼 땅은 반드시 후헌 보답을 주시는 거다. 세상에 흔해 빠진 지주들, 땅은 작인*들헌테나 맡겨 버리구, 떡 도회지에 가 앉어 소출*은 팔어다 모다 도회지에 낭비해 버리구, 땅 가꾸는 덴 단돈 일 원을 벌벌 떨구, 땅으루 살며 땅에 야박한 놈은 자식으로 치면 후레자식*이야. 땅이 말을 할 줄 알어 봐라? 배가 고프단 땅이 얼마나 많을 테냐? 해마다 걷어만 가구, 땅은 자갈밭이 되니 아나? 둑이 떠나가니 아나? 거름 한 번을 제대로 넣나? 정 급허게 돼 작인이 우는소리나 해야 요즘 너이 신의*들 주사침 놓듯, 애꿎인 금비*만 갖다 털어 넣지. 그렇게 땅을 홀댈* 허군 인제 죽어서 땅이 무서서 어디루 들 갈 텐구!"

창섭은 입이 얼어 버리었다. 손만 비비었다. 자기의 생각은 너

* 응과 결과.
* 작인 소작인. 다른 사람의 땅을 빌려 농사를 짓고 그 대가로 사용료를 지불하는 사람.
* 소출 논밭에서 나는 곡식.
* 후레자식 배운 데 없이 제풀로 막되게 자라 교양이나 버릇이 없는 사람을 낮잡아 이르는 말.
* 신의 서양 의술을 배운 의사를 이르는 말.
* 금비 돈을 주고 사서 쓰는 거름. 화학 비료.
* 홀대 소홀히 대접함. 푸대접.

무나 자기 본위*였던 것을 대뜸 깨달았다. 땅에는 이해를 초월한 일종 종교적 신념을 가진 아버지에게 아들의 이단적인 계획이 용납될 리 만무였다. 아버지는 상을 물리고도 말을 계속하였다.

"너루선 어떤 수단을 쓰든지 병원부터 확장허려는 게 과히 엉뚱헌 욕심은 아닐 줄두 안다. 그러나 욕심을 부련 못쓰는 거다. 의술은 예로부터 인술*이라지 않니? 매살 순탄허게 진실허게 해라."

"……."

"네가 가업을 이어 나가지 않는다군 탄허지* 않겠다. 넌 너루서 발전헐 길을 열었구, 그게 또 모리지배*의 악업이 아니라 활인허는* 인술이구나! 내가 어떻게 불평을 말허니? 다만 삼사대 집안에서 공들여 이룩해 논 전장을 남의 손에 내맡기게 되는 게 저윽* 애석헌 심사가 없달 순 없구……."

"팔지 않으면 그만 아닙니까?"

"나 죽은 뒤에 누가 거두니? 너두 이제두 말했지만 너두 문서 쪽만 쥐구 서울 앉어 지주 노릇만 허게? 그따위 지주허구 작

* 본위 판단이나 행동에서 중심이 되는 기준.
* 인술 사람을 살리는 어진 기술이라는 뜻.
* 탄하다 남의 말을 탓하여 나무라다.
* 모리지배 온갖 수단과 방법으로 자신의 이익만을 꾀하는 사람. 모리배.
* 활인하다 사람의 목숨을 구하여 살리다.
* 저윽 적이. 꽤 어지간한 정도로.

인 틈에서 땅들만 얼말 곯는지 아니? 안 된다. 팔 테다. 나 죽을 임시엔 다 팔 테다. 돈에 팔 줄 아니? 사람헌테 팔 테다. 건너 용문이는 우리 느르지논 같은 건 한 해만 부쳐 보구 죽어두 농군으로 태났던 걸 한허지 않겠다구 했다. 독시장밭을 내논다구 해 봐라, 문보나 덕길이 같은 사람은 길바닥에 나앉드라두 집을 팔아 살려구 덤빌 게다. 그런 사람들이 땅임자 안 되구 누가 돼야 옳으냐? 그러니 아주 말이 난 김에 내 유언이다. 그런 사람들 무슨 돈으로 땅값을 한목* 내겠니? 몇몇 해구 그 땅 소출을 팔아 연년이* 갚어 나가게 헐 테니 너두 땅값을랑 그렇게 받어 갈 줄 미리 알구 있거라. 그리구 네 모가 먼저 가면 내가 묻을 거구, 내가 먼저 가게 되면 네 모만은 네가 서울루 그때 데려가렴. 난 샘말서 이렇게 야인*으로 나 죄 없는 밥을 먹다 야인인 채 묻힐 걸 흡족히 여긴다."

"……."

"자식의 젊은 욕망을 들어 못 주는 게 애비 된 맘으루두 섭섭허다. 그러나 이 늙은이헌테두 그만 신념쯤 지켜 오는 게 있다는 걸 무시하지 말어다구."

아버지는 다시 일어나 담배를 피우며 다리 고치는 데로 나갔다. 옆에 앉았던 어머니는 두 눈에 눈물을 쭈르르 흘리었다.

* 한목 한 번에 모두. 한꺼번에 몰아서 함을 나타내는 말.
* 연년이 해마다 거르지 않고.
* 야인 시골에 사는 사람.

"너이 아버지가 여간 고집이시냐?"

"아뇨. 아버지가 어떤 어룬이신 건 오늘 제가 더 잘 알었습니다. 우리 아버진 훌륭헌 인물이십니다."

그러나 창섭도 코허리가 찌르르하였다. 자기의 계획하고 온 일이 실패한 것쯤은 차라리 당연하게 생각되었고, 아버지와 자기와의 세계가 격리되는 일종의 결별의 심사를 체험하는 때문이었다.

아들은 아버지가 고쳐 놓은 돌다리를 건너 저녁차를 타러 가버리었다. 동구 밖으로 사라지는 아들의 뒷모양을 지키고 섰을 때, 아버지의 마음도, 정말 임종에서 유언이나 하고 난 것처럼 외롭고 한편 불안스러운 심사조차 설레었다.

아버지는 종일 개울에서 허덕였으나 저녁에 잠도 달게 오지 않았다. 젊어서 서당에서 읽던 백낙천*의 시가 다 생각이 났다. 늙은 제비 한 쌍을 두고 지은 노래였다. 제 배 속이 고픈 것은 참아 가며 입에 얻어 문 것은 새끼들부터 먹여 길렀으나, 새끼들은 자라서 나래*에 힘을 얻자 어디로인지 저희 좋을 대로 다 날아가 버리어, 야위고 늙은 어버이 제비 한 쌍만 가을바람 소슬한* 추녀 끝에 쭈그리고 앉았는 광경을 묘사하였고, 나중

* 백낙천 중국 당나라 때의 시인. 백거이.
* 나래 날개.
* 소슬하다 으스스하고 쓸쓸하다.

에는, 그 늙은 어버이 제비들을 가리켜, 새끼들만 원망하지 말고, 너희들이 새끼 적에 역시 그러했음도 깨달으라는 풍자의 시였다.

'흥……!'

노인은 어두운 천장을 향해 쓴웃음을 짓고 날이 밝기를 기다려 누구보다도 먼저 어제 고쳐 놓은 돌다리를 보러 나왔다.

흙탕이라고는 어느 돌 틈에도 남아 있지 않았다. 첫 곬*으로도, 가운뎃 곬으로도 끝엣 곬으로도 맑기만 한 소담한 물살이 우쭈우쭈 춤추며 빠져 내려갔다. 가운뎃 장으로 가 쾅 굴러 보았다. 발바닥만 아플 뿐 끄떡이 있을 리 없다. 노인은 쭈르르 집으로 들어와 소금 접시와 낯 수건을 가지고 나왔다. 제일 낮은 받침돌에 내려앉아 양치를 하고 세수를 하였다. 나중에는 다시 이가 저린 물을 한입 물어 마시며 일어섰다. 속의 모든 게 씻기는 듯 시원하였다. 그리고 수염의 물을 닦으며 이렇게 생각하였다.

'비가 아무리 쏟아져도 어떤 한정을 넘는 법은 없다. 물이 분수 없이 늘어 떠내려갔던 게 아니라 자갈이 밀려 내려와 물구멍이 좁아졌든지, 그렇지 않으면, 어느 받침돌의 밑이 물살에 궁글어* 쓰러졌던 그런 까닭일 게다. 미리 바닥을 치고 미리 받침

* 곬 한쪽으로 트여 나가는 방향이나 길.
* 궁글다 들떠서 틈이 벌어지거나 속이 비다. 단단한 물체 속의 한 부분이 텅 비다.

돌만 제대로 보살펴 준다면 만년을 간들 무너질 리 없을 게다. 그저 늘 보살펴야 하는 거다. 사람이란 하늘 밑에 사는 날까진 하루라도 천리*에 방심을 해선 안 되는 거다…….'

* 천리 자연의 이치.

활동

1. '아버지'와 '아들(창섭)'이 서로 갈등하게 된 이유는 무엇인지, 두 사람의 가치관을 비교하며 〈보기〉를 참고해 괄호 안을 채워 봅시다.

보기 ▶ 시골 농부 도시 의사 금전적 본래적
전통적 근대적 이익 병원 확장

아버지		아들(창섭)
• 아버지의 직업은 ( ) • 땅은 ( )을 위해 사고파는 대상이 아님. • 땅의 ( ) 가치를 중시함. • ( ) 가치관과 사고방식.	↔	• 아들의 직업은 ( ) • ( )을 하고자 땅을 팔기를 원함. • 땅의 ( ) 가치를 중시함. • ( ) 가치관과 사고방식.

2. '아버지'와 '아들(창섭)'은 '돌다리'를 다른 존재로 인식하고 있습니다. 그들의 생각이 어떻게 다른지 정리해 봅시다.

아버지

난간까지 달린 나무다리가 놓였으니
돌다리는 굳이 고칠 필요가 없는 존재이다.

아들

3. 서로 다른 인물들의 입장을 살펴보고 자신이 동의하는 의견을 선택한 후 그 이유를 써 봅시다.

아버지
"땅이란 걸 어떻게 일시 이해를 따져 사구팔구 허느냐? 땅이란 천지만물의 근거야." "땅을 파는 건 그게 하늘을 파나 다름없는 거다." "땅을 돈에 팔 줄 아니? 그것을 잘 가꿔 줄 사람헌테 팔 테다."

어머니	아들(창섭)
'땅보다, 조상님들 산소나 사당보다 이제는 손자들이랑 함께 살고 싶구나.'	"외아들인 제가 서울에서 부모님을 봉양하고자 합니다." "땅을 둔대야 일 년에 고작 삼천 원의 실리가 떨어질지 말지 하지만 땅을 팔아 병원만 확장해 놓으면 보다 큰 이익이 생길 것입니다."

자신이 동의하는 의견:

이유:

4. 이 작품을 읽고 느낀 점을 다음 사자성어와 연관 지어 작성해 봅시다.

과유불급(過猶不及) 정도를 지나침은 미치지 못함과 같음.
다다익선(多多益善) 많으면 많을수록 더욱 좋음.
무위자연(無爲自然) 사람의 힘을 더하지 않은 그대로의 자연.
일거양득(一擧兩得) 한 가지 일을 하여 두 가지 이익을 얻음.
온고지신(溫故知新) 옛것을 익히고 그것을 미루어서 새것을 앎.

미스터 방

채만식

蔡萬植(1902~1950) 소설가.
전라북도 옥구에서 태어났다. 중앙고보를 거쳐 일본 와세다 대학 영문과를 중퇴했다. 1925년 『조선문단』에 단편 「세 길로」가 추천되면서 등단해 우리 민족과 사회 현실을 제재로 삼아 풍자적인 작품을 주로 발표했다. 주요 작품으로 「레디메이드 인생」 「치숙」 「미스터 방」 「논 이야기」 「만세전」 등의 중단편소설과 『탁류』 『태평천하』 등의 장편소설이 있다.

들어가며

일제 강점기가 막을 내리고 해방을 맞이했을 때 우리 선조들은 모두 기뻐했을까요? 아마 일제에 협조했던 앞잡이들은 두려움이 컸을 테고, 독립을 바라던 사람들은 거리로 나와 환호성을 올렸겠지요? 하루 벌어 하루 먹는 사람들은 어땠을까요?

인간이라는 존재는 이기적인 본성을 타고난 것일까 싶다가도 목숨 걸고 독립운동했던 분들을 떠올리면 아닌 것도 같고, 생각할수록 참 알쏭달쏭한 존재입니다. 가치관이나 신념보다 자신이 처한 사회문화적 상황에 따라 거취를 선택하는 존재인 것 같습니다.

암울하고 혼란한 시대를 살았던 채만식은 '미스터 방'을 통해 어떤 이야기를 하고 싶었을까요? 이 작품은 해방된 지 채 일 년도 되지 않은 1946년 7월에 발표되었어요. 당시 현실이 얼마나 빠르게 바뀌었는지를 기록으로 증언한 작품인 셈이죠. 약간의 영어 회화를 할 수 있는 사람이 외국 점령군에게 빌붙어 호가호위하는 모습이 채만식에게는 '꼴사납다'를 넘어서 '위험하다'는 신호로 포착된 것 같아요. 지적으로 무지한 사람이 자기 멋대로 통역한 내용을 통해 우리나라를 인식하는 미군 장교는 현실을 왜곡해서 받아들일 수밖에 없잖아요. 당시 우리의 운명을 손에 쥐고 있는 미군이 우리의 현실을 제대로 인식하지 못하면 결국 우리 민족의 운명도 꼬이게 되는 거니까요.

채만식답게, 없다가 있는 방삼복과 있다가 없는 백주사를 희화화해 부정적인 세태를 유쾌하게 풍자합니다. 급변하는 시대 상황 속에서 더 잘 드러나는 인간의 본성을 유감없이 보여 주는 동시에 인생만사는 새옹지마라는 옛사람의 가르침도 되새겨 보게 합니다. 그래서 단맛, 신맛, 쓴맛, 짠맛, 매운맛을 느낄 수 있다는 오미자차를 마시는 기분이 들 수 있어요. 다양한 맛이 뒤섞인 '미스터 방'으로 들어가 볼까요?

주인과 나그네가 한가지로 술이 거나하니* 취하였다. 주인은 미스터 방(方), 나그네는 주인의 고향 사람 백(白) 주사.*

주인 미스터 방은 술이 거나하여 감을 따라, 그러지 않아도 이즈음 의기 자못* 양양한 참인데 거기다 술까지 들어간 판이고 보니, 가뜩이나 기운이 불끈불끈 솟고 하늘이 바로 돈짝*만 한 것 같은 모양이었다.

"내 참, 머, 흰말*이 아니라 참, 거칠 것 없어, 거칠 것. 흥, 어느 눔이 아, 어느 눔이 날 뭐라구 허며, 날 괄시헐* 눔이 어딨어, 지끔 이 천지에. 흥 참, 어림없지, 어림없지."

누가 옆에서 저를 무어라고를 하며 괄시를 한단 말인지, 공연히 연방 그 툭 나온 눈방울을 부리부리 왼편으로 삼십 도는 넉넉 삐뚤어진 코를 벌씸벌씸 해 가면서 그래 쌓는 것이었었다.

* 거나하다 술 따위에 어지간히 취한 상태에 있다.
* 주사 (남자의 성 아래 쓰여) 그를 높여 이르는 말.
* 자못 생각보다 매우.
* 돈짝 엽전의 크기.
* 흰말 터무니없이 자랑으로 떠벌리거나 거드럭거리며 허풍을 떠는 말. 흰소리
* 괄시하다 업신여겨 하찮게 대하다.

"내 참, 이래 봬두, 응, 동양 삼국 물 다 먹어 본 방삼(方三) 복이우. 청얼(淸語) 뭇허나, 일얼 뭇허나, 영어야 뭐 말할 것두 없구……."

하다가, 생각난 듯이 맥주 컵을 들어 벌컥벌컥 단숨에 다 마신다. 그러고는 시꺼먼 손등으로 입술을 쓱, 손가락으로 김치 쪽을 늘름 한 점, 그러던 버릇이, 미스터 방이요, 신사요, 방 선생으로도 불리어지는 시방*도 무심중* 절로 나와, 손등으로 입술의 맥주 거품을 쓱 씻고 손가락으로 나조기* 한 점을 집어다 우둑우둑 씹는다.

"술은 참, 맥주가 술입넨다……."

어느 놈이 만일 무어라고 시비를 하거나 괄시를 한다면 당장 그 나조기를 씹듯이 우둑우둑 잡아 씹기라도 할 듯이 괄괄하던 결기*가, 그러다 별안간 어디로 가고서 이번엔 맥주 추앙*이 나오던 것이다.

"술두 미국 사람네가 문명했죠.* 죄선 사람은 안직두 멀었어."

"멀구말구. 아직두 멀었지."

* 시방 지금.
* 무심중 아무런 생각이 없어 스스로 깨닫지 못하는 사이.
* 나조기 닭고기를 재료로 한 중국 요리의 하나. 라조기.
* 결기 못마땅한 것을 참지 못하고 성을 내거나 왈칵 행동하는 성미.
* 추앙 높이 받들어 우러러봄.
* 문명하다 물질적, 기술적, 사회 구조적으로 발전되어 있다.

쥐 상호*의 대추씨만 한 얼굴에 앙상한 노랑 수염 백 주사가, 병을 들어 주인의 빈 컵에다 따르면서, 그렇게 맞장구를 쳐 보비위*를 한다.

"아, 백 상*두 좀 드슈."

"난 과해."

"괜히 그리셔. 백 상 주량을 다아 아는데. 만난 진 오랐어두."

"다아 젊었을 적 말이지, 지금은……."

"올에 참 몇이시지?"

"갑술생 마흔여덟 아닌가!"

"그럼 나버담 열한 살 위시군. 그래두 백 상은 안 늙으신 심야. 허허허허."

"안 늙은 게 다 무언가. 머리 신 걸 보게!"

"건 조백*이시지."

백 주사는 흔연히* 수작*을 하면서 내색은 아니 하나, 어심*엔 미스터 방이 괘씸하기 짝이 없었다.

향리*의 예법으로, 십 년 장*이면 절하고 뵈어야 한다. 무릎

* 상호(相好) 얼굴의 생김새.
* 보비위 남의 비위를 잘 맞추어 줌.
* 백 상 백 씨. '상(さん)'은 일본어에서 이름이나 성 뒤에 붙여 존대하는 의미로 사용되는 접미사.
* 조백 늙기도 전에 머리가 셈. 흔히 마흔 살 안팎의 나이에 머리가 세는 것을 이른다.
* 흔연히 기쁘거나 반가워 기분이 좋게.
* 수작 술잔을 서로 주고받음. 또는 서로 말을 주고받음.
* 어심 마음의 속.
* 향리 시골의 마을.
* 장 나이를 따져 손위임을 나타내는 말.

꿇고 앉아야 하고, 말은 깍듯이 공대*를 해야 한다. 그 앞에서 주초*가 당치 않고, 막부득이한* 경우면 모로 앉아 잔을 마셔야 한다. 그런 것을, 마치 제 연갑* 친구나 타관 나그네게나 하는 것처럼, 백 상이니, 술 드슈, 조백이시지 하고 말버릇이 고약해, 발 개키고 앉아서 정면하고 술을 먹어, 담배 뻐끔뻐끔 피워, 이런 괘씸할 도리가 없었다.

또 나이도 나이려니와, 문벌*이나 지체를 가지고 논한다면, 이건 도저히 용서할 수 없는 일이었다.

이래 보여도 나는 삼 대조가 진사를 하였고(그 첩지*가 시방도 버젓이 있다.) 오 대조가 호조 판서를 지냈고(족보에 그렇게 분명히 올라 있다.) 칠 대조가 영의정을 지냈고(역시 족보에 그렇게 분명히 올라 있다.) 이런 명문거족*의 집안이었다. 또 내 십이 촌이 ××군수요, 그 십이 촌의 아들이 만주국 ××현 ××촌 촌장이요 하였다. 또 그러고, 시방은 원수의 독립인지 막덕*인지 때문에 다 그렇게 되었다지만, 아무튼 두 달 전까지도 어느 놈 그 앞에서 기침 한번 크게 못 하던 백 부장 — 훈8등에 ××

* 공대 상대에게 높임말을 함.
* 주초 술과 담배를 아울러 이르는 말.
* 막부득이하다 '부득이하다'를 강조하여 이르는 말.
* 연갑 비슷한 또래의 나이.
* 문벌 대대로 내려오는 그 집안의 사회적 신분이나 지위.
* 첩지 관아에서 구실아치와 노비를 고용할 때 쓰던 사령장.
* 명문거족 이름나고 크게 번창한 집안.
* 막덕 마르크스주의를 믿는 사람이나 행위를 낮추어 부르는 말.

경찰서 경제계 주임이던 백 부장의 어르신네 이 백 주사가 아닌가. 두 달 전 그때만 같았어도

'이놈!'

하고 호통을 하여 당장 물고*를 내련만, 그 좋은 세상이 어디로 가고 이 지경이란 말인지 몰랐다.

하여튼 그만치나 혼란스런 백 주사에다 대면 미스터 방의 근지*야 아주 보잘 것이 없었다.

미스터 방의 증조가 타관에서 떠들어온* 명색 없는 사람이었다. 그 조부가 고을의 아전을 다녔다. 그 애비가 짚신 장수였다. 칠십에, 고로롱 고로롱 아직도 살아 있지만, 시방도 짚신 곱게 삼기로 고을에서 첫째가는 방 첨지가 바로 그였다. 그리고 이 방삼복이는…….

먹고 자고 꿍꿍 일하고, 자식새끼 만들고 한 줄밖에는 모르는 상일꾼*〔農夫〕이었다. 그러나마 삼십을 바라보도록 남의 집 머슴살이로, 이 집 저 집 살고 다니는 코삐뚤이 삼복이었다. 물론 낫 놓고 기역 자도 못 그리는 판무식*이었다.

상일꾼일 바엔 남의 세토* 마지기라도 얻어 제 농사를 짓는

* 물고 죄를 지은 사람을 죽임.
* 근지 자라 온 환경과 경력을 아울러 이르는 말.
* 떠들어오다 정처 없이 떠돌아다니던 사람이나 짐승이 들어오다.
* 상일꾼 별로 기술이 필요하지 않은 막일을 업으로 하는 사람.
* 판무식 아주 무식한 사람.
* 세토 해마다 일정한 양의 벼를 주인에게 세로 바치고 부치는 논밭. 소작.

것이 아니라, 삼십을 바라보도록 남의 집 머슴살이만 하고 다니던 코삐뚤이 삼복이가 하루아침 무슨 생각이 났던지, 돈벌이를 간답시고, 조석이 간데없는* 부모에게다 처자식 떠맡기고는 훌쩍 일본으로 떠나 버렸다. 그것이 열두 해 전.

떠난 지 칠팔 년을 별반 신통한 벌이도 못 하는지, 돈 한 푼 보내는 싹도 없더니,* 하루는 느닷없이 중국 상해에 와 있노라 기별이 전해져 왔다. 그러고는 감감 소식이 없다가 삼 년 만에 푸뜩 고향엘 돌아왔다. 십여 년을, 저의 말마따나 동양 삼국 물 골고루 먹고 다녔으면서, 별로이 때가 벗은 것도 없어 보이고, 행색은 해진 양복 누더기에 볼 꿰어진 구두짝을 꿰고 들어서는 모양이, 군데군데 김질*은 하였으나 빨아 다린 무명 고의적삼*을 입고 고향을 떠날 적보다 차라리 초라한 것 같았다.

늙은 에미 애비와 젊은 가속*이 뼈품*으로 버는 것을 얻어먹으며 굶으며 하면서 한 일 년 번둥거리고 놀더니, 저으기 회심이 들었는지, 이번엔 처자식 데리고 서울로 올라왔다.

서울로 올라와서는 현저동 비탈의 다 찌부러진 행랑방을 얻어 살면서, 처음 일 년은 용산 있는 연합군 포로수용소엘 다니

* 조석이 간데없다 밥을 굶는다는 뜻. 조석은 아침밥과 저녁밥을 아울러 이르는 말.
* 싹(이) 없다 싹수없다.
* 김질 떨어지거나 해어진 곳에 다른 조각을 대어 꿰매는 일.
* 고의적삼 여름에 입는 홑바지와 저고리.
* 가속 '아내'의 낮춤말.
* 뼈품 뼈가 휠 만큼 들이는 품.

며 입에 풀칠을 하였고—이 동안 그는 상해에서 귀로 익힌 토막 영어가 조금 더 진보되었고.

다시 일 년이나는, 그것 역시 상해에서 익힌 것을 밑천 삼아, 구두 직공으로 구둣방엘 다니며 그럭저럭 살았고. 그러나 일본이 싸움에 지느라고 구두를 너무 해트려* 가죽이 동이 나서 구둣방이 너나없이 문을 닫는 바람에, 할 수 없이 이번엔 궤짝 한 개 짊어지고 신기료장수*로 나서고 말았다.

골목골목 돌아다니며 혹은 종로 복판의 행길에 가 앉아 신기료장수를 하자니, 자연 서울 온 고향 사람의 눈에 종종 뜨일밖에. 소식이 고향에 퍼지자, 누구 한 사람 칭찬은 없고 저마다 빈정거리는 소리뿐이었다.

"일본으로, 청국으로, 십여 년 타국 바람 쏘이고 온 놈이 겨우 고거야?"

"부전자전*이로구면. 아범은 짚신 장수, 자식은 구두 깁는 장수."

"아마 신발 명당에다 무덤을 썼든감."

이렇듯 근지는 미천하고 속에 든 것 없고, 가랑이가 찢어지게 가난하고, 생화*라는 것이 고작 거리에 앉아 오는 사람 가는 사

* 해트리다 닳아서 떨어지게 하다.
* 신기료장수 헌 신을 꿰매어 고치는 일을 직업으로 하는 사람.
* 부전자전 아들의 성격이나 생활 습관 따위가 아버지로부터 대물림된 것처럼 비슷함.
* 생화 먹고 살아가는 데 도움이 되는 벌이나 직업.

람 해지고 고린내 나는 구두짝 꿰매어 주고 징 박아 주고 닦아 주고 하는 천업*이고 하던, 그 코삐뚤이 삼복이었었다.

'흥, 개구리가 올챙이 적을 못 생각한다더니, 발칙한 놈. 고얀 놈.'

백 주사는 생각하자니 속으로 이렇게 분개스럽지 않을 수가 없었다.

그러나 일변*으로는, 그러던 코삐뚤이 삼복이가 그야말로 선영*이 명당엘 들었단 말인지, 무슨 조화를 지녔단 말인지, 불과 몇 달 지간에 이렇게 훌륭히 되고, 부자가 되고, 미씨다 방인지 구리다 방인지가 되고 하여 가지고는 갖은 호강 다 하며 천하에 무설 것이 없고, 기광*이 나서 막 이러니, 한편 생각하면 신기하기도 하고 부럽기도 하고 또한 안타깝기도 하였다.

'사람의 운수란 참 모를 일이야.'

백 주사는 속으로 절절히 이렇게 탄복도 아니치 못하였다.

코삐뚤이 삼복의 이 눈부신 발신*은, 그러나 백 주사가 희한히 여기는 것처럼 무슨 명당바람이 났다거나 조화를 지녔다거나 그런 신기한 곡절*이 있는 바가 아니요, 지극히 간단하고도

* 천업 낮고 천하게 여겨지는 직업이나 영업.
* 일변 한편.
* 선영 조상의 무덤.
* 기광 극성스레 마구 날뛰는 행동이나 기세.
* 발신 천하거나 가난한 처지를 벗어나 앞길이 훤히 트임.
* 곡절 순조롭지 않게 얽힌 이런저런 복잡한 사정이나 까닭.

수월한 것이었었다. 다못* 몸에 지닌 재주 가운데 총기가 좀 좋아서 일찍이 영어 마디나 익힌 것을 잊어버리지 아니하였다는 일종의 특수 조건이 없던 바는 아니지만.

1945년 8월 15일, 역사적인 날.

이날도 신기료장수 방삼복은 종로의 공원 건너편 응달에 앉아서 구두 징을 박으면서 해방의 날을 맞이하였다. 그러나 삼복은 감격한 줄도 기쁜 줄도 모르겠었다. 지나가는 행인이 서로 모르던 사람끼리면서 덤쑥 서로 껴안고 기뻐하고 눈물을 흘리고 하는 것이 삼복은 속을 모르겠고 차라리 쑥스러 보일 따름이었다. 몰려 닫는 군중이 오히려 성가시고, 만세 소리가 귀가 아파 이맛살이 지푸려질 지경이었다.

몰려다니고 만세를 부리고 하기에 미쳐 날뛰느라고 정신이 없어, 손님이 없어, 손님이 부쩍 줄었다.

"우랄질! 독립이 배부른가?"

이렇게 그는 두런거리면서 반감*이 솟았다.

이삼 일 지나면서부터야 삼복에게도 삼복에게다운 해방의 혜택이 나뉘어졌다.

십 전이나 십오 전에 박아 주던 징을, 오십 전을 받아도 눈을

* 다못 '다만'의 사투리.
* 반감 반대하거나 반항하는 감정.

부라리는 순사를 볼 수가 없었다. 순사가 없어졌다면야, 활개를 쳐 가면서 무슨 짓을 하여도 상관이 없고 무서울 것이 없던 것이었었다.

"옳아. 그렇다면 독립도 할 만한 건가 보다."

삼복은 징 열 개를 박아 주고 오 원을 받아 넣으면서 이렇게 속으로 중얼거리기까지 하였다.

그러나 며칠이 못 가서 삼복은 다시금 해방을 저주하여야 하였다. 삼복이 저 혼자만 돈을 더 받으며, 더 받아 상관이 없는 것이 아니라, 첫째 도가*들이 제 맘대로 재료 값을 올리던 것이었었다. 징, 가죽, 고무, 실 모두가 오 곱 십 곱 비싸졌다. 그러니 신기료장수는 손님한테 아무리 비싸게 받는댔자, 재료를 비싼 값으로 사야 하니, 결국 도가만 살찌울 뿐이지, 소득은 전과 크게 다를 것이 없었다.

"이런 엠병헐! 그눔에 경제겐 다 어디루 가 뒈졌어. 독립은 우라진다구 독립을 헌담."

석양 때 신기료 궤짝 어깨에 멘 채 홧김에 막걸리청으로 들어가, 서너 사발 들이켜고는 그는 이렇게 게걸거렸다.*

그럭저럭 구월도 열흘이 되고, 서울 거리에는 미국 병정이 꼬마차와 함께 그득히 퍼졌다.

* 도가 도매상.
* 게걸거리다 상스러운 말로 소리를 지르며 불평스럽게 자꾸 떠들다.

그 미국 병정들이, 거리를 구경하면서 혹은 물건을 사려면서 말이 서로 통하지를 못하여 답답해하는 양을 보고 삼복은 무릎을 탁 쳤다.

그러나 슬플진저, 땟국과 땀에 찌든 이 누더기를 걸치고는 가망이 없을 말이었다.

'무슨 도리가 없을까?'

반일*을 궁리를 하다가 정오 때에야 한 줄기 서광*을 얻었다.

총총히 집으로 돌아가, 마누라를 시켜 구두 고치는 연장 일습*과 재료 남은 것에다 이불이며 헌 옷가지 해서 한 짐을 동네 아는 가게에다 맡기고는 한 달 기한으로 돈 백 원을 서 푼 변*으로 취해 오게 하였다.

그 돈 백 원을 가지고 삼복은 흔한 넉마전*으로 가서 백 원 돈이 꼭 차는 한도까지에 양복이란 명색 한 벌과 모자를 샀다. 신발은 부득이 안방 사람의 병정 구두 사 신은 것을 이다음 창갈이를 거저 해 주겠다는 조건으로 닷새만 제 것과 바꾸어 신기로 하였다.

이튿날 아침 느지감치,* 새로 장만한 헌 양복 헌 모자에 헌

* 반일 한나절.
* 서광 기대하는 일에 대하여 나타난 희망의 징조를 비유적으로 이르는 말.
* 일습 옷, 그릇, 기구 따위의 한 벌. 또는 그 전부.
* 변 남에게 돈을 빌려 쓴 대가로 치르는 일정한 비율의 돈.
* 넉마전 낡고 해어져서 입지 못하게 된 옷, 이불 따위를 파는 가게. 넝마전.
* 느지감치 꽤 늦게.

구두로써 궤짝 멘 신기료장수보다는 제법 말쑥하여진 차림을 차리고 마악 나서려는데, 간밤부터 통통 부어 가지고는 시중도 말대꾸도 잘 아니 하던 애꾸장이 마누라가 와락 양복 뒷자락을 움켜쥐고 늘어진다.

"바른대루 대요."

"이게 별안간 미쳤나?"

"요 막난아, 반해 가지군 이럭 허구 찾아가는 고년이 어떤 년야? 응?"

"속을 모르거든 밥값을 내지 말랬어, 요 맹추야."

"날 죽이구 가지, 거전 못 가."

"이년아, 너 이랬단, 내 인제 둔 벌문, 증말 첩 얻는다."

"오냐 잘한다. 날 죽여라, 날……."

"아, 이 우라 주리땔 앵길 년이……."

한주먹 보기 좋게 갈겨 넘어뜨리고는, 찌부러진 오두막집을 나서 종로로 향을 잡았다.

노예도 노예 이전이면 상전을 선택할 자유를 가지는 수도 있다고.

삼복은 종로서 전차를 내려 동쪽으로 천천히 걸으면서 물색* 을 하였다. 생김새가 맘씨 좋아 보이고, 여느 병정이 아니라 장교쯤 가는 이라야 할 것이었다.

* 물색 어떤 기준으로 거기에 알맞은 사람이나 물건, 장소를 고르는 일.

청년 회관 앞에서 담뱃대를 사고 있는 하나가, 몸집이 부대하고* 여느 병정은 아닌 듯하고, 얼굴이 사뭇 선량하여 보이는 게 선뜻 마음에 들었다. 구경하는 체하고 넌지시 그 옆으로 가 섰다.

미국 장교는 담뱃대를 집어 들고 기물스러하면서* 연방 들여다보다가 값이 얼마냐고

"하우 머취? 하우 머취?"

하고 묻는다.

담뱃대 장수 영감은, 삼십 원이라고 소래기*만 지른다.

알아들을 턱이 없어, 고개를 깨웃거리면서* 다시금 하우 머취만 찾는 것을, 기회 좋을시고라고, 삼복이가 나직이

"더티 원."

하여 주었다.

홱 돌려다 보더니

"오, 캔 유 시피크?"

하면서, 사뭇 그러안을* 듯이 반가워하는 양이라니. 아스라지도록 손을 잡고 흔드는 데는 질색할 뻔하였다.

직업이 있느냐고 물었다. 방금 실직하였노라고 대답하였다.

* 부대하다 몸뚱이가 뚱뚱하고 크다.
* 기물스럽다 보기에 좋아 보이는 데가 있다.
* 소래기 소리를 속되게 이르는 말.
* 깨웃거리다 고개나 몸 따위를 이쪽저쪽으로 매우 귀엽게 자꾸 조금씩 기울이다.
* 그러안다 두 팔로 싸잡아 껴안다.

그럼, 내 통역이 되어 주겠느냐고 물었다. 그러겠노라고 대답하였다.

이 자리에서 신기료장수 코삐뚤이 삼복은 미스터 방으로 승차를 하여, S라는 미국 주둔군 소위의 통역이 되었다. 주급 십오 불=이백사십 원가량의.

거진 매일같이 미스터 방은 S소위를, 낮에는 거리의 구경으로, 밤이면 계집 있는 술집으로 인도하였다.

한번은 탑골공원의 사리탑을 구경하면서, 얼마나 오랜 것이냐고 S소위가 물었다. 미스터 방은 언젠가, 수천 년 된 것이란 말을 들었기 때문에, 투 따우샌드 이얼스라고 대답하였다.

또 한번은, 경회루를 구경하면서 무엇하던 건물이냐고 물었다. 미스터 방은 서슴지 않고

"킹 듀링크 와인 앤드 딴쓰 앤드 씽, 위드 땐써."

라고 대답하였다. 임금이 기생 데리고 술 마시고, 춤추고 노래 부르고 하던 집이란 뜻이었었다.

내가 보기엔, 조선 여자의 옷이 퍽 아름답고 점잖스럽던데, 어째서 양장들을 하는지 모르겠다고 S소위가 물었다. 미스터 방은, 여자들이 서양 사람한테로 시집을 가고파서 그런다고 대답하였다.

서울역을 비롯하여 거리에 분뇨*가 범람한 것을 보고, 혹시

* 분뇨 똥오줌.

조선 가옥에는 변소가 없느냐고 S소위가 물었다. 미스터 방은, 있기야 집집마다 다 있느니라고 대답하였다.

썩 좋은 조선 그림을 한 장 사고 싶다고 하여서, 문지방 위에다 흔히들 붙이는 사슴이 불로초를 물고, 신선이 앉았고 한 것을 오 원에 한 장 사 주었다.

제일 재미있고 유명한 소설이 무엇이냐고 물어서, 『추월색』* 이라고 대답하였고, 그럼 그것을 한 권 사고 싶다고 하여서, 여러 날 사러 다니다 못해, 동네 노마네 집에 치를 이 원에 사 주었다. 이 밖에도 미스터 방은 S소위에게 조선을 소개한 공로가 여러 가지로 많으나 대강은 그러하였다.

그 공로에 정비례해서, 미스터 방은 나날이 훌륭하여져 갔다. 8·15 이전에 어떤 은행의 중역의 사택이라던 지금의 이 집으로, 현저동 그 집에서 옮아오기는 S소위의 통역이 되는 사흘 후였었다. 위아래 층을 다 양식 절반 일본식 절반으로 꾸민 호화스런 저택이었다. 정원엔 때마침 단풍과 가을 화초가 아름다웠고, 연못에선 잉어가 뛰놀고 하였다.

시방 주객*이 앉아 술을 마시는 방은, 앞은 노대*가 딸리고 햇볕 잘 들고 밝아서, 여러 방 가운데 제일 좋은 방이었다. 그러

* 『추월색』 1912년 3월에 발표된 최찬식의 신소설.
* 주객 술을 먹는 사람.
* 노대 2층 이상의 양옥에서, 건물 벽면 바깥으로 돌출되어 난간이나 낮은 벽으로 둘러싸인 뜬 바닥이나 마루. 발코니.

나 방 안에는 벽에 그림 한 장 붙어 있는 바 아니요, 방에 알맞은 가구 한 벌 놓여 있는 바 아니요, 단지 방일 따름이어서, 싱겁게 넓기만 하였다. 그렇지만 미스터 방은 실내의 장식 같은 것쯤 그다지 관심할 줄을 아직은 몰랐다.

처음엔 식모를 두었다. 그다음엔 침모*를 두었다. 그다음엔 손심부름할 계집아이를 두었다.

하루에도 방 선생을 찾는 이가 여러 패씩 있었다. 그들의 대개는 자동차를 타고 오고, 인력거짜리도 흔치 않았다. 그렇게 찾아오는 그들은 결단코 빈손으로 오는 법이 드물었다. 좋은 양과자 상자 밑바닥에는 으레껏 따로이 뿌듯한 봉투가 들었곤 하였다.

미스터 방의, 신기료장수 코삐뚤이 삼복이로부터의 발신 경로*란 이렇듯 심히 간단하고 순조로운 것이었었다.

주인 미스터 방이 백 주사의 컵에다 술을 따르려고 병을 집어 들다가

"오이, 기미꼬."

하고 아래층으로 대고 부른다.

"심부럼 갔어요."

* 침모 남의 집에 매여 바느질을 맡아 하고 일정한 품삯을 받는 여자.
* 발신 경로 천하거나 가난한 처지를 벗어나 앞길이 훤히 트이는 과정.

애꾸쟁이 마누라의 꼬챙이 같은 대답.

"안주 어떻게 됐어?"

"글쎄, 안주 시키러 갔어요."

"증종* 있지?"

"……."

층계 밟는 소리가 나더니, 파마넨트한 머리가 나오고, 좁디좁은 이마에 이어서 애꾸눈이 나오고, 분 바른 얼굴이 나오고, 원피스 입은 커다란 젖통의 가슴이 나오고, 마지막 비단 양말 신은 두리기둥* 같은 두 다리가 나오고 한다.

"서 주사가 이거 두구 갑디다."

들고 올라온 각봉투 한 장을 남편에게 건네어 준다.

"어디?"

그러면서 받아 봉을 뜯는다. 소절수* 한 장이 나온다. 액면 만 원짜리다.

미스터 방은 성을 벌컥 내면서

"겨우 둔 만 원야?"

하고 소절수를 다다미* 바닥에다 홱 내던진다.

"내가 알우?"

* 증종 정종. 일본식으로 빚어 만든 맑은술.
* 두리기둥 둘레를 둥그렇게 깎아 만든 기둥.
* 소절수 수표.
* 다다미 마루방에 까는 일본식 돗자리.

"우랄질 자식, 어디 보자. 그래 전, 걸* 십만 원에 불하* 맡아다 백만 원 하난 냉겨 먹을 테문서, 그래 겨우 둔 만 원야? 엠병헐 자식, 내가 엠피(MP)*헌테 말 한마디문, 전 어느 지경 갈지 모를 줄 모르구서."

"정종으루 가져와요?"

"내 말 한마디에 죽을 눔이 살아나구, 살 눔이 죽구 허는 줄을 모르구서. 흥, 이 자식 경 좀 쳐 봐라……. 증종 따근허게 데와. 날두 산산허구 허니."

새로이 안주가 오고, 따끈한 정종으로 술이 몇 잔 더 오락가락하고 나서였다.

백 주사는 마침내 진작부터 벼르던 이야기를 꺼내었다.

백 주사의 아들 백봉선은, 순사 임명장을 받아 쥐면서부터 시작하여 8·15 그 전날까지 칠 년 동안, 세 곳 주재소*와 두 곳 경찰서를 전근하여 다니면서, 이백 석 추수의 토지와, 만 원짜리 저금 통장과, 만 원어치가 넘는 옷이며 비단과, 역시 만 원어치가 넘는 여편네의 패물을 장만하였다.

남들은 주린 창자를 졸라맬 때 그의 광에는 옥 같은 정백미*

* 전, 걸 저는, 그걸.
* 불하 국가 또는 공공 단체의 재산을 개인에게 팔아넘기는 일.
* 엠피 헌병. 군사 경찰의 구실을 하는 군인.
* 주재소 일제 강점기에, 순사가 머무르면서 사무를 맡아 보던 경찰의 말단 기관.
* 정백미 더 손댈 필요가 없을 만큼 속꺼풀을 벗기고 깨끗하게 한 쌀.

가 몇 가마니씩 쌓였고, 반년 일 년을 남들은 구경도 못 하는 고기와 생선이 끼니마다 상에 오르지 않는 날이 없었다.

××경찰서의 경제계 주임으로 있던 마지막 이 년 동안은 더욱더 호화판이었었다. 8·15 그날 밤, 군중이 그의 집을 습격하였을 때에 쏟아져 나온 물건이 쌀 말고도

광목* 여섯 통

고무신 스물세 켤레

지까다비* 여덟 켤레

빨랫비누 세 궤짝

양말 오십 타*

정종 열세 병

설탕 한 부대

이렇게 있었더란다. 만 원어치 여편네의 패물과, 만 원어치의 옷감이며 비단과 만 원짜리 저금 통장은 고만두고 말이었다.

물건 하나 없이 죄다 빼앗기고, 집과 세간은 조각도 못 쓰게 산산 다 부시고, 백선봉은 팔이 부러지고, 첩은 머리가 절반이나 뽑히고, 겨우겨우 목숨만 살아 본집으로 도망해 왔다.

일변 고을에서는 백 주사가 자식이 그런 짓을 해서 산 토지를 가지고 동네 사람한테 거만히 굴고, 작인들한테 팔 할* 가까운

* 광목 무명실로 서양목처럼 너비가 넓게 짠 베.
* 지까다비 일본 버선 모양의 노동자용 작업화를 뜻하는 일본어.
* 타 물건 열두 개를 한 단위로 세는 말.

도지*를 받고, 고리대금*을 하고 하였대서, 백선봉이 도망해 와 눕는 그날 밤, 그의 본집인 백 주사의 집을 습격하였다.

집과 세간 죄다 부수고, 백선봉이 보낸 통제 배급 물자 숱한 것 죄다 빼앗기고, 가족들은 죽을 매를 맞고, 백선봉은 처가로, 백 주사는 서울로 각기 피신하여 목숨만 우선 보전하였다.

백 주사는 비싼 여관 밥을 사 먹으면서, 울적이 거리를 오락가락, 어떻게 하면 이 분풀이를 할까, 어떻게 하면 빼앗긴 돈과 물건을 도로 다 찾을까 하고 궁리를 하던 것이나, 아무런 묘책*도 없었다.

그러자 오늘은 우연히 이 미스터 방을 만났다. 종로를 지향없이 거니는데, 지나가던 자동차가 스스로 멈추면서, 서양 사람과 같이 탔던 신사 양반 하나가 내려서더니, 어찌다 눈이 마주치자

"아, 백 주사 아니신가요?"
하고 반기는 것이었었다.

자세히 보니, 무어 길바닥에서 신기료장수를 한다던 코삐뚤이 삼복이가 분명하였다.

"자네가, 저, 저, 방, 방……."

* 할 비율을 나타내는 단위. 1할은 전체 수량의 10분의 1.
* 도지 남의 논밭을 빌려서 부치고 논밭을 빌린 대가로 해마다 내는 벼.
* 고리대금 부당하게 비싼 이자를 받는 돈놀이.
* 묘책 매우 교묘한 꾀.

"네, 삼복입니다."

"아, 건데, 자네가……."

"허, 살 때가 됐답니다."

그러고는 내 집으루 갑시다 하고 잡아끄는 대로 끌리어 온 것이었었다.

의표*하며, 집하며, 식모에 침모에 기집 하인까지 부리면서 사는 것하며, 신수*가 훤히 트여 가지고 말도 제법 의젓하여진 것 같은 것이며, 진소위* 개천에서 용이 났다고 할 것인지.

옛날의 영화가 꿈이 되고, 일조*에 몰락하여* 가뜩이나 초상집 개처럼 초라한 자기가 또 한 번 어깨가 옴츠라듦을 느끼지 아니치 못하였다. 그런 데다 이 녀석이, 언제 적 저라고 무엄스럽게* 굴어 심히 불쾌하였고, 그래서 엔간히 자리를 털고 일어설 생각이 몇 번이나 나지 아니한 것도 아니었었다. 그러나 참았다.

보아하니 큰 세도를 부리는 것이 분명하였다. 잘만 하면 그 힘을 빌려 분풀이와 빼앗긴 재물을 도로 찾을 여망*이 있을 듯싶었다. 분풀이를 하고, 더구나 재물을 도로 찾고 하는 것이라면야, 코삐뚤이 삼복이는 말고, 그보다 더한 놈한테라도 머리

* 의표 몸을 가지는 태도. 또는 차린 모습.
* 신수 용모와 풍채를 통틀어 이르는 말.
* 진소위 정말 그야말로.
* 일조 하루아침이란 뜻으로, 갑작스럽도록 짧은 사이를 이르는 말.
* 몰락하다 재물이나 세력 따위가 쇠하여 보잘것없어지다.
* 무엄스럽다 보기에 삼가거나 어려워함이 없이 아주 무례한 데가 있다.
* 여망 아직 남은 희망.

숙이는 것쯤 상관할 바 아니었다.

"그러니, 여보게 미씨다 방……."

있는 말 없는 말 보태 가며 일장* 경과 설명을 한 후에 백 주사는 끝을 맺기를

"어쨌든지 그놈들을 말이네. 그놈들을 한 놈 냉기지 말구섬 죄다 붙잡아다가 말이네. 괴수 놈들일랑 목을 썰어 죽이구, 다른 놈들일랑 뼉다구가 부러지두룩 두들겨 주고. 꿇어앉히구 항복받구. 그리고 빼앗긴 것 일일이 도루 다 찾구. 집허구 세간 처부신 것 말끔 다 물리구…… 그렇게만 해 준다면, 내, 내, 재산 절반 노나 주문세, 절반. 응, 여보게 미씨다 방."

"염려 마슈."

미스터 방은 선뜻 쾌한 대답이었다.

"진정인가?"

"머, 지끔 당장이래두, 내 입 한 번만 떨어진다 치면, 기관총 들멘 엠피가 백 명이구 천 명이구 들끓어 내려가서, 들이* 쑥밭을 만들어 놉니다, 쑥밭을."

"고마우이!"

백 주사는 복수하여지는 광경을 서언히* 연상하면서, 미스터

* 일장 어떤 일이 벌어진 한 판. 한바탕.
* 들이 들입다. 세차게 마구.
* 서언히 '선히'를 늘여서 쓴 말. 잊히지 않고 눈앞에 생생하게 보이는 듯이.

방의 손목을 덤쑥 잡는다.

"백골난망*이겠네."

"눔들을 깡그리 죽여 놀 테니, 보슈."

"자네라면야 어련하겠나."

"흰말이 아니라 참 이승만 박사두 내 말 한마디면, 고만 다 제바리*유."

미스터 방은 그러고는 냉수 그릇을 집어 한 모금 물고 꿀쩍꿀쩍 양치를 한다. 웬 버릇인지, 하여간 그는 미스터 방이 된 뒤로, 술을 먹으면서 양치하는 버릇이 생겼었다.

양치한 물을 처치하려고 휘휘 둘러보다, 일어서서 노대로 성큼성큼 나간다. 노대는 현관 정통 위였었다.

미스터 방이 그 걸쭉한 양칫물을 노대 아래로 아낌없이 좍 배앝는 바로 그 순간이었다. 그 순간이 공교롭게도, 마침 그를 찾으러 온 S소위가 현관으로 일단 들어서려다 말고(미스터 방이 노대로 나오는 기척이 들렸기 때문에) 뒤로 서너 걸음 도로 물러나

"헬로."

부르면서 웃는 얼굴을 쳐드는 순간과 그만 일치가 되었었다.

* 백골난망 죽어서 백골이 되어도 잊을 수 없다는 뜻으로, 남에게 큰 은덕을 입었을 때 고마움의 뜻으로 이르는 말.
* 제바리 생식기가 불완전한 남자인 고자를 뜻함. 여기서는 자기 입에서 말 한마디만 떨어지면 그를 따르는 무리들이 이승만 박사도 병신(고자)을 만들어 놓을 수 있다는 뜻이다.

"에구머니!"

놀라 질겁을 하였으나 이미 배앝아진 양칫물은 퀴퀴한 냄새와 더불어 백절폭포*로 내려 쏟혀 웃으면서 쳐드는 S소위의 얼굴 정통에 가 좌르르.

"유 메빌!"

이 기급할 자식이라고 S소위는 주먹질을 하면서 고함을 질렀고, 그 주먹이 쳐든 채 그대로 있다가, 일변 허둥지둥 버선발로 뛰쳐나와 손바닥을 싹싹 비비는 미스터 방의 턱을

"상놈의 자식!"

하면서 철컥 어퍼컷*으로 한 대 갈겼더라고.

* 백절폭포 여러 번 꺾인 폭포.
* 어퍼컷 권투에서 상대편의 턱을 밑에서 위로 올려 치는 공격법.

1. 해방 전후로 방삼복과 백 주사의 삶이 어떻게 변화했는지 적어 봅시다.

방삼복의 삶	
• 아버지 직업은 ( ) • 남의 집 머슴살이를 함. • 해외를 다니다 ( ) 등 외국어를 익힘. • 연합군 포로수용소에서 허드렛일을 함. • 종로에서 ( )로 일함.	→

백 주사의 삶	
• 명문거족의 자손 • 아들 백선봉이 ( )로 일함. • 막대한 ( )을 누림.	→

2. 이 작품은 해방 전후를 시대적 배경으로 삼았습니다. 해방 직후 우리나라의 상황이 어떠했는지 조사하여 괄호 안을 채워 봅시다.

제(   )차 세계대전 후, 미국과 소련은 (   )선을 경계로 한반도를 분할 점령한다. 당시 남쪽을 점령한 미군은 조선총독부 건물 앞에 걸려 있던 (   )를 내리고 (   )를 게양하고, 통치의 편의를 위해 일제 강점기 행정 체제와 관료들을 계속 기용한다. 미군정 공용어는 당연히 '영어'였으며, 중국에서 (   )을 펼쳤던 대한민국 임시정부 인사들은 정부 자격으로 귀국하지 못하도록 막았다. (   )년 8월 15일, 대한민국 정부 수립과 함께 3년여에 걸친 미군정 통치는 막을 내렸다.

3. 아래에 제시된 사자성어를 활용해, 미스터 방의 행적을 설명하는 글을 써 봅시다.

호가호위 (狐 여우 호, 假 거짓 가, 虎 범 호, 威 위엄 위)
여우가 호랑이의 위세를 빌려 위엄을 부린다는 우화에서 유래한 말이다. 어느 날, 호랑이에게 잡아먹히게 된 여우가 자신은 동물의 왕이어서 모든 짐승이 두려워한다고 거짓말을 한다. 호랑이가 여우 뒤를 따르며 살피니 과연 만나는 짐승마다 모두 달아났는데, 호랑이는 짐승들이 자기를 무서워해서 달아나는 줄도 모르고 여우의 말이 맞는 줄로 알았다. 따라서 '호가호위'란 자기는 별다른 힘이 없으면서 타인의 권세를 빌리거나 권력자의 총애를 뒷배로 삼아 권력을 휘두르는 것을 의미한다.

새옹지마 (塞 변방 새, 翁 늙은이 옹, 之 어조사 지, 馬 말 마)
옛날 변방에 한 노인이 살았다. 어느 날 기르던 말이 오랑캐 땅으로 달아나 낙심하였는데, 후에 그 말이 다른 좋은 말을 데리고 돌아온 덕분에 좋아했다. 그러다 아들이 말을 타다가 떨어져 다리가 부러져 다시 낙심하였는데, 다리를 다친 덕분에 아들이 전쟁에 끌려 나가지 않아 죽음을 면할 수 있었다. 이 일화에서 알 수 있듯 '새옹지마'란 인생은 행운이 불행이 되기도 하고 불행이 행운이 되기도 하니, 행복과 불행을 쉽게 예측할 수 없다는 뜻이다.

4. 십자말풀이를 통해 작품에 쓰인 어휘와 그 밖의 낱말을 익혀 봅시다.

									1 추	
				2					월	
			3 방			4		5	색	
6					7					
									8	
9		10				11	12 소			
		13	14				15			16
			17	18						
								19		
								20		

◆ 가로말 풀이

1. 높이 받들어 우러러봄.
3. 오줌을 눔.
5. 어떤 기준으로 거기에 알맞은 사람이나 물건, 장소를 고르는 일.
6. 여름에 입는 홑바지와 저고리.
7. 죽어서 백골이 되어도 잊을 수 없다는 뜻, 남에게 큰 은혜를 입었을 때 고마움을 이르는 말.
8. (남자의 성 뒤에 쓰여) 그를 높여 이르는 말.
9. 논밭 넓이의 단위
11. 모든 물질을 구성하는 기본적 요소. 현재까지는 118종이 알려져 있다.
13. 밀알을 떨고 난 밀의 줄기. 이것으로 여름에 쓰는 모자를 만들기도 함.
15. 전제 정치를 하는 군주.
17. 헌 신을 꿰매어 고치는 일을 직업으로 하는 사람.
20. ○○○가 올챙이 적 생각을 못 한다.

◆ 세로말 풀이

1. 최찬식이 1912년 발표한 신소설.
2. 똥오줌.
3. 미스터 방의 본명.
4. 종로2가에 있는 공원, 3·1 운동 때 독립선언문을 낭독한 곳. 파고다 공원으로도 불림.
5. 여러 사람이 우러러보는 명망. ○○에 오르다.
6. 융통성이 없어 답답하게 구는 사람이나 일이 뜻대로 되지 않아 답답한 상황을 ○○○ 먹었다고 표현함.
8. 한 지역에 일시적으로 머무는 군대.
10. 외부에 드러내서는 안 될 중요한 비밀.
12. 수표.
14. 볏짚으로 삼아 만든 신. 미스터 방의 아버지는 한때 ○○장수를 함.
16. 맛이나 재미, 심심풀이로 먹는 음식.
18. 낫 놓고 ○○○도 모른다.
19. 몹시 분하게 여김.

봄·봄

김유정

金裕貞(1908~1937) 소설가.
강원도 춘천에서 태어났다. 휘문고보를 거쳐 연희전문학교를 중퇴했다. 1935년 조선일보 신춘문예에 「소낙비」가, 조선중앙일보에 「노다지」가 당선되어 등단했으며, 29세의 나이로 요절하기까지 풍자와 해학이 생동하는 주옥같은 단편소설들을 남겼다. 주요 작품으로 「산골 나그네」「금 따는 콩밭」「만무방」「봄·봄」「동백꽃」 등이 있다.

들어가며

요즘 사람들은 결혼은 필수가 아니라 선택이라는 말을 합니다. 선택이라고 하지만 결혼하기가 쉽지만은 않습니다. 결혼이 힘든 이유는 경제적 이유나 원하는 조건의 이성을 찾기가 하늘의 별 따기보다 어렵기 때문이라고 말합니다. 상대에 대한 순수한 마음보다는 외모, 학벌, 나이, 직업, 연봉, 취미 등 조건을 까다롭게 따지고 이렇게 높아진 눈높이 때문에 원하는 상대를 찾는 것이 점점 더 어려워지고 있습니다.

여기 그 어렵다는 결혼을 너무너무 하고 싶어 하는 순박한 남자가 있습니다. 결혼하기 위해 매일매일 열심히 일하고 노력해 보지만 부질없이 한 해, 두 해 시간만 흘러갑니다. 그에게 결혼은 왜 이렇게 머나먼 일일까요? 까다로운 결혼의 조건 때문일까요? 아니면 드라마에 흔히 등장하는 집안의 극심한 반대가 문제일까요? 그것도 아니라면 좋아하는 그녀의 마음이 다른 사람을 향하고 있는 것일까요?

소설 속 '나'는 순수한 열정을 가지고 살아갑니다. 장인의 온갖 구박에도 아랑곳하지 않고 점순이와의 성례를 꿈꾸는, 여러 어려움 속에서도 자신이 원하는 것을 이루기 위해 열정을 다하는 인물이지요. 결혼을 간절하게 원하는 '나'의 가장 큰 어려움은 장인의 방해입니다. 장인은 왜 이 결혼을 미루기만 하는 것일까요? 이 순박하고 열정적인 총각을 장가보내기 위해 무엇이 바뀌어야 할지 지혜를 모아 봅시다. 이때 '나'를 중심으로 한 개인의 문제뿐만 아니라, 1930년대 식민지 농촌의 문제를 파악하는 일도 중요합니다. 당시 지주의 땅을 부쳐 먹는 소작농들은 극심한 빈곤에 시달렸지요. 지주들은 소작을 관리하는 마름을 두었는데, 마름의 횡포도 지독했습니다. 소설을 읽으며 '나'의 결혼을 방해하는 문제 상황을 차근차근 알아 가 봅시다.

"장인님! 인젠 저……."

내가 이렇게 뒤통수를 긁고 나이가 찼으니 성례*를 시켜 줘야 하지 않겠느냐고 하면 그 대답이 늘

"이 자식아! 성례구 뭐구 미처 자라야지!"

하고 만다.

이 자라야 한다는 것은 내가 아니라 장차 내 아내가 될 점순이의 키 말이다.

내가 여기에 와서 돈 한 푼 안 받고 일하기를 삼 년하고 꼬박이 일곱 달 동안을 했다. 그런데도 미처 못 자랐다니까 이 키는 언제야 자라는 겐지 짜장* 영문 모른다. 일을 좀 더 잘해야 한다든지 혹은 밥을 (많이 먹는다고 노상 걱정이니까) 좀 덜 먹어야 한다든지 하면 나도 얼마든지 할 말이 많다. 하지만 점순이가 아직 어리니까 더 자라야 한다는 여기에는 어째 볼 수 없이 고만 벙벙하고* 만다.

* 성례(成禮) 혼인의 예식을 지냄.
* 짜장 과연 정말로.
* 벙벙하다 어리둥절하여 얼빠진 사람처럼 멍하다.

이래서 나는 애최 계약이 잘못된 걸 알았다. 이태면 이태, 삼 년이면 삼 년, 기한을 딱 작정하고 일을 해야 원 할 것이다.* 덮어놓고 딸이 자라는 대로 성례를 시켜 주마 했으니 누가 늘 지키고 섰는 것도 아니고, 그 키가 언제 자라는지 알 수 있는가. 그리고 난 사람의 키가 무럭무럭 자라는 줄만 알았지 붙박이 키에 모로만 벌어지는 몸도 있는 것을 누가 알았으랴. 때가 되면 장인님이 어련하랴 싶어서 군소리 없이 꾸벅꾸벅 일만 해 왔다. 그럼 말이다, 장인님이 제가 다 알아차려서

"어 참, 너 일 많이 했다. 고만 장가들어라."

하고 살림도 내주고 해야 나도 좋을 것이 아니냐. 시치미를 딱 떼고 도리어 그런 소리가 나올까 봐서 지레 펄펄 뛰고 이 야단이다. 명색이 좋아 데릴사위지 일하기에 싱겁기도 할뿐더러 이건 참 아무것도 아니다.

숙맥*이 그걸 모르고 점순이의 키 자라기만 까맣게 기다리지 않았나.

언젠가는 하도 갑갑해서 자를 가지고 덤벼들어서 그 키를 한 번 재 볼까 했다마는 우리는 장인님이 내외를 해야* 한다고 해서 마주 서 이야기도 한마디 하는 법 없다. 우물길에서 어쩌다

* 원 할 것이다 '원래는 그래야 할 것이다.'로 추정됨.
* 숙맥 사리 분별을 못 하고 세상 물정을 잘 모르는 사람. 콩인지 보리인지를 구별하지 못한다는 뜻인 '숙맥불변'에서 나온 말이다.
* 내외(內外)(를) 하다 가족 이외의 남녀 사이에 서로 얼굴을 마주 대하지 않고 피하다.

마주칠 적이면 겨우 눈어림으로 재 보고 하는 것인데 그럴 적마다 나는 저만치 가서

"제—미 키두!"

하고 논둑에다 침을 퉤 뱉는다. 아무리 잘 봐야 내 겨드랑(다른 사람보다 좀 크긴 하지만) 밑에서 넘을락 말락 밤낮 요 모양이다. 개돼지는 푹푹 크는데 왜 이리도 사람은 안 크는지, 한동안 머리가 아프도록 궁리도 해 보았다. 아하, 물동이를 자꾸 이니까 뼈다귀가 옴츠러드나 보다 하고 내가 넌즛넌즛이 그 물을 대신 길어도 주었다. 뿐만 아니라 나무를 하러 가면 서낭당에 돌을 올려놓고

"점순이의 키 좀 크게 해 줍소사. 그러면 담엔 떡 갖다 놓고 고사드립죠니까."

하고 치성도 한두 번 드린 것이 아니다. 어떻게 돼먹은 킨지 이래도 막무가내니…….

그래 내 어저께 싸운 것이지 결코 장인님이 밉다든가 해서가 아니다.

모를 붓다가* 가만히 생각을 해 보니까 또 싱겁다. 이 벼가 자라서 점순이가 먹고 좀 큰다면 모르지만 그렇지도 못할 걸 내 심어서 뭘 하는 거냐. 해마다 앞으로 축 거불지는* 장인님의 아

* 모를 붓다 못자리를 만들어 볍씨를 뿌리다.
* 거불지다 둥글고 두두룩하게 툭 비어져 나오다.

랫배(가 너무 먹은 걸 모르고 내병*이라나, 그 배)를 불리기 위하여 심곤 조금도 싶지 않다.

"아이구 배야!"

난 몰 붓다 말고 배를 쓰다듬으면서 그대로 논둑으로 기어올랐다. 그리고 겨드랑에 꼈던 벼 담긴 키*를 그냥 땅바닥에 털썩, 떨어치며 나도 털썩 주저앉았다. 일이 암만 바빠도 나 배 아프면 고만이니까. 아픈 사람이 누가 일을 하느냐. 파릇파릇 돋아오른 풀 한 숲*을 뜯어 들고 다리의 거머리를 쓱쓱 문대며 장인님의 얼굴을 쳐다보았다.

논 가운데서 장인님도 이상한 눈을 해 가지고 한참 날 노려보더니

"너 이 자식, 왜 또 이래 응?"

"배가 좀 아파서유!"

하고 풀 위에 슬며시 쓰러지니까 장인님은 약이 올랐다. 저도 논에서 철벙철벙 둑으로 올라오더니 잡은 참 내 멱살을 움켜잡고 뺨을 치는 것이 아닌가.

"이 자식아, 일허다 말면 누굴 망해 놀 셈속이냐. 이 대가릴까 놀 자식!"

우리 장인님은 약이 오르면 이렇게 손버릇이 아주 못됐다. 또

* 내병 속병. 위장병.
* 키 곡식 따위를 까불러 쭉정이나 티끌을 골라내는 도구.
* 숲 '숱'의 사투리. 풀이나 머리털 따위의 부피나 분량.

사위에게 이 자식 저 자식 하는 이놈의 장인님은 어디 있느냐. 오죽해야 우리 동리에서 누굴 물론하고 그에게 욕을 안 먹는 사람은 명이 짧다 한다. 조그만 아이들까지도 그를 돌아 세워 놓고 욕필이(본이름이 봉필이니까), 욕필이 하고 손가락질을 할 만치 두루 인심을 잃었다. 허나 인심을 정말 잃었다면 욕보다 읍의 배 참봉댁 마름*으로 더 잃었다. 본디 마름이란 욕 잘하고, 사람 잘 치고, 그리고 생김 생기길 호박개* 같아야 쓰는 거지만 장인님은 외양이 똑 됐다. 작인*이 닭 마리나 좀 보내지 않는다든가 애벌논* 때 품을 좀 안 준다든가 하면 그해 가을에는 영락없이 땅이 뚝뚝 떨어진다. 그러면 미리부터 돈도 먹이고 술도 먹이고 안달재신*으로 돌아치던 놈이 그 땅을 슬쩍 돌라안는다.* 이 바람에 장인님 집 빈 외양간에는 눈깔 커다란 황소 한 놈이 절로 엉금엉금 기어들고, 동리 사람은 그 욕을 다 먹어 가면서도 그래도 굽실굽실하는 게 아닌가.

그러나 내겐 장인님이 감히 큰소리할 계제가 못 된다.

뒷생각은 못 하고 뺨 한 개를 딱 때려 놓고는 장인님은 무색해서 덤덤히 쓴침*만 삼킨다. 난 그 속을 퍽 잘 안다. 조금 있으

* 마름 지주를 대리하여 소작지를 관리하는 사람.
* 호박개 뼈대가 굵고 털이 북실북실한 개.
* 작인 소작인. 다른 사람의 농지를 빌려 농사를 짓고 그 대가를 지급하는 사람.
* 애벌논 첫 김매기를 한 논. 여기서는 '논의 김을 처음 맬'의 뜻.
* 안달재신 몹시 속을 태우며 여기저기로 다니는 사람.
* 돌라안다 남의 것을 빼돌려 가지다.
* 쓴침 마음에 없는 일을 당하여 달갑지 아니한 태도를 취할 때 삼키는 침.

면 갈*도 꺾어야 하고 모도 내야 하고, 한창 바쁜 때인데 나 일 안 하고 우리 집으로 그냥 가면 고만이니까. 작년 이맘때도 트집을 좀 하니까 늦잠 잔다고 돌멩이를 집어 던져서 자는 놈의 발목을 삐게 해 놨다. 사날씩이나 건성 끙끙 앓았더니 종당에는 거반 울상이 되지 않았는가.

"얘, 그만 일어나 일 좀 해라, 그래야 올 갈에 벼 잘되면 너 장가 들지 않니?"

그래 귀가 번쩍 뜨여서 그날로 일어나서 남이 이틀 품 들일 논을 혼자 삶아* 놓으니까 장인님도 눈깔이 커다랗게 놀랐다. 그럼 정말로 가을에 와서 혼인을 시켜 줘야 원* 경우*가 옳지 않겠나. 볏섬을 척척 들여쌓아도 다른 소리는 없고 물동이를 이고 들어오는 점순이를 담배통으로 가리키며

"이 자식아, 미처 커야지 조걸 데리구 무슨 혼인을 한다구 그러니 온!"

하고 남 낯짝만 붉게 해 주고 고만이다. 골김에* 그저 이놈의 장인님 하고 댓돌에다 메꽂고 우리 고향으로 내뺄까 하다가 꾹꾹 참고 말았다.

* 갈 참나무, 도토리나무 등의 잎이 핀 가지. '갈 꺾다'는 퇴비로 만들기 위해 잎이 핀 참나무나 도토리나무 가지를 꺾는 일을 말한다.
* 논을 삶다 논밭의 흙을 써레로 썰고 나래로 골라 무르고 보드랍게 만들다.
* 원 '원래' 혹은 '원래의'라는 의미로 추측됨.
* 경우 사리나 도리.
* 골김에 비위에 거슬리거나 마음이 언짢아서 성이 난 김에.

참말이지 난 이 꼴 하고는 집으로 차마 못 간다. 장가를 들러 갔다가 오죽 못났어야 그대로 쫓겨 왔느냐고 손가락질을 받을 테니까.

논둑에서 벌떡 일어나 한풀 죽은 장인님 앞으로 다가서며

"난 갈 테야유, 그동안 사경* 쳐 내슈 뭐."

"너 사위로 왔지 어디 머슴 살러 왔니?"

"그러면 얼찐* 성례 해 줘야 안 하지유, 밤낮 부려만 먹구 해 준다 해 준다……."

"글쎄, 내가 안 하는 거냐, 그년이 안 크니까."

하고 어름어름 담배만 담으면서 늘 하는 소리를 또 늘어놓는다.

이렇게 따져 나가면 언제든지 늘 나만 밑지고 만다. 이번엔 안 된다 하고 대뜸 구장*님한테로 단판* 가자고 소맷자락을 내끌었다.

"아 이 자식이 왜 이래 어른을."

안 간다고 뻗디디고 이렇게 호령은 제 맘대로 하지만 장인님 제가 내 기운은 못 당한다. 막 부려 먹고 딸은 안 주고, 게다 땅땅 치는 건 다 뭐야.

그러나 내 사실 참 장인님이 미워서 그런 것은 아니다.

* 사경 주인이 머슴에게 주는 한 해 농사일의 대가.
* 얼찐 얼른.
* 구장 예전에, 시골 동네의 우두머리를 이르던 말.
* 단판 곧이어 바로.

그 전날 왜 내가 새고개 맞은 봉우리 화전밭을 혼자 갈고 있지 않았느냐. 밭 가생이로 돌 적마다 야릇한 꽃내가 물컥물컥 코를 찌르고 머리 위에서 벌들은 가끔 붕붕 소리를 친다. 바위틈에서 샘물 소리밖에 안 들리는 산골짜기니까 맑은 하늘의 봄볕은 이불 속같이 따스하고 꼭 꿈꾸는 것 같다. 나는 몸이 나른하고 몸살(을 아직 모르지만 병)이 나려고 그러는지 가슴이 울렁울렁하고 이랬다.

"어러이! 말이! 맘 마 마……."

이렇게 노래를 하며 소를 부리면 여느 때 같으면 어깨가 으쓱으쓱한다. 웬일인지 밭 반도 갈지 않아서 온몸의 맥이 풀리고 대고* 짜증만 난다. 공연히 소만 들입다 두들기며—

"안야! 안야! 이 망할 자식의 소(장인님의 소니까) 대리*를 꺾어 들라."

그러나 내 속은 정말 '안야' 때문이 아니라 점심을 이고 온 점순이의 키를 보고 울화가 났던 것이다.

점순이는 뭐 그리 썩 이쁜 계집애는 못 된다. 그렇다고 또 개떡이냐 하면 그런 것도 아니고 꼭 내 아내가 돼야 할 만치 그저 툽툽하게* 생긴 얼굴이다. 나보다 십 년이 아래니까 올에 열여섯인데 몸은 남보다 두 살이나 덜 자랐다. 남은 잘도 헌칠히들

* 대고 무리하게 자꾸. 또는 계속하여 자꾸.
* 대리 '다리'의 사투리.
* 툽툽하다 생김새가 멋이 없고 투박하다.

크건만 이건 위아래가 몽톡한 것이 내 눈에는 헐없이* 감참외* 같다. 참외 중에는 감참외가 젤 맛 좋고 이쁘니까 말이다. 둥글고 커단 눈은 서글서글하니 좋고, 좀 짓쳐 찢어졌지만 입은 밥술이나 혹혹히* 먹음 직하니 좋다. 아따, 밥만 많이 먹게 되면 팔자는 고만 아니냐. 한데 한 가지 파*가 있다면 가끔가다 몸이(장인님은 이걸 채신*이 없이 들까분다고 하지만) 너무 빨리빨리 논다. 그래서 밥을 나르다가 때 없이 풀밭에다 깨빡을 쳐서* 흙투성이 밥을 곧잘 먹인다. 안 먹으면 무안해할까 봐서 이걸 씹고 앉았노라면 으적으적 소리만 나고 돌을 먹는 겐지 밥을 먹는 겐지…….

그러나 이날은 웬일인지 성한 밥째로 밭머리에 곱게 내려놓았다. 그리고 또 내외를 해야 하니까 저만큼 떨어져 이쪽으로 등을 향하고 옹크리고 앉아서 그릇 나기를 기다린다.

내가 다 먹고 물러섰을 때 그릇을 와서 챙기는데 그런데 난 깜짝 놀라지 않았느냐. 고개를 푹 숙이고 밥함지*에 그릇을 포개면서 나더러 들으라는지 혹은 제 소린지

"밤낮 일만 하다 말 텐가!"

* 헐없이 영락없이.
* 감참외 참외의 하나. 속이 잘 익은 감같이 붉고 맛이 좋음.
* 혹혹히 '톡톡히'의 사투리로 추측됨. 제대로, 충분히.
* 파(破) 사람의 결점.
* 채신 '처신'을 낮잡아 이르는 말.
* 깨빡을 치다 깻박치다. 그릇 따위를 떨어뜨려 속에 있던 것이 산산이 흩어지게 만들다.
* 밥함지 밥을 담는 데 쓰는 나무 그릇.

하고 혼자서 쫑알거린다. 고대 잘 내외하다가 이게 무슨 소린가 하고 난 정신이 얼떨떨했다. 그러면서도 한편 무슨 좋은 수나 있는가 싶어서 나도 공중을 대고 혼잣말로

“그럼 어떻게?”

하니까

“성례시켜 달라지 뭘 어떻게.”

하고 되알지게 쏘아붙이고 얼굴이 발개져서 산으로 그저 도망질을 친다.

나는 잠시 동안 어떻게 되는 심판*인지 맥을 몰라서 그 뒷모양만 덤덤히 바라보았다.

봄이 되면 온갖 초목이 물이 오르고 싹이 트고 한다. 사람도 아마 그런가 보다 하고 며칠 내에 부쩍 (속으로) 자란 듯싶은 점순이가 여간 반가운 것이 아니다.

이런 걸 멀쩡하게 아직 어리다고 하니까…….

우리가 구장님을 찾아갔을 때 그는 싸리문 밖에 있는 돼지우리에서 죽을 퍼 주고 있었다. 서울엘 좀 갔다 오더니 사람은 점잖아야 한다고 윗수염이(얼른 보면 지붕 위에 앉은 제비 꼬랑지 같다.) 양쪽으로 뾰족이 뻗치고 그걸 애햄 하고 늘 쓰담는 손버릇이 있다. 우리를 멀뚱히 쳐다보고 미리 알아챘는지

“왜 일들 허다 말구 그래?”

* 심판 ‘셈판’의 사투리. 어떤 일이 벌어진 형편이나 원인.

하더니 손을 올려서 그 애햄을 한 번 후딱 했다.

"구장님! 우리 장인님과 츰에 계약하기를……."

먼저 덤비는 장인님을 뒤로 떠다밀고 내가 허둥지둥 달려들다가 가만히 생각하고

"아니 우리 빙장*님과 츰에."

하고 첫 번부터 다시 말을 고쳤다. 장인님은 빙장님 해야 좋아하고 밖에 나와서 장인님 하면 괜스레 골을 내려고 든다. 뱀도 뱀이라야 좋냐구, 창피스러우니 남 듣는 데는 제발 빙장님, 빙모*님 하라고 일상 말조짐*을 받아 오면서 난 그것도 자꾸 잊는다. 당장도 장인님 하다 옆에서 내 발등을 꾹 밟고 곁눈질을 흘기는 바람에야 겨우 알았지만…….

구장님도 내 이야기를 자세히 듣더니 퍽 딱한 모양이었다. 하기야 구장님뿐만 아니라 누구든지 다 그럴 게다. 길게 길러 둔 새끼손톱으로 코를 후벼서 저리 탁 튀기며

"그럼 봉필 씨! 얼른 성롈 시켜 주구려, 그렇게까지 제가 하구 싶다는걸."

하고 내 짐작대로 말했다. 그러나 이 말에 장인님이 삿대질로 눈을 부라리고

"아 성례구 뭐구 기집애 년이 미처 자라야 할 게 아닌가?"

* 빙장 원래는 다른 사람의 장인을 일컫는 말. 여기서는 말하는 이의 장인을 뜻함.
* 빙모 장모.
* 말조짐 말조심.

하니까 고만 멀쑤룩해서 입맛만 쩍쩍 다실 뿐이 아닌가.

"그것두 그래!"

"그래, 거진 사 년 동안에도 안 자랐다니 그 킨 은제 자라지유? 다 구만두구 사경 내슈."

"글쎄, 이 자식아! 내가 크질 말라구 그랬니, 왜 날 보구 떼냐?"

"빙모님은 참새만 한 것이 그럼 어떻게 앨 낳지유?"(사실 장모님은 점순이보다도 귓배기 하나가 작다.)

장인님은 이 말을 듣고 껄껄 웃더니 (그러나 암만해도 돌 씹은 상이다.) 코를 푸는 척하고 날 은근히 곯리려고 팔꿈치로 옆갈비께를 퍽 치는 것이다. 더럽다. 나도 종아리의 파리를 쫓는 척하고 허리를 구부리며 어깨로 그 궁둥이를 콱 떠밀었다. 장인님은 앞으로 우찔근하고 싸리문께로 쓰러질 듯하다 몸을 바로 고치더니 눈총을 몹시 쏘았다. 이런 쌍년의 자식, 하곤 싶으나 남의 앞이라서 차마 못 하고 섰는 그 꼴이 보기에 퍽 쟁그라웠다.*

그러나 이 말에는 별반 신통한 귀정*을 얻지 못하고 도로 논으로 돌아와서 모를 부었다. 왜냐면 장인님이 뭐라고 귓속말로 수군수군하고 간 뒤다. 구장님이 날 위해서 조용히 데리고 아래

* 쟁그랍다 미운 사람이 실수하여 몹시 고소하다.
* 귀정 그릇되었던 일이 바른길로 돌아옴. 여기서는 '판결'을 뜻함.

와 같이 일러 주었기 때문이다.(뭉태의 말은 구장님이 장인님에게 땅 두 마지기 얻어 부치니까 그래 꾀었다고 하지만 난 그렇게 생각 않는다.)

"자네 말두 하기야 옳지. 암, 나이 찼으니까 아들이 급하다는 게 잘못된 말은 아니야. 허지만 농사가 한창 바쁠 때 일을 안 한다든가 집으로 달아난다든가 하면 손해죄루 그것두 징역을 가거든!(여기에 그만 정신이 번쩍 났다.) 왜 요전에 삼포말서 산에 불 좀 놓았다구 징역 간 거 못 봤나. 제 산에 불을 놓아두 징역을 가는 이땐데 남의 농사를 버려 주니 죄가 얼마나 더 중한가. 그리고 자넨 정장*을(사경 받으러 정장 가겠다 했다.) 간대지만 그러면 괜시리 죌 들쓰고 들어가는 걸세. 또 결혼두 그렇지. 법률에 성년이란 게 있는데 스물하나가 돼야지 비로소 결혼을 할 수가 있는 걸세. 자넨 물론 아들이 늦을 걸 염려지만 점순이루 말하면 인제 겨우 열여섯이 아닌가. 그렇지만 아까 빙장님의 말씀이 올 갈에는 열 일을 제치고라두 성례를 시켜 주겠다 하시니 좀 고마울 겐가. 빨리 가서 모 붓던 거나 마저 붓게. 군소리 말구 어서 가!"

그래서 오늘 아침까지 끽소리 없이 왔다.

장인님과 내가 싸운 것은 지금 생각하면 전혀 뜻밖의 일이라 안 할 수 없다. 장인님으로 말하면 요즈막 작인들에게 행세를

* 정장 관청에 소장을 냄.

좀 하고 싶다고 해서

"돈 있으면 양반이지 별게 있느냐!"

하고 일부러 아랫배를 툭 내밀고 걸음도 뒤틀리게 걷고 하는 이판이다. 이까짓 나쯤 뚜들기다 남의 땅을 가지고 모처럼 닦아 놓았던 가문을 망친다든지 할 어른이 아니다. 또 나로 논지면* 아무쪼록 잘 봬서 점순이에게 얼른 장가를 들어야 하지 않느냐.

이렇게 말하자면 결국 어젯밤 뭉태네 집에 마실* 간 것이 썩 나빴다. 낮에 구장님 앞에서 장인님과 내가 싸운 것을 어떻게 알았는지 대고 빈정거리는 것이 아닌가.

"그래 맞구두 그걸 가만둬?"

"그럼 어떡허니?"

"임마, 봉필일 모판에다 거꾸루 박아 놓지 뭘 어떡해?"

하고 괜히 내 대신 화를 내 가지고 주먹질을 하다 등잔까지 쳤다. 놈이 본시 괄괄은 하지만 그래 놓고 나더러 석윳값을 물라고 막 지다위*를 붓는다. 난 어안이 벙벙해서 잠자코 앉았으니까 저만 연신 지껄이는 소리가—

"밤낮 일만 해 주구 있을 테냐?"

"영득이는 일 년을 살구두 장갈 들었는데 넌 사 년이나 살구

* 논(論)지면 말하자면.
* 마실 이웃에 놀러 다니는 일.
* 지다위 남에게 등을 대고 의지하거나 떼를 씀.

두 더 살아야 해?"

"네가 세 번째 사윈 줄이나 아니? 세 번째 사위."

"남의 일이라두 분하다 이 자식아, 우물에 가 빠져 죽어."

나중에는 겨우 손톱으로 목을 따라고까지 하고 제 아들같이 함부로 훅닥이었다.* 별의별 소리를 다 해서 그대로 옮길 수는 없으나 그 줄거리는 이렇다.

우리 장인님이 딸이 셋이 있는데 맏딸은 재작년 가을에 시집을 갔다. 정말은 시집을 간 것이 아니라 그 딸도 데릴사위를 해 가지고 있다가 내보냈다. 그런데 딸이 열 살 때부터 열아홉, 즉 십 년 동안에 데릴사위를 갈아들이기를, 동리에선 사위 부자라고 이름이 났지마는 열네 놈이란 참 너무 많다. 장인님이 아들은 없고 딸만 있는 고로 그담 딸을 데릴사위를 해 올 때까지는 부려 먹지 않으면 안 된다. 물론 머슴을 두면 좋지만 그건 돈이 드니까, 일 잘하는 놈을 고르느라고 연방 바꿔 들였다. 또 한편 놈들이 욕만 줄창 퍼붓고 심히도 부려 먹으니까 뱀이 상해서 달아나기도 했겠지. 점순이는 둘째 딸인데 내가 일테면 그 세 번째 데릴사위로 들어온 셈이다. 내 담으로 네 번째 놈이 들어올 것을 내가 일도 참 잘하고 그리고 사람이 좀 어수룩하니까 장인님이 잔뜩 붙들고 놓질 않는다. 셋째 딸이 인제 여섯 살, 적어도 열 살은 돼야 데릴사위를 할 테므로 그동안은 죽도록 부려

* 훅닥이다 세차게 다그치며 들볶다.

먹어야 된다. 그러니 인제는 속 좀 차리고 장가를 들여 달라고 떼를 쓰고 나자빠져라, 이것이다.

나는 건으로* 엉, 엉 하며 귓등으로 들었다. 뭉태는 땅을 얻어 부치다가 떨어진 뒤로는 장인님만 보면 공연히 못 먹어서 으릉거린다. 그것도 장인님이 저 달라고 할 적에 제집에서 위한다는 그 감투(예전에 원님이 쓰던 것이라나, 옆구리에 뽕뽕 좀먹은 걸레)를 선뜻 주었더면 그럴 리도 없었던 걸…….

그러나 나는 뭉태란 놈의 말을 전수이* 곧이듣지 않았다. 꼭 곧이들었다면 간밤에 와서 장인님과 싸웠지 무사히 있었을 리가 없지 않은가. 그러면 딸에게까지 인심을 잃은 장인님이 혼자 나빴다.

실토이지 나는 점순이가 아침상을 가지고 나올 때까지는 오늘은 또 얼마나 밥을 담았나 하고 이것만 생각했다. 상에는 된장찌개하고 간장 한 종지, 조밥 한 그릇, 그리고 밥보다 더 수부룩하게 담은 산나물이 한 대접, 이렇다. 나물은 점순이가 틈틈이 해 오니까 두 대접이고 네 대접이고 멋대로 먹어도 좋으나 밥은 장인님이 한 사발 외엔 더 주지 말라고 해서 안 된다. 그런데 점순이가 그 상을 내 앞에 내려놓으며 제 말로 지껄이는 소리가

"구장님한테 갔다 그냥 온담 그래!"

* 건으로 건성으로.
* 전수이 모두 다.

하고 엊그제 산에서와 같이 되우* 쫑알거린다. 딴은 내가 더 단단히 덤비지 않고 만 것이 좀 어리석었다, 속으로 그랬다. 나도 저쪽 벽을 향하여 외면하면서 내 말로

"안 된다는 걸 그럼 어떡헌담!"

하니까

"쇰*을 잡아채지 그냥 둬, 이 바보야?"

하고 또 얼굴이 빨개지면서 성을 내며 안으로 샐쭉하니 튀 들어가지 않느냐. 이때 아무도 본 사람이 없었게 망정이지 보았다면 내 얼굴이 에미 잃은 황새 새끼처럼 가엾다 했을 것이다.

사실 이때만치 슬펐던 일이 또 있었는지 모른다. 다른 사람은 암만 못생겼다 해도 괜찮지만 내 아내 될 점순이가 병신으로 본다면 참 신세는 따분하다. 밥을 먹은 뒤 지게를 지고 일터로 가려 하다 도로 벗어 던지고 바깥마당 공석* 위에 드러누워서 나는 차라리 죽느니만 같지 못하다 생각했다.

내가 일 안 하면 장인님 저는 나이가 먹어 못 하고 결국 농사 못 짓고 만다. 뒷짐으로 트림을 꿀꺽, 하고 대문 밖으로 나오다 날 보고서

"이 자식아! 너 웨 또 이러니?"

"관객*이 났어유, 아이구 배야!"

* 되우 아주 몹시.
* 쇰 '수염'의 사투리.
* 공석 아무것도 담지 않은 빈 섬. '섬'은 곡식 따위를 담기 위하여 짚으로 엮어 만든 자루.

"기껀 밥 처먹구 나서 무슨 관객이야, 남의 농사 버려 주면 이 자식아 징역 간다 봐라!"

"가두 좋아유, 아이구 배야!"

참말 난 일 안 해서 징역 가도 좋다 생각했다. 일후* 아들을 낳아도 그 앞에서 바보, 바보 이렇게 별명을 들을 테니까 오늘은 열 쪽이 난대도 결정을 내고 싶었다.

장인님이 일어나라고 해도 내가 안 일어나니까 눈에 독이 올라서 저편으로 휑하게 가더니 지게막대기를 들고 왔다. 그리고 그걸로 내 허리를 마치 돌 떠넘기듯이 쿡 찍어서 넘기고 넘기고 했다. 밥을 잔뜩 먹고 딱딱한 배가 그럴 적마다 퉁겨지면서 밸창*이 꼿꼿한 것이 여간 켕기지 않았다. 그래도 안 일어나니까 이번에는 배를 지게막대기로 위에서 쿡쿡 찌르고 발길로 옆구리를 차고 했다. 장인님은 원체 심청*이 궂어서 그러지만 나도 저만 못하지 않게 배를 채었다. 아픈 것을 눈을 꽉 감고 넌 해라 난 재미난 듯이 있었으나 볼기짝을 후려갈길 적에는 나도 모르는 결에 벌떡 일어나서 그 수염을 잡아챘다마는 내 골이 난 것이 아니라 정말은 아까부터 뷝* 뒤 울타리 구멍으로 점순이가 우리들의 꼴을 몰래 엿보고 있었기 때문이다. 가뜩이나 말 한

* 관객 관격. 음식이 급하게 체하여 난 병.
* 일후 뒷날.
* 밸창 배알, 창자를 이르는 비속한 말.
* 심청 '심술'의 사투리.
* 뷝 '부엌'의 준말.

마디 톡톡히* 못 한다고 바보라는데 매까지 잠자코 맞는 걸 보면 짜장 바보로 알 게 아닌가. 또 점순이도 미워하는 이까짓 놈의 장인님, 나곤 아무것도 안 되니까 막 때려도 좋지만 사정 보아서 수염만 채고(제 원대로 했으니까 이때 점순이는 퍽 기뻤겠지.) 저기까지 잘 들리도록

"이걸 까셀라* 부다!"

하고 소리를 쳤다.

장인님은 더 약이 바짝 올라서 잡은 참 지게막대기로 내 어깨를 그냥 내리갈겼다. 정신이 다 아찔하다. 다시 고개를 들었을 때 그때엔 나도 온몸에 약이 올랐다. 이 녀석의 장인님을, 하고 눈에서 불이 퍽 나서 그 아래 밭 있는 낭* 아래로 그대로 떠밀어 굴려 버렸다. 조금 있다가 장인님이 씩씩하고 한번 해보려고 기어오르는 걸 얼른 또 떠밀어 굴려 버렸다.

기어오르면 굴리고 굴리면 기어오르고 이러길 한 너덧 번을 하며 그럴 적마다

"부려만 먹구 왜 성례 안 하지유!"

나는 이렇게 호령했다. 하지만 장인님이 선뜻 오냐 낼이라도 성례시켜 주마 했으면 나도 성가신 걸 그만두었을지 모른다. 나야 이러면 때린 건 아니니까 나중에 장인 쳤다는 누명도 안 들

* 톡톡히 (의견, 주장, 요구 따위를) 제대로 충분하게.
* 까세다 세차게 치다.
* 낭 낭떠러지. 깎아지른 듯한 언덕.

을 터이고 얼마든지 해도 좋다.

한번은 장인님이 헐떡헐떡 기어서 올라오더니 내 바짓가랑이를 요렇게 노리고서 단박 움켜잡고 매달렸다. 악, 소리를 치고 나는 그만 세상이 다 팽그르 도는 것이

"빙장님! 빙장님! 빙장님!"

"이 자식! 잡어먹어라, 잡어먹어!"

"아! 아! 할아버지! 살려 줍쇼, 할아버지!"

하고 두 팔을 허둥지둥 내저을 적에는 이마에 진땀이 쭉 내솟고 인젠 참으로 죽나 보다 했다. 그래도 장인님은 놓질 않더니 내가 기어이 땅바닥에 쓰러져서 거진 까무러치게 되니까 놓는다. 더럽다 더럽다. 이게 장인님인가, 나는 한참을 못 일어나고 쩔쩔맸다. 그러다 얼굴을 드니(눈에 참 아무것도 보이지 않았다.) 사지가 부르르 떨리면서 나도 엉금엉금 기어가 장인님의 바짓가랑이를 꽉 움키고 잡아낚았다.

내가 머리가 터지도록 매를 얻어맞은 것이 이 때문이다. 그러나 여기가 또한 우리 장인님이 유달리 착한 곳이다. 어느 사람이면 사경을 주어서라도 당장 내쫓았지 터진 머리를 불솜*으로 손수 지져 주고, 호주머니에 희연* 한 봉을 넣어 주고 그리고

"올 갈엔 꼭 성례를 시켜 주마, 암말 말구 가서 뒷골의 콩밭

* 불솜 상처를 소독하기 위하여 불에 그슬린 솜방망이.
* 희연 일제 강점기 때, 담배 상표 중 하나.

이나 얼른 갈아라."

하고 등을 뚜덕여 줄 사람이 누구냐.

나는 장인님이 너무나 고마워서 어느덧 눈물까지 났다. 점순이를 남기고 인젠 내쫓기려니 하다 뜻밖의 말을 듣고

"빙장님! 인제 다시는 안 그러겠어유!"

이렇게 맹서를 하며 부랴사랴* 지게를 지고 일터로 갔다.

그러나 이때는 그걸 모르고 장인님을 원수로만 여겨서 잔뜩 잡아당겼다.

"아! 아! 이놈아! 놔라, 놔, 놔."

장인님은 헛손질을 하며 솔개미*에 챈 닭의 소리를 연해 질렀다. 놓긴 왜, 이왕이면 호되게 혼을 내 주리라 생각하고 짓궂이 더 당겼다마는 장인님이 땅에 쓰러져서 눈에 눈물이 피잉 도는 것을 알고 좀 겁도 났다.

"할아버지! 놔라, 놔, 놔, 놔놔."

그래도 안 되니까

"얘 점순아! 점순아!"

이 악장*에 안에 있었던 장모님과 점순이가 헐레벌떡하고 단숨에 뛰어나왔다.

나의 생각에 장모님은 제 남편이니까 역성*을 할는지도 모른

* 부랴사랴 매우 부산하고 급하게 서두르는 모양.
* 솔개미 '솔개'의 사투리.
* 악장 악을 쓰며 싸움.

다. 그러나 점순이는 내 편을 들어서 속으로 고소해서 하겠지. 대체 이게 웬 속인지(지금까지도 난 영문을 모른다.) 아버질 혼내 주기는 제가 내래 놓고 이제 와서는 달려들며

"에그머니! 이 망할 게 아버지 죽이네!"

하고 내 귀를 뒤로 잡아당기며 마냥 우는 것이 아니냐. 그만 여기에 기운이 탁 꺾이어 나는 얼빠진 등신이 되고 말았다. 장모님도 덤벼들어 한쪽 귀마저 뒤로 잡아채면서 또 우는 것이다.

이렇게 꼼짝 못 하게 해 놓고 장인님은 지게막대기를 들어서 사뭇 내리조겼다.* 그러나 나는 구태여 피하려지도 않고 암만해도 그 속 알 수 없는 점순이의 얼굴만 멀거니 들여다보았다.

"이 자식! 장인 입에서 할아버지 소리가 나오도록 해?"

* 역성 옳고 그름에는 관계없이 무조건 한쪽 편을 들어 주는 일.
* 내리조기다 '냅다 두들기거나 때리다'라는 뜻의 사투리.

1. 작품 속 사건을 시간 순서에 따라 정리해 봅시다.

삼 년 칠 개월 전	'나'는 (　　　　)가 자라면 (　　　　)를 하기로 하고 일을 시작함.
↓	
작년 이맘때	'나'가 늦잠을 잔다고 (　　　　)이 돌멩이를 던져 발목을 삐게 함.
↓	
그 전날	밭을 갈다 (　　　　)가 '나'를 충돌질함.
↓	
어저께	'나'가 (　　　　)가 아프다고 한 일로 장인과 싸움, 구장을 찾아감.
↓	
어젯밤	'나'와 만난 뭉태가 장인이 (　　　　)를 갈아들인다며 험담함.
↓	
오늘 아침	아침상을 가져온 (　　　　)가 '나'를 부추김.
↓	
오늘 아침이 지난 후	'나'와 장인이 서로 (　　　　).
↓	
사건이 마무리된 후	장인이 달래자 '나'는 다시 (　　　　)로 감.

2. 작품 속 인물들 간의 관계를 고려하여 각 인물의 특징을 파악해 봅시다.

3. 작품의 제목인 '봄·봄'이 무엇을 뜻하는지 생각해 봅시다.

❶ '봄'과 관련된 생각이나 느낌을 자유롭게 떠올려 봅시다.

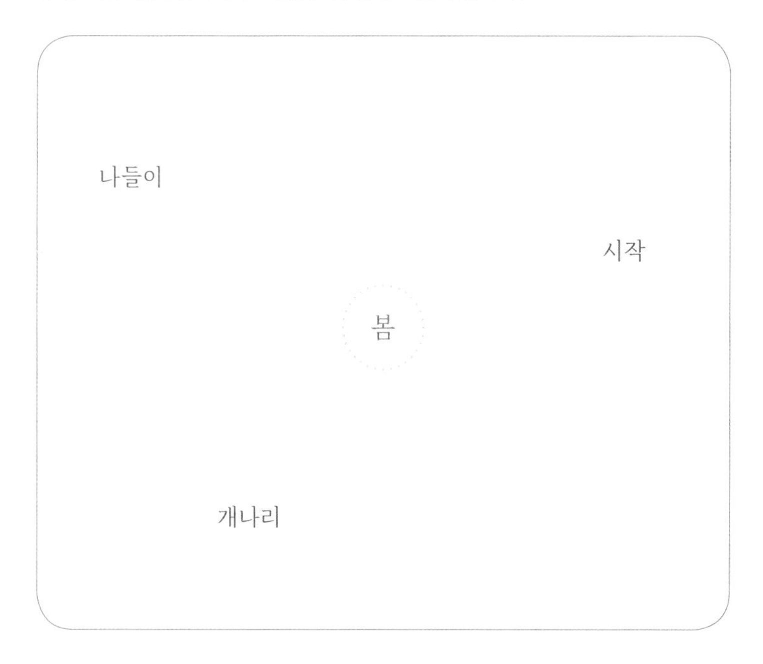

❷ 다음은 작년과 올해 봄에 '나'에게 있었던 일을 정리한 것입니다. 소설의 결말과 연관 지어 '나'의 내년 봄 상황을 예측해 봅시다.

작년 봄		올해 봄		내년 봄
• 성례를 요구함. • 장인 때문에 발목을 다침. • 장인의 회유로 다시 일하러 나감.	→	• 성례를 요구함. • 장인과 격투를 벌임. • 장인의 회유로 다시 일하러 나감.	→	

❸ ❶, ❷ 를 고려하여 작품의 제목인 '봄·봄'의 의미를 이야기해 봅시다.

4. 다음은 「봄·봄」을 읽은 후 선생님의 안내에 따라 학생들이 이야기를 나눈 내용입니다. 학생 2의 말에 들어갈 내용을 작성해 봅시다.

선생님: 여러분, 「봄·봄」은 김유정 작가가 1935년에 발표한 소설입니다. 우직하고 순박한 '나'가 점순과의 성례를 둘러싸고 욕심 많은 장인과 겪는 갈등을 해학적으로 그린 작품입니다. 이 작품에 등장하는 인물 중 한 사람을 골라 아래에 제시된 속담이나 관용구, 사자성어와 연관 지어 인물을 평가해 봅시다.

견강부회(牽强附會)	이치에 맞지 않는 말을 억지로 끌어 붙여 자기에게 유리하게 함.
귀가 얇다	남의 말을 쉽게 받아들인다.
숙맥불변(菽麥不辨)	콩인지 보리인지를 구별하지 못한다는 뜻으로, 사리 분별을 못 하고 세상 물정을 잘 모름을 이르는 말.
아전인수(我田引水)	자기 논에 물 대기라는 뜻으로, 자기에게만 이롭게 되도록 생각하거나 행동함을 이르는 말.
적반하장(賊反荷杖)	도둑이 도리어 매를 든다는 뜻으로, 잘못한 사람이 아무 잘못도 없는 사람을 나무람을 이르는 말.
피는 물보다 진하다	혈육의 정이 깊음을 이르는 말.

학생 1: '나'는 '숙맥불변'이라는 말에 어울리는 사람입니다. 왜냐하면 성례를 시켜달라고 장인과 사투를 벌이다가 머리가 터지도록 얻어맞고도, 자신을 당장 내쫓지 않는 장인을 착한 사람이라고 생각합니다. 거기다 가을에 성례를 시켜 준다는 장인의 말에 또 속아 고마워하면서 다시 일을 하러 가는 모습에서 세상 물정을 잘 모르는 순박한 사람임을 알 수 있습니다.

학생 2: ______ 은/는 ______ 이라는 말에 어울리는 사람입니다.

왜냐하면 ______

흥보전
지은이 모름

들어가며

어렸을 때 읽었던 '흥보와 놀보'의 이야기는 마음 착한 동생 흥보와 욕심 많은 형 놀보의 이야기로 '형제간에 사이좋게 지내야 한다.' '착한 사람은 복을 받고 악한 사람은 벌을 받는다.'라는 단순한 교훈을 전해 주는 이야기였습니다. 지금은 경제 관념이 중요하게 인식되면서, 먹고살기 위한 대책도 없이 착하기만 한 흥보는 무능력한 인물로, 오히려 욕심 많은 놀보는 생활력이 있는 현실적인 인물로 해석되기도 합니다. 또 한편으로 저출생으로 인한 인구 감소가 사회의 심각한 문제로 떠오르는 요즘에는 자식 부자인 흥보네를 독특한 다자녀 가정으로 볼 수도 있습니다.

이렇듯 흥보라는 인물을 파악하려면 그의 행동, 성격, 특징뿐만 아니라 작품의 배경이 되는 시대 상황까지 두루두루 살펴보아야 합니다. 흥보가 살았던 조선 후기 사회의 경제 변화를 이해하고, 흥보가 직면한 가난의 문제도 생각해 봐야 합니다. 가난은 오랜 시간이 지난 지금도 여전히 심각한 사회 문제입니다. 하지만 비참하고 고통스러운 가난 속에서도 흥보는 한 가정의 가장으로 인간적인 따뜻함과 가족에 대한 사랑, 그리고 삶의 여유를 잃지 않는 모습을 보입니다. 흥보는 비참하고 고통스러운 현실을 마주하지만 이를 원망하며 도망치고 회피하기보다는 가족을 위해 현실을 이겨 내고자 한 아버지였습니다. 어려운 상황에서도 긍정적인 시각으로 웃음을 잃지 않는 인물로 이해할 수 있습니다.

「흥보전」은 근원 설화를 바탕으로 한 판소리계 소설입니다. 당시 민중들의 이야기를 자유롭게 담아내는 민담의 특성과 조선 후기의 사회적 생활상을 반영한 판소리의 특성이 함께 나타나 있습니다. 흥보는 조선 후기 민중의 절박하고 힘든 현실을 대변하며 웃음을 통해 슬픔을 극복하는 당시 민중의 모습을 보여 주고 있습니다.

★ 앞부분 줄거리

한 마을에 놀보, 흥보 형제가 사는데 놀보는 심보가 고약하고 흥보는 본디 어진 성품이다. 부모가 물려준 논밭을 혼자 차지한 데다 농사짓는 재주도 좋은 놀보는 화려한 집에 곡식을 쌓아 두고 살지만, 흥보는 형에게 쫓겨나 가난한 움막살이 신세를 면치 못한다. 어느 날 흥보는 아내의 권유로 형 놀보에게 양식을 구걸하러 가지만 놀보는 먹을 것을 내주기는커녕 몽둥이질을 하여 흥보를 내쫓는다. 흥보의 아내는 남편이 형에게 매를 맞고 왔음을 알아차리고 속상해한다.

흥보 이르는 말이,

"우리가 맑은 바람에 매미 새끼처럼 울음만 울어서는 배만 무진장 더 고플 테니, 내 읍내 들어가 환자(還子)* 섬이나 타다 먹고 가을 품 팔아 갚으세."

"아무려나 그리합쇼."

흥보 성중(城中)으로 들어갈 제, 흥보가 못 먹어 어찌나 말랐던지 강하게 내리쬐는 햇볕에 갓거리* 받쳐 놓은 듯이 마르고, 새끼 똥구녁이 원숭이 똥구녁처럼 반듯하게 말랐고, 불알 하나

* 환자 조선 시대에 국가가 비축했던 곡식을 춘궁기에 백성에게 꾸어 주었다 추수 후 돌려받는 곡식 또는 그 제도.
* 갓거리 갓등거리. 토끼, 너구리, 양 따위의 털로 만든, 소매 없는 겉옷으로 조끼처럼 저고리 위에 덧입는다.

바싹 말라 불알에서 매방울 소리처럼 떨렁떨렁 나더니라. 사창(社倉)*에 들어가 환자 호방(戶房)* 보고 인사하니,

"아재네가 흥보지?"

"예."

"어찌 왔나?"

흥보가 말을 사뢰되, 없이 말을 할 양이면* '어린 자식들은 많시 옵고 굶다 못 견디어 호방님께 그 말씀 사뢰고 환자 섬이나 타다 먹고 가을에 갚을까 하여 왔습니다.' 이만 해도 좋을 말을 모두 사뢰되,

"오늘 온 일이 참으로 어제저녁에 온 길이온데 이제 온 길이 온 길이온데 참으로, 그렇게, 두로넌하고 수물낭한찐 두로넌* 그래서 왔소."

호방이 흥보 말을 듣더니 웃음을 권마성(勸馬聲)*조로 띄어 웃어,

"자네 환자 먹으려 말고 곤장 여남은 대 맞아 볼까나?"

흥보 이 말 듣고 깜짝 놀라,

"대대로 사귀어 온 정을 생각하여 찾아왔더니 환자는 아니

* 사창 각 고을의 환곡을 저장해 두던 곳집.
* 호방 조선 시대에 호전(戶典)에 관한 일을 맡아보던 승정원과 각 지방 관아의 구실아치.
* 없이 말을 할 양이면 가난하게 보임으로써 사정을 알아듣게 하려면.
* 두로넌하고 수물낭한찐 두로넌 흥보가 얼버무리며 하는 말로, 정확한 뜻은 알 수 없음.
* 권마성 말이나 가마가 지나갈 때 위세를 더하기 위하여 앞에서 하졸들이 목청을 길게 떼어 부르던 소리. 여기서는 호방이 흥보의 말에 그 의도를 짐작하고 소리를 길게 빼어 웃었다는 의미임.

준들 곤장 맞으란 말이 웬 말이요. 나 돌아가오."

"아니, 이리 오소. 에 아서시오."

흥보 매 아니 맞으려고 거짓말을 두어 자루쯤 하여,

"어제저녁에 우리 아내 해산(解産)하고, 오늘 아침 우리 어린 놈 손님* 받았소. 곤장하고는 상피(相避)라* 못 볼 터이오."

"매도 도움이 되는 매가 있느니."

"매 맞으면 아프지 별수가 무슨 수요."

"아니, 다른 일이 아니라 본읍(本邑) 좌수(座首)*가 병영으로 부름을 당하여 삯매*를 사려 하되 갈 사람이 없네. 자네가 곤장 여남은 대 맞고 삼십 냥 받아 가고 마삯 돈 닷 냥은 내게서 받아 가시오."

흥보 이 말 듣고,

"참말씀이오?"

"점잖은 체면에 헛말할 수 있나."

"그러하면 내 갈 터이오니 마삯 돈 닷 냥 지금 주오."

"그리하시오."

흥보 마삯 돈 닷 냥 받아 차고, '얼씨구 즐겁도다' 제집으로 들어가며,

* 손님 천연두를 에둘러 이르는 말.
* 곤장하고는 상피라 곤장과는 서로 피하는 것이라. 곤장을 맞을 수 없다는 뜻임.
* 좌수 조선시대 지방자치 기구인 향청(鄕廳)의 우두머리.
* 삯매 남이 맞을 것을 삯을 받고 대신 맞던 매.

"애기 어멈, 게 있는가. 문을 열고 이것 보시오. 대장부 한 걸음에 삼십 냥이 들어가네."

흥보 아내 이른 말이,

"그 돈은 웬 돈이며 삼십 냥은 웬 돈이오?"

흥보 이른 말이,

"천기누설(天機漏洩)이라, 말부터 앞세우면 이뤄질 일 없으니, 그 돈으로 양식 팔아 배불리 질끈 먹고."

흥보 아내 이른 말이,

"먹으니 좋소만 그 돈은 어디서 났소?"

흥보 이른 말이,

"본읍 좌수 대신으로 병영 가서 곤장 맞기로 삼십 냥에 결단하고 마삯 돈 닷 냥 받아 왔네."

흥보 아내 이 말 듣고 기가 막혀 이른 말이,

"그놈의 죄상(罪狀)도 모르고 병영으로 올라갔다가 저 모습 저 몰골에 곤장 열을 맞으면 곤장 아래 혼백 될 것이니 제발 덕분 가지 마오."

흥보 이른 말이,

"볼기*의 구실이 있나니."

"볼기가 구실이 있단 말이오?"

"그렇지. 볼기 구실 들어 보소. 이내 몸이 정승 되어 평교자

* 볼기 뒤쪽 허리 아래 허벅다리 위의 양쪽으로 살이 불룩한 부분.

(平轎子)*에 앉아 볼까, 육판서 하였으면 초헌(軺軒)* 위에 앉아 볼까, 사복시(司僕寺)* 관리 하였으면 임금 타는 말에 앉아 볼까, 팔도 감사(監司) 하여 선화당(宣化堂)*에 앉아 볼까, 각 읍 수령 하여 좋은 가마에 앉아 볼까, 좌수 별감(別監)* 하여 향사당(鄕射堂)*에 앉아 볼까, 이방(吏房)* 호장(戶長)* 하여 작청(作廳)* 좋은 자리에 앉아 볼까, 소리 명창 되어 크고 넓은 좋은 집 양반 앞에 앉아 볼까, 풍류 호걸 되어 기생집에 앉아 볼까, 서울 이름난 기생 되어 가마 안에 앉아 볼까, 많은 돈 벌어 부담마(負擔馬)*에 앉아 볼까, 쓸데없는 이 내 볼기 놀려 무엇 한단 말인가. 매품이나 팔아 먹세."

흥보 자식들이 벌떼같이 나앉으며,

"아버지 말씀을 들으니 호사(豪奢)가 큼직하오.* 그래 아버지 병영 가신다 하니, 날 오동철병(烏銅鐵甁)* 하나 사다 주오."

* 평교자 종1품 이상의 벼슬아치 또는 기로소(耆老所)의 당상관이 타는 가마.
* 초헌 종2품 이상의 벼슬아치가 타던 수레.
* 사복시 고려·조선시대에 궁중의 말과 가마에 관한 일을 맡아보던 관청.
* 선화당 각 도의 관찰사가 사무를 보던 정당(正堂).
* 별감 조선 시대에 유향소(所)에 속한 직책으로 고을의 좌수에 버금가던 자리.
* 향사당 유향소(留鄕所). 고려·조선 시대에 지방의 수령을 보좌하던 자문기관. 풍속을 바로잡고 향리를 감찰하며 민의를 대변하였음.
* 이방 조선 시대에 인사(人事)·비서(秘書) 등의 사무를 맡아보던 승정원과 각 지방 관아의 육방(六房)의 하나.
* 호장 고을 아전의 맨 윗자리 또는 그 직에 있는 사람.
* 작청 길청. 고을 수령이 사무를 보던 군아(郡衙)에서 아전이 일을 보던 곳.
* 부담마 부담롱(말에 실어 운반하는 작은 농)을 싣고 사람도 함께 타도록 꾸민 말.
* 호사가 큼직하오 매품을 팔러 간다는 아버지의 말을 듣고 돈을 많이 벌어 오리라는 기대가 담긴 말이나, 실은 흥보의 가난상을 해학적으로 드러내려는 말.

흥보 이른 말이,

"고의(袴衣) 벗은 놈*이 어디다 차게야?"

"귀밑머리에 차도 찰 터이옵고 생갈비를 뚫고 차도 찰 터이오니 사 오기만 사 오오."

또 한 놈 나앉으며,

"나는 남수주(藍水紬)* 비단으로 만든 큰 창옷* 한 벌 사다 주오."

"고의 벗은 놈이 어디다 입게야?"

흥보 큰아들 나앉으며 제 동생들을 꾸짖는데 옳게 꾸짖는 게 아니라 하늘에 사무칠 듯 꾸짖어,

"에라 심하구나, 후레아들놈들. 아버지 그렇잖소. 나는 담비 가죽 탕평채(蕩平菜)*에 모초의(毛綃衣)* 한 놈과, 한포단* 허리띠 비단 주머니 당팔사(唐八絲)* 끈 꿰어, 쇠거울 돌거울 넣어다 주오."

흥보 이른 말이,

* 오동철병 검붉은 빛이 나는 구리로 만든 병.
* 고의 벗은 놈 남자의 여름 홑바지인 고의를 벗고 있을 정도로 아주 어린아이라는 뜻임.
* 남수주 쪽빛 나는 비단의 하나.
* 창옷 조선 시대에 사대부들이 집에서 입거나 외출할 때 겉옷의 바로 밑에 입었던 옷.
* 탕평채 조선 영조 때 탕평책을 논하는 자리의 음식상에 처음 올랐다는 데서 온 말로, '묵청포'를 달리 이르는 말. '묵청포'는 초나물에 녹말묵을 썰어 넣고 만든 음식. 여기서는 옷과 비단을 거론하고 있으므로 음식이 잘못 끼어든 것임.
* 모초의 가는 날에 굵은 올로 짠 비단인 모초로 만든 옷
* 한포단 한포로 된 베. '한포'는 파초(芭蕉)의 섬유로 짠, 날이 굵은 베.
* 당팔사 예전에 중국에서 들어온 여덟 가락으로 꼬아져 있는 노끈.

"네 아무것도 안 찾을 듯이 하더니 단계를 높여 하는구나. 너희 놈들이 내 마른 볼기를 대송방(大松房)*으로 아는 놈들이로구나."

흥보 이른 말이,

"애기 어멈 그리하시오. 쉬 다녀옴세."

흥보 병영 내려갈 제 탄식하고 내려간다.

"도로는 끝없는데 병영 성중 어디메요. 조자룡이 강을 넘던 청총마(青驄馬)나 있으면* 이제 잠깐 가련마는, 몸이 고생스러우니 조그마한 내 다리로 오늘 가다 어디서 자며 내일 가다 어디서 잘꼬. 제갈공명 쓰던 축지법을 배웠으면 이제로 가련마는 몇 밤 자고 가잔 말가."

여러 날 만에 병영에 당도하니 영문(營門)도 엄숙하다. 쳐다보니 대장이 지휘하는 깃발이요 내려다보니 순시하는 깃발이로다. 도군뢰(都軍牢)*의 치레 보소. 산짐승 털 벙거지*에 남일광단(藍日光緞)*으로 안을 받쳐, 갓끈 고리와 밀화(蜜花)* 귀를 땋은, 궁초(宮綃)*로 만든 갓끈 잡아매고, 관디* 협수(夾袖)* 군복 띠를 배

* 대송방 주로 서울에서 개성 사람이 주단, 포목 따위를 팔던 큰 가게.
* 조자룡이 강을 넘던 청총마나 있으면 중국 삼국시대 조자룡이 타고 강을 건너던 청총마가 있었으면 금방 갈 수 있으리라는 말. 조자룡은 중국 촉한(蜀漢)의 유비(劉備) 수하에 있던 무장. 청총마는 조자룡이 타고 다니던 명마였음.
* 도군뢰 조선시대에, 군대에서 죄인을 다루던 병졸의 우두머리.
* 벙거지 주로 병졸이나 하인이 쓰는, 털로 두껍게 만든 검은 모자.
* 남일광단 남빛 바탕에 해나 햇살 무늬가 있는 옛 비단.
* 밀화 호박(琥珀)의 한 가지. 밀랍 같은 누른빛이 나고 젖송이 같은 무늬가 있음.
* 궁초 엷고 무늬가 둥근 비단의 하나. 흔히 댕기의 감으로 쓴다.

에 눌러 매고, 날랠 용(勇)이라는 글자 떡 붙이고, 흥보 앞에 썩 나서며,

"에라 이놈 게 앉거라."

흥보 속마음에, '내가 분명 저승에 들어왔나 보다.'

문간에 들어가니, 어떠한 사람들이 사오 인이 앉았거늘, 흥보 들어가며,

"인사하오."

"에 마오."

"거기 뉘라 하오?"

"나 말씀이오? 조선 제일 가난 흥보를 모르시오."

한 놈 나서며,

"장자(長者)*가 무엇 하러 와 계시오?"

흥보 가슴이 끔쩍하여,

"거기는 무엇 하러 왔소?"

"나는 평안도 사방동 동팔풍촌서 사는 솔봉 애비 모르시오. 이십오 대 가난으로 매품 팔러 왔소."

또 한 놈 나앉으며,

"나는 경상도 문경 땅의 제일 가난으로 사십육 대 호적 없이 남의 곁방살이*로 내려오는 김딱직이란 말 듣도 못 하였소?"

* 관디 옛날 벼슬아치의 공복(公服). 지금은 전통 혼례 때 신랑이 입음.
* 협수 검은 두루마기에 붉은 안을 받치고 붉은 소매를 달며 뒷솔기를 길게 터서 지은 군복.
* 장자 큰 부자를 점잖게 이르는 말.

한 놈 나앉으며,

"이번 매품은 먼저 온 순서대로 들어간다니 그리하옵세."

"저분 언제 왔소?"

"나 온 지는 저 지난 장날 아침밥 먹기 전 동틀 때 왔소."

한 놈 나앉으며,

"나는 온 지가 십여 일이라도 생나무 곤장 한 대 맞아 본 내 아들놈 없소."

흥보 이른 말이,

"그리 말고 서로 가난 자랑하여 아무라도 제일 가난한 사람이 팔아 갑세."

그 말이 옳다 하고,

"저분 가난 어떠하오?"

"내 가난 들어 보오. 집이라고 들어가면 사방 어디로도 들어갈 작은 곳이 없어 닫는* 벼룩 쪼그려 앉을 데 없고 삼순구식(三旬九食)* 먹어 본 내 아들 없소."

한 놈 나앉으며,

"족히 먹고살 수는 있겠소. 저분 가난 어떠하오?"

"내 가난 들어 보오. 내 가난 남과 달라 이 대째 내려오는 광

* 곁방살이 남의 집 곁방을 빌려서 생활함. 그만큼 가난하다는 뜻임.
* 닫다 다리를 빨리 움직여 이동하다.
* 삼순구식 '순(旬)'은 열흘을 의미. '삼순'은 상순, 중순, 하순의 총칭. 30일에 아홉 끼니밖에 못 먹는다는 뜻으로, 가난하여 끼니를 많이 거름을 일컫는 말.

주산(廣州産) 사발 하나 선반에 얹은 지가 팔 년이로되, 여러 날 내려오지 못하고 아침저녁으로 눈물만 뚝뚝 짓고, 부엌의 노랑쥐가 밥알을 주우려고 다니다가 다리에 가래톳*이 서서 종기 터뜨리고 드러누운 지가 석 달 되었소. 좌우 들으신 바 내 신세 어떠하오?"

김딱직이 썩 나앉으며,

"거기는 참으로 장자(長者)라 할 수 있소. 내 가난 들어 보오. 조그마한 한 칸 초막 발 뻗을 길 전혀 없어, 우리 아내와 나와 둘이 안고 누워 있으면 내 상투는 울 밖으로 우뚝 나가고, 우리 아내 궁둥이는 담 밖으로 알궁둥이 보이니, 동네에서 숨바꼭질하는 아이들이 우리 아내 궁둥이 치는 소리 사월 팔일 관등(觀燈)* 다는 소리 같고, 집에 연기 나지 않은 지가 삼 년째 되었소. 좌우 들으신 바 내 신세 어떠하오? 아무 목득의 아들놈도 못 팔아 갈 것이니.*"

이놈 아주 거기서 게정을 먹더니라.* 흥보 숨숨 생각하니, 자기에게는 어느 시절에 차례가 돌아올 줄 몰라,

"동무님 내 매품이나 잘 팔아 가지고 가오. 나는 돌아가오."

하직하고 돌아오며, 탄식하고 집에 들어가니, 흥보 아내 거동

* 가래톳 넓다리 윗부분의 림프샘이 부어 생긴 멍울.
* 관등 불교에서 음력 4월 8일이나 절의 주요 행사 때 온갖 등을 달아 불을 밝히는 일 또는 그 등.
* 아무 목득의 아들놈도 못 팔아 갈 것이니 자신 외에 어떤 사람도 매품을 팔지는 못할 것이라는 뜻. '목득'은 '목두기' 곧 이름이 무엇인지 모르는 귀신의 이름임.
* 게정을 먹다 말과 행동에 불평을 나타내다.

보소. 왈칵 뛰어 달려들어 흥보 소매 검쳐 잡고 듣기 싫을 정도로 크고 섧게 울며,

"하늘이 사람들을 세상에 나게 할 때 반드시 자기 할 일을 주었으니, 생기는 대로 먹고 살지 남 대신으로 맞을까. 애고애고 설움이야."

이렇듯 섧게 우니 흥보 이른 말이,

"애기 어멈 울지 마소. 애기 어멈 울지 마소. 영문에 들어가니 세상의 가난한 놈은 거기 모두 모여 내 가난은 거기다 비교하니 장자라 일컬을 수 있어, 매도 못 맞고 돌아왔네."

흥보 아내 이 말 듣고,

"얼씨구나 즐겁도다. 우리 낭군 병영 내려갔다 매 아니 맞고 돌아오니, 이런 영화 또 있을까."

"배고픔을 생각하여 음식 노래 불러 보자. 무슨 밥이 좋던 게요? 보리밥이 좋거던. 무슨 국이 좋던 게요? 비짓국이 좋거던. 음식을 맛있게 하여 먹으려면, 개장국에 늙은 호박을 따 넣고 숭늉에는 고춧가루를 많이 치고 들기름을 많이 쳐, 사곰은 괴곰이 먹을 만하고,* 이만큼 시장할 때는 들깨 깻묵 두어 둘레쯤 먹고 찬물 댓 사발쯤 먹었으면 든든커던."

이렇게 말을 할 제 흥보 아내 우는 말이,

* 사곰은 괴곰이 먹을 만하고 '곰'은 고기나 생선을 푹 삶은 국을 말하며, 여기서는 '곰'의 하나인 '사곰' 중에서 '괴곰'이 먹을 만하다는 뜻. '사곰'은 뜻을 알 수 없으나 '괴곰'은 고양이곰인 듯함.

"우정 가장(家長) 애중(愛重) 자식 배곯리고 못 입히는 내 설움 의논컨대 피눈물이 반죽 되면 아황 여영 설움이요, 홍곡가를 지어내던 왕소군의 설움이요, 장신궁중 꽃이 피니 반첩여의 설움이요, 옥으로 장식한 장막 속에서 죽으니 우미인의 설움이요, 목을 잘라 절사하니 하씨 열녀 설움이요, 만경창파(萬頃蒼波)* 너른 물을 말말이 다 되인들 끝없는 이내 설움 어디다 하소연할꼬."

흥보 역시 슬퍼, 샘물같이 솟아 나오는 눈물 가랑비같이 흩뿌리며 목이 막혀 기절하더니 다시 살아나서, 들릴 듯 말 듯한 말로 겨우 내어 기운 없이 가는 목소리를 처량하게 슬피 울며 만류하여 이른 말이,

"마음만 옳게 먹고 의롭지 않은 일 아니하면 장래 한때 볼 것이니* 서러워 말고 살아나세."

부부 앉아 탄식할 제, 청산은 높이 솟아 있고 온갖 꽃이 화려하고 찬란하게 피어 있는 때 접동 두견 꾀꼬리는 때를 찾아 슬피 우니 뉘 아니 슬퍼하리.

뒷부분 줄거리

봄이 오자 흥보네 집에 제비가 찾아와 집을 짓고 알을 낳고 새끼를 기른다. 새끼 한 마리가 날기 연습을 하다 다리가 부러지

* 만경창파 한없이 넓고 큰 바다.
* 장래 한때 볼 것이니 장래에 좋은 때를 만날 것이니. 장래에 좋은 일이 생길 것이니.

자 흥보가 귀한 조기 껍질을 구하여 정성껏 동여매 치료해 준다. 그 제비가 이듬해 봄에 흥보에게 박씨를 가져다준다. 기름진 흙에 박씨를 심고 잘 가꾸었더니 박 세 통이 열려 추석 무렵 흥보 부부가 박을 탄다. 첫째 박, 둘째 박, 셋째 박에서 연달아 돈과 쌀과 비단과 양귀비 등 온갖 보물들이 나온다. 흥보는 크고 좋은 집을 지어 남들이 부러워할 만큼 풍족하게 산다.

한편, 흥보가 부자가 되었다는 소식을 듣고 심술이 난 놀보는 흥보를 찾아가 부자가 된 사연을 듣고는 집으로 돌아와 제비집을 많이 만들어 놓는다. 그때 제비 한 쌍이 놀보네 집으로 찾아들어 알을 낳았는데 놀보가 지나치게 만지작거려 알이 곯아 터지고, 다행히 부화한 한 마리의 새끼마저 발목을 분지르고는 조기 껍질로 동여매 준다. 이듬해 그 제비가 놀보에게 박씨 하나를 가져다준다. 그 박씨를 심었더니 온 동네를 뒤덮을 정도로 넝쿨이 크게 뻗고 박이 열두 통이나 열린다. 그중에서 여덟 통을 타는데, 제1박에서는 양반들이 나와 상전 노릇을 하며 놀보에게 호통치고, 제2박에서는 걸인, 제3박에서는 사당패, 제4박에서는 화주승(인가에 다니면서 시주를 받아 절의 양식을 대는 승려), 제5박에서는 상여꾼, 제6박에서는 풍각쟁이(시장이나 집을 돌아다니면서 노래를 부르거나 악기를 연주하며 돈을 얻으러 다니는 사람), 제7박에서는 초라니(탈놀이에 등장하는 하인으로 행동거지가 가볍고 방정맞은 인물)가 나와 돈을 뜯어간다. 제8박에서는 옥황상제의 명을 받은 장비(張飛, 중국 삼국 시대 촉한의 무장)가 나와 놀보를 잡아가려 하자 논밭을 처분하여 돈 백 냥을 내주고 그를 돌려보낸다. 이로써 놀보는 재산을 탕진하고 완전히 패망한다.

1. 조선 후기 경제적 변화와 사회적 생활상을 고려하여 작품의 표면적 주제와 이면적 주제를 정리해 봅시다.

표면적 주제	이면적 주제
• (　　　　)징악 • 인과(　　　　) • 형제간의 우애	• 지배층의 허위와 (　　　　)을 비판 • 몰락한 (　　　　)의 관념을 비판 • 조선 후기 (　　　　) 격차로 인한 갈등 • (　　　　)의 축적에 대한 당시 사람들의 열망

2. 다음 '해학'의 뜻을 참고하여, 매품을 팔러 가는 흥보의 모습을 통해 지은이가 해학적으로 말하고자 하는 바가 무엇인지 써 봅시다.

> 해학은 대상을 우스꽝스럽게 나타내는 문학적 방법이다. 즉 해학은 대상을 과장하거나 왜곡하여 웃음을 유발하고, 대상에 대한 연민을 가지고 악의 없는 웃음을 유발한다. 해학은 대상에게 동정심과 친근감을 불러일으켜 독자로 하여금 그 인물에게 공감하게 만든다는 특징이 있다.

3. 다음 흥보와 아내의 대화에 등장하는 '매품팔이'에서 드러난 당시 조선 사회의 문제점을 이야기해 봅시다. 그리고 그와 비슷한 문제가 오늘날에는 없는지 생각해 봅시다.

흥보 이른 말이,
"본읍 좌수 대신으로 병영 가서 곤장 맞기로 삼십 냥에 결단하고 마삯 돈 닷 냥 받아 왔네."
흥보 아내 이 말 듣고 기가 막혀 이른 말이,
"그놈의 죄상도 모르고 병영으로 올라갔다가 저 모습 저 몰골에 곤장 열을 맞으면 곤장 아래 혼백 될 것이니 제발 덕분 가지 마오."
흥보 이른 말이,
"볼기의 구실이 있나니."
"볼기가 구실이 있단 말이오?"
"그렇지. 볼기 구실 들어 보소. 이내 몸이 정승 되어 평교자에 앉아 볼까, 육판서 하였으면 초헌 위에 앉아 볼까, 사복시 관리 하였으면 임금 타는 말에 앉아 볼까, 팔도 감사 하여 선화당에 앉아 볼까, 각 읍 수령 하여 좋은 가마에 앉아 볼까, 좌수 별감 하여 향사당에 앉아 볼까, 이방 호장 하여 작청 좋은 자리에 앉아 볼까, 소리 명창 되어 크고 넓은 좋은 집 양반 앞에 앉아 볼까, 풍류 호걸 되어 기생집에 앉아 볼까, 서울 이름난 기생 되어 가마 안에 앉아 볼까, 많은 돈 벌어 부담마에 앉아 볼까, 쓸데없는 이 내 볼기 놀려 무엇 한단 말인가. **매품이나 팔아 먹세.**"

당시 조선 사회의 문제점:

오늘날의 비슷한 문제:

4. 십자말풀이를 통해 작품에 쓰인 어휘와 그 밖의 낱말을 익혀 봅시다.

1 조									2		
						3					
4	5		6		7				8		
			9 마	방	진		10				
					11					12	
13		14		15			16		17		
		18 평	교	자							
								19		20	
								류			

◆ 가로말 풀이

1. 『삼국지』에 나오는 장수의 이름.
3. 모래로 쌓은 둑.
4. 죄인의 볼기를 치던 형구. 또는 그 형벌.
7. 남자의 여름 홑바지.
8. 인사, 비서 등의 사무를 맡아보던 승정원과 각 지방 관아의 육방 중 하나.
9. 정사각형으로 자연수를 나열하여 가로, 세로, 대각선의 합이 같아지게 만든 것.
11. 감자에서 새로 돋아 나온, 연한 싹.
13. 생선, 채소 따위를 넣고 고추장을 풀어 얼큰하게 끓인 찌개.
15. 다가올 앞날.
16. 구슬을 가지고 노는, 아이들의 놀이.
18. 종1품 이상 등 높은 벼슬아치가 타는 가마. 네 사람이 낮게 어깨에 메고 천천히 다녔다 함.
19. 한없이 넓고 큰 바다.

◆ 세로말 풀이

1. 성질이나 태도가 은근하고 끈덕진 모양.
2. 남의 집 곁방을 빌려서 생활함.
3. 가는 날에 굵은 올로 짠 비단인 모초로 만든 옷.
5. 외뿔소자리에 있는 산광 성운. 장미꽃처럼 보인다고 하여 붙여진 이름.
6. 말이나 가마가 지나갈 때 하졸들이 목청을 길게 빼어 부르는 소리.
7. 쓴 것이 다하면 단 것이 온다는 뜻. 고생 끝에 즐거움이 옴을 이르는 말.
10. 30일에 아홉 끼니밖에 못 먹는다는 뜻.
12. 뒤쪽 허리 아래, 허벅다리 위의 양쪽으로 살이 불룩한 부분.
13. 남의 매를 대신 맞아 주는 데 들이던 품.
14. 탕평책을 논하는 자리에 처음 올랐다는 음식. 묵청포.
15. 큰 부자를 점잖게 이르는 말.
17. 치아에 분포한 신경.
19. 붙들고 못 하게 말림.
20. 조선 시대 사대부들이 집에서 입거나 외출할 때 겉옷의 바로 밑에 입었던 옷.

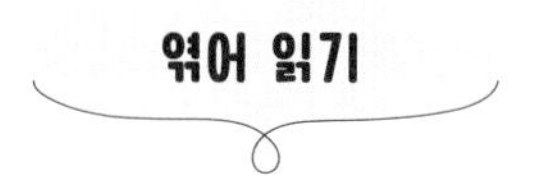

조세희 「난장이가 쏘아올린 작은 공」

조세희(1942~2022)의 연작소설집 『난장이가 쏘아올린 작은 공』(문학과지성사 1978)은 빼어난 사회 고발적 작품으로 꼽힙니다. '난쏘공'이라는 줄임말로 불릴 만큼 독자들에게도 큰 사랑을 받았지요. 이 소설집에는 1975년 발표한 단편 「칼날」부터 마지막 「에필로그」에 이르기까지 12편의 소설이 엮여 있습니다. 각 소설들은 서로 내용이 이어지면서도 독립적인 제목과 이야기 구조를 가지고 있습니다.

소설집의 표제작이자 연작소설의 네 번째 작품인 「난장이가 쏘아 올린 작은 공」은 난쟁이 일가를 통해 도시 빈민들의 삶과 애환을 그립니다. 1970년대, '낙원구 행복동'이라는 가상의 재개발 지역을 배경으로 철거 위기에 놓인 도시 빈민들의 비참한 삶을 담고 있지요. 빈부 격차라는 사회적 문제, 무분별한 재개발로 생기는 피해 등을 사실적으로 묘사하고 사회의 구조적 모순과 문제점을 비판적으로 드러냅니다.

이 소설에 등장하는 인물들은 하나같이 현실에서 상처 입고 좌절한 이들인데, 특히 아버지 '김불이'는 '난장이'로 설정되어 있습니다. 이는 단순히 신체장애만을 뜻하는 것이 아니라 경제적 빈곤층과 변두리 노동자 등 가난하고 힘없는 이들을 상징하는 것입니다. 앞서 살펴본 「아홉 켤레의 구두로 남은 사내」와 「난장이가 쏘아 올린 작은 공」을 엮어서 읽으면 1970년대의 사회상이 더 생생히 느껴집니다. 「아홉 켤레의 구두로 남은 사내」를 통해 들여다본 광주 대단지 사건을 철거촌에 사는 난쟁이 일가의 모습에 대입해 보아도 좋겠습니다.

「흥보전」을 엮어서 읽는다면 어떨까요? 우리는 「흥보전」을 통해 조선 후기부터 이미 물질적인 가치관이 성행하고, 빈부 격차도 컸음을 짐작할 수 있습니다. 조세희 작가는 생전에 한 인터뷰에서 아직도 청년들이 자신의 작품에 공감한다는 것이 괴롭다며 '난쏘공'이 옛날이야기처럼 읽혔으면 좋겠다는 바람을 말하기도 했습니다. 하지만 안타깝게도 오늘날 빈부 격차는 나날이 심각해지고 있고, 사회적·경제적 평등을 위한 부의 재분배는 제대로 이루어지지 않고 있습니다.

흉년이 들어도 약속한 만큼의 소작료를 지불해야만 하는 소작농 '흥보'와 급격한 산업화의 물결 속에서 삶의 터전을 빼앗기고 몰락해 가는 도시 빈민 '김불이'는 오늘날에도 어딘가에서 힘겹게 살아가고 있을 가난한 이들을 대변해 보여 줍니다. 흥보와 김불이 모두 한 가족의 생계를 책임지고 꾸려 나가기 위해 힘겨운 삶의 무게를 견딘 가장이라는 점도 닮아 있네요. 지금보다 더 나은 삶을 살기 위해 우리 사회는 어떤 노력을 기울여야 할까요? 함께 고민해 봅시다.

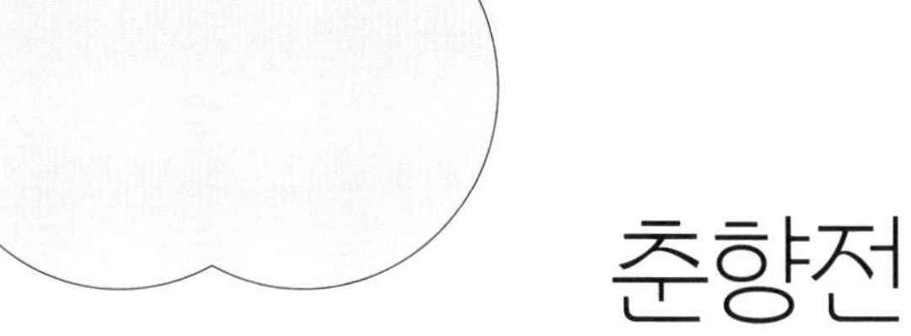

춘향전

지은이 모름

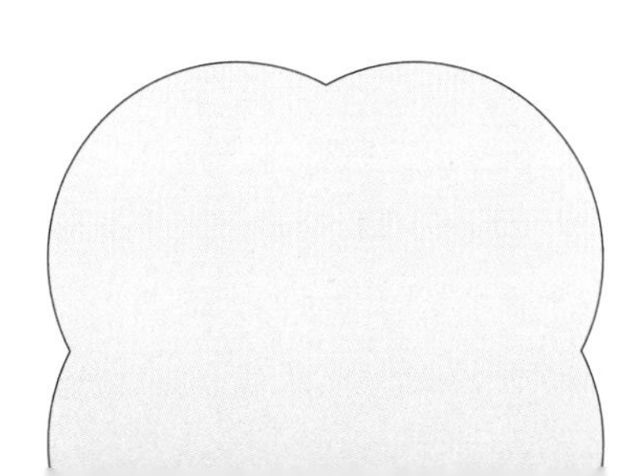

들어가며

조선 시대에 관기라고 불리는 기생은 나라의 재산이었습니다. 관기 월매와 성 참판 사이에서 태어난 춘향은 당연히 관기로 이름을 올린 천민 신분이죠. 남원에 부임한 변 사또가 춘향에게 수청을 들라고 명령한 것은 그 당시에는 지방 수령관으로서 당연한 권리였고, 이를 거부했기 때문에 춘향은 곤장을 맞는 태형을 받은 겁니다.

그럼 변 사또는 악당이 아닌 걸까요? 생일잔치 장면에 힌트가 들어 있어요. 민생을 돌봐야 하는 공직자가 호화로운 생일잔치를 열고, 심지어 거지의 출입을 금하라고 명령한 것을 보면 탐관오리, 즉 부정부패한 관리인 것이 맞습니다. 잔치에 초대를 받지 못한 사람을 못 들어오게 하는 것이 왜 나쁘냐고요? 그 시절 잔치를 벌인다는 것은 일종의 무료 나눔을 의미하는 거예요. 그러니까 굶주린 사람을 문전박대하면 안 되지요.

이런 악당을 혼내 주는 암행어사 출두는 드라마틱하게도 파티의 빅쇼가 시작하기 전에 이루어집니다. 마침 장원급제한 이몽룡이 암행어사의 신분이 되어 탐관오리도 척결하고, 자신에게 지조를 지킨 춘향의 목숨도 구하게 되었던 것이죠.

그런데 소설의 제목은 왜 '몽룡전'이 아니라 '춘향전'일까요? 암행어사가 탐관오리를 봉고파직하는 것은 당연한 일이지만, 춘향이 이몽룡에게 지조를 지키려면 목숨을 내놓아야 한다는 점에서 변 사또의 수청 명령에 대한 그녀의 거부는 숭고한 행위인 겁니다. 춘향이야말로 계급이라는 한계에 굴하지 않고, 목숨 걸고 소중한 가치를 지키는 선택을 했으니 진정한 영웅인 것이지요. 신분을 초월한 러브 스토리 안에 담긴 조선 후기 사람들의 소망이 무엇이었는지 짐작해 봅시다.

앞부분 줄거리

남원 부사의 아들 이몽룡은 광한루에서 퇴기 월매의 딸 춘향에게 첫눈에 반하고 밤에 찾아갔다가 백년가약을 맺는다. 몽룡은 승진 발령이 난 아버지를 따라 한양으로 올라가게 된다. 한편 남원에 새로 부임한 사또 변학도가 춘향에게 수청을 강요하지만 춘향은 이를 거절하여 감옥에 갇힌다. 장원급제 후 암행어사가 된 몽룡은 남원으로 내려오는 길에 변 사또의 폭정과 춘향의 고초를 듣게 된다.

피로 얼룩진 편지

한양에 온 이 도령은 그리움이 가슴에 사무쳐 구름을 봐도 춘향 생각, 먼 산을 봐도 춘향 생각, 도무지 춘향을 잊을 수가 없었다. 춘향의 집으로 오가던 길까지 눈앞에 선하였다. 밤만 되면 이 도령은 꿈속에서 춘향을 만났다. 그러나 눈을 뜨는 순간 춘향의 모습은 연기처럼 흔적 없이 사라졌다. 꿈속에서라도 춘향을 만나고자 문밖 출입도 안 하고 밤낮없이 잠을 청하던 이 도령은 어느 날 문득 자리를 털고 일어났다.

'내가 만일 병이라도 들면 어찌할 것인가. 부모에게는 불효요, 춘향에게도 못 할 일이다. 춘향을 다시 만나려면 학업에 힘써야 한다. 과거에 급제하여 전라어사가 되면 한달음에 춘향을 찾아갈 것이요, 그때는 부모님도 춘향을 차마 내치지 못하리라.'

그날부터 이도령은 몽글몽글 피어오르는 그리움을 접고 학업에 몰두하였다.

춘향과 헤어진 지 삼 년째 되는 날 나라에 좋은 일이 있어 과거 시험을 치른다는 방*이 나붙었다. 전국에서 내로라하는 선비들이 과거장을 가득 메웠는데, 시제*를 보니 잘 아는 문제였다. 이 도령은 먹을 갈고 붓을 꺼내 한달음에 휘갈겨 제일 먼저 답안을 제출하였다. 이 도령의 글을 본 시험관들이 모두 천하에 다시없는 재주라고 입을 모았다.

밤낮없이 공부에 몰두한 이 도령은 마침내 장원급제하여 머리에 어사화*를 꽂고, 몸에는 푸른 도포를 걸친 후 임금 앞으로 나아갔다.

임금이 이 도령에게 말하였다.

"궁궐이 깊고 깊어 내가 백성들의 고생을 알 길이 없도다. 백성들이 어찌 사는지 일일이 알아보려 팔도에 어사를 보내는데, 너의 글을 보니 백성 사랑하는 마음이 지극하구나. 네가 비록 아직 어리나 전라어사로 명하니, 지방 벼슬아치들의 잘잘못을 가리고, 효자 열녀 찾아내어 두루 상을 내리도록 하라."

꿈에도 그리던 전라어사라 물러 나오는 이 도령의 발걸음이 나는 듯 가벼웠다. 집에 돌아와 부모님께 하직 인사를 올린 어사또는 떠날 차비를 하였다. 신분을 밝힐 수 없는 처지라 비단

* 방(榜) 어떤 일을 널리 알리기 위하여 사람들이 많이 모이는 곳에 써 붙이는 글.
* 시제(試題) 과거시험 때 내거는 글제.
* 어사화 문무과에 급제한 사람에게 임금이 내리던 종이꽃.

옷 대신 누더기 무명옷에 무명 끈 졸라매고, 끈 떨어진 망건을 대충 눌러쓰고, 살만 남은 부채 활짝 펼쳐 드니 영락없이 거지 꼴이었다. 어사또는 마패를 옷 속에 감추고 꿈에 그리던 춘향이 있는 남원을 향해 달려갔다.

남원이 가까워지자 어사또 마음속에 춘향에 대한 그리움이 봄날 아지랑이처럼 아른아른 피어올랐다. 두견새 접동새 이산 저산 넘나들고, 따오기는 이 산으로 가며 따옥, 저 산으로 가며 따옥 울음 울고, 쑥국새*는 이 산으로 가며 쑥국, 저 산으로 가며 쑥국 울음 울었다. 춘향을 처음 만나던 날처럼 사방에 푸른 숲이 우거지고 꽃들은 울긋불긋, 춘향 생각이 더욱 간절하였다.

어찌나 바삐 달려왔는지 숨이 턱에 닿은 어사또가 두리번두리번 쉴 곳을 찾았다. 마침 한 농부가 쟁기를 버려 둔 채 논두렁에 앉아 쉬고 있었다. 농부는 쌈지*에서 가루담배 한 줌 내어 맑은 침 툭탁 뱉어 손 위에 놓고, 이 손 사이 저 손 사이 싸그락 싹싹 부비어서 담뱃대에 꾹꾹 눌러 담아 열 손가락으로 움켜쥐고, 두 눈이 우묵, 양 볼이 쪽쪽 쥐 소리가 나게 빨아 먹었다.

어사또는 지나가는 나그네인 양 농부 옆에 주저앉아 말을 건넸다.

* 쑥국새 '산비둘기'의 전라도 사투리.
* 쌈지 담배, 돈 따위를 싸서 가지고 다니는 작은 주머니.

"두 소가 쟁기질을 하는구려. 어떤 소가 일을 더 잘하오?"

"일 못하는 소 들으면 화날 텐데 그 말 하여 무엇 하오?"

"그도 그렇군. 그럼 자네 고을 원님은 일 잘하나?"

"그 말 하여 무엇 하오? 다 망조* 들었다오. 사또가 백성 다스릴 생각은 않고 계집에게 푹 빠져서 정신을 못 차리니, 그게 망조지 무엇이오."

"계집이라니?"

"어허, 이 양반 소식이 먹통이구만. 당신, 먼 데서 오셨나 보구려. 춘향 소식을 모르는 걸 보니."

어사또 가슴이 덜컥 내려앉았다.

"어허 이 양반, 사설이 기네. 먼 데서 왔든 가까운 데서 왔든 말이나 속 시원히 할 것이지."

"우리 고을 춘향이 한양까지 소문난 미인인데, 구관 사또 아들하고 백년가약* 맺었다오. 그래 수절하고* 있는 것을 신관 사또 변 사또가 수청* 아니 든다고 추운 겨울 내내 옥에 가두고 매타작을 하였지. 불쌍한 춘향이 그사이 죽었는지 살았는지…… 어디 신관 사또만 죽일 놈인가? 구관 사또 아들이라나 뭐라나, 이몽룡인지 오몽룡인지 그 자식은 서울 가더니 다리몽둥이가

* 망조 망해 가는 징조.
* 백년가약 젊은 남녀가 부부가 되어 평생을 같이 지낼 것을 굳게 다짐하는 아름다운 언약.
* 수절하다 여자의 곧은 절개를 지키다.
* 수청 아녀자나 기생이 높은 벼슬아치에게 몸을 바쳐 시중을 들던 일.

부러졌는지 소식도 없다오. 춘향은 저 때문에 다 죽게 생겼는데…… 그놈 내 손에 걸리면 논두렁에 엎어 놓고 볼기짝을 흠씬 때려 줄 텐데 어느 구석에 처박혔는지 볼 수가 없으니 원."

농부는 담뱃대를 바위에 대고 탁탁 두드려 재를 털어 내며 말하였다. 듣다 보니 제 이야기라 어사또는 입맛이 썼다.

"어허, 말이 너무 과하구먼."

그러자 농부가 째진 눈을 샐쭉 위로 치켜뜨며 벼락같이 성을 냈다.

"아따, 그놈. 네놈이 이 도령 친척이라도 되느냐? 천하에 못된 놈을 왜 감싸고 들어?"

"친척은 아니나 같은 양반이라 듣기가 민망해서 그러네. 아무튼 어떻게든 잘되겠지."

마음 바쁜 어사또가 농부와 헤어져 산모퉁이를 막 돌아서자 허리에 전대*를 둘러찬 한 아이가 신세타령을 하며 걸어오고 있었다.

"어이 가리 어이 가리, 한양 천리 어이 가리. 어떤 놈은 팔자 좋아 부귀영화 누리는데 이내 팔자 어이하여 이 모양인가. 모질도다 독하도다, 신관 사또 모질도다. 열녀 춘향 몰라보고 억지 수청 들라 한들, 소나무같이 굳은 절개 춘향이가 굽히리오."

어사또 가슴이 답답하고 간장이 녹는 듯 정신이 아득하여 걸

* 전대 돈이나 물건을 넣어 허리에 매거나 어깨에 두르기 편하도록 만든 자루.

음을 멈췄다가 아이가 옆을 지나자 불러 세웠다.

"이애야."

아이는 부루퉁 입이 한 발이나 나온 채 어사또를 노려보았다.

"왜 부르오? 보아하니 새파란 젊은 양반이 나이 많은 총각을 보고 이애라니."

"내가 잠깐 실수하였다. 노여워하지 마라. 그나저나 너 어디 사느냐?"

그러나 아이는 화가 덜 풀렸는지 뾰로통 쏘아붙였다.

"어디 살긴 우리 골 살지."

"내가 실수를 하였다면 너그러이 받아 줘야지. 거참, 사내가 속도 좁구나."

"남원읍에 사오."

"어디 가느냐?"

"서울 구관 사또 댁에 편지 가지고 가오."

"그 편지 나 좀 보자."

"여보, 댁이 아무리 양반이기로서니 남의 아낙 편지를 마음대로 보잔 말이오?"

"네 말이 옳기는 하다만 내가 무슨 도움이라도 될지 아느냐? 본다고 닳는 것도 아니니 한번 보자꾸나."

그제야 아이는 옜소, 하고 편지를 건네주었다. 어사또 편지 받아 봉투를 열어 보니 춘향의 글씨가 분명하였다. 옥중에서 먹을 구할 길 없어 손가락 깨물어 피로 쓴 편지였다.

흰 배꽃에 밤비 내리는 것을 보니 서방님 생각 간절합니다. 꿈에서나 만나 뵙고 싶었는데 무정한 서방님은 꿈에도 찾아오지 않는군요. 나는 신관 사또가 수청 들라 하옵기에 거절하였다가 지금 옥에 갇혀 있습니다. 모진 목숨 아직 끊어지지는 않았으나 죽을 날이 머지않은 것 같사옵니다. 바라건대 귀한 집안 규수 만나서 아들딸 보시고 만수무강하옵소서. 살아서는 인연이 아닌 것 같으니 죽은 뒤에나 다시 만나 이별 없이 살아 봅시다. 내 소식 듣고 걱정하다 시험공부도 제대로 못 하실까 염려되어 이제껏 편지를 드리지 않았는데, 이제 더 버틸 힘이 없어 마지막 인사를 보냅니다. 부디 행복하소서.

군데군데 핏방울이 검게 얼룩진 편지를 손에 움켜쥔 채 어사또는 땅에 엎어지며 아이고 아이고 대성통곡하였다.

"여보시오. 눈물에 편지 젖소. 남의 편지 보고 왜 그리 우는 것이오? 춘향이와 친척이라도 되오?"

"그런 것은 아니다만 남의 편지라 해도 서러운 사연을 보니 나도 모르게 눈물이 나는구나."

"양반님 인정이야 고맙소만 남의 편지 찢어지오. 이리 내오. 그 편지 한 장 값이 열닷 냥인데 찢어지면 물어내려오?"

"애야, 이 도령이 나와 아주 친한 친구인데, 내일 나와 남원에서 만나기로 하였다. 그러니 나를 따라와 함께 있다가 그 양반을 뵈어라."

"서울이 저 건너요? 삼 년이나 소식 없던 이 도령이 웬일로 남원에 온단 말이오? 헛소리 그만하고 편지나 돌려주오."

아이가 편지를 빼앗으려고 어사또에게 달려들었다. 옷자락을 붙잡고 실랑이를 하다가 허리춤에 언뜻 내비친 어사 마패를 보았다. 깜짝 놀란 아이는 뒷걸음질하다 엉덩방아를 찧었다.

"이거 어디서 났소?"

"네 이놈! 혹시라도 함부로 입을 놀렸다가는 목숨을 보전하기 어려울 것이다!"

꿈은 사라지고

남원에 도착한 어사또는 제일 먼저 광한루로 달려갔다. 산도 옛날 보던 산이요, 물로 옛날 보던 물이었다. 광한루에 올라 살펴보니 저 건너 버드나무, 춘향이가 그네 매고 오락가락 놀던 모습, 어제 본 듯 반가웠다.

서산에 해 기울고 땅거미 짙어질 무렵, 어사또는 춘향 집을 찾아갔다. 행랑은 무너지고 벽의 회칠은 벗겨지고, 옛날 보던 벽오동은 무성한 수풀 속에 우뚝 서서 바람을 못 이겨 추레하였다. 담장 밑의 두루미는 함부로 다니다가 개한테 물렸는지 깃도 빠지고 다리도 절뚝절뚝, 삽살개는 기운 없이 졸다가 어사또를 몰라보고 컹컹 짖으며 내달렸다.

"짖지 마라. 주인 같은 손님이다. 네 주인 어디 가고 네가 나와 반기느냐?"

어사또가 인적 없는 중문 지나 안마당으로 들어가니 월매가 부엌에서 춘향이 갖다줄 미음 끓이려고 솥에 불 넣으며,

"애고애고, 이 서방이 모질도다. 내 딸 아주 잊어 소식조차 일절 없네. 향단아, 이리 와 불 넣어라."

하며 밖으로 나왔다. 월매는 울안의 개울에서 흰머리 깨끗하게 감아올리고는 맑은 물 한 그릇을 칠성단*에 모셔 놓고 등불을 밝혔다.

"비나이다 비나이다. 부처님, 미륵님, 칠성님, 조상님, 빌고 또 비나이다. 한양 사는 이몽룡을 전라감사나 암행어사에 점지하여 주시옵소서. 옥중에서 죽어 가는 춘향을 살려 주시옵소서. 비나이다 비나이다."

빌기를 마친 월매는 땅바닥에 털썩 주저앉아 목을 놓아 섧게 울었다. 훔쳐보는 어사또 기가 막혀 한숨 쉬고 가만가만 문전에 다다랐다.

"이리 오너라! 이리 오너라!"

서너 번 크게 부른 후에야 월매가 울음을 진정하고 말하였다.

"게 누구요?"

월매는 눈물 콧물 훔치면서 문 앞으로 나왔다.

"날세."

"나라니 뉘신가?"

* 칠성단 북두칠성을 모신 제단.

"이 서방일세."

월매가 어둑어둑 내려앉은 땅거미 사이로 어사또를 흘깃 보고는 말하였다.

"옳아. 이풍헌 아들 이 서방이구만."

"허허, 망령이 났네그려. 나를 몰라?"

"자네가 누구여?"

"사위는 백년손님이라 하였기로 사위 얼굴을 잊었단 말인가?"

월매는 어사또 목을 바싹 끌어안고,

"애고 이게 누구인가. 하늘에서 떨어졌나? 땅에서 쑥 솟았나? 광풍에 날아왔나? 옛 얼굴 옛 모양이 그저 있나 어디 보세. 어서 오소, 어서 오소."

반가워하며 손을 잡아 방 안에 앉혔다. 월매가 어사또 손을 잡고 정신없이 보는데, 다 늙어 눈 어둡고 등잔불 침침하여 잘 보이지 않았다. 월매는 벽장문을 열고 등잔을 네댓 개 꺼내 한꺼번에 불을 붙였다. 방 안이 대낮처럼 환해졌다. 그제야 사위가 제대로 보이는데, 얼굴은 여전히 아름답되 의복이 남루하고 궁상*이 자르르 흘러 코만 훌쩍훌쩍거리니, 두 눈이 캄캄하고 가슴이 콱 막혔다.

"여보, 이 서방. 행색이 어찌 이런가?"

* 궁상 어렵고 궁한 상태.

"과거에 떨어지고 집안은 다 망하고, 어찌어찌 이리 되었네. 내 신세 이러하니 그리움 사무쳐도 옷 없고 여비 없어 올 생각을 못 하다가 이제야 내려왔네. 춘향 얼굴이나 볼까 했더니만 설상가상*으로 춘향조차 죽게 되었다니, 내 신세가 왜 이런지 목이 메어 말 못 하고 부끄러워 볼 수 없네."

월매 그만 넋을 잃고 미친년 널뛰듯이 이리 펄쩍 저리 펄쩍, 이리 뒹굴 저리 뒹굴, 가슴을 이리 쾅 저리 쾅, 야단법석이 났다.

"죽었구나 죽었구나, 우리 모녀 다 죽었어. 애고, 하늘도 무심하고 부처님 조상님도 쓸데없다. 내가 공연히 헛짓을 하였구나."

월매는 제 가슴을 쾅쾅 두드리며 데굴데굴 구르면서 죽겠다고 사방에 머리를 짓찧었다.

"장모, 나를 보아 진정하오."

어사또 보기 민망하여 월매 허리를 부여잡고 사정을 하였다.

"놓아라, 보기 싫다. 거지가 되어 무엇을 바라고 찾아왔느냐? 너 생긴 꼴을 보니 하도 험해 도둑인 줄 알고 포졸이 잡아가겠다."

"장모, 그런 말 마소. 내 비록 신세 처량하게 되었으나 앞으로 어찌 될는지 장모가 아는가? 하늘이 무너져도 솟아날 구멍이 있고 비켜설 길이 있다 하였네. 그러니 울지 말고 진정하소."

* 설상가상 눈 위에 서리가 덮인다는 뜻으로, 난처한 일이나 불행한 일이 잇따라 일어남을 이르는 말.

"제까짓 게 그 꼴로 어사 될까, 감사 될까. 생긴 꼴이 객사*는 하겠다."

"어사든 감사든 무슨 사만 되면 얼마나 좋겠는가. 시장하니 어서 밥이나 한술 주소."

"속담에 미운 것이 우쭐우쭐 똥 싼다더니, 꼴에 밥은. 밥 없네."

춘향이 다 죽게 생긴 마당에 밥 타령이나 하는 사위가 하도 기가 막혀 월매는 팽그르르 돌아앉아 쐐기처럼 톡 쏘아붙였다.

옥에 다녀오던 향단이 밖에서 들으니 아무래도 귀에 익은 말소리였다. 어찌나 반갑던지 가슴이 두근두근, 정신이 월렁월렁, 정신없이 들어가서 가만히 살펴보니 주인아씨가 꿈에 그리던 이 도령이었다. 신발 한 짝은 이리 훌렁, 다른 한 짝은 저리 훌렁 벗어 던진 채 방으로 뛰어들었다.

"향단이 문안이오. 어르신들 두루 평안하시옵고 먼 길에 평안히 행차하셨습니까?"

향단은 넙죽 엎드려 큰절을 올리고는 옷고름으로 눈물을 훔치며 월매를 달랬다.

"마님, 그리 마오. 멀고 먼 천 리 길을 춘향 아씨 보러 달려오신 분인데, 괄시가 웬 말이오. 아씨가 아시면 야단이 날 것이니 너무 괄시 마옵소서."

* 객사(客死) 집을 떠나 바깥에서 죽음.

향단은 부리나케 부엌으로 달려가 먹다 남은 밥과 반찬이며, 냉수 가득 떠서 밥상에 받쳐 들어왔다.

"더운 진지 할 동안에 시장기나 면하옵소서."

밥상 보자 어사또 반색하며 달려들었다.

"밥아, 너 본 지 오래로구나."

어사또는 여러 반찬 한데다 붓더니 숟가락도 댈 것 없이 손으로 대충 비비고는 마파람에 게 눈 감추듯* 쓸어 넣었다.

"아이고, 밥 빌어먹기는 이력이 났구나."

새 밥을 지으며 춘향 신세를 생각하니 향단은 자꾸 눈물만 났다. 어사또 듣고 걱정할까 크게 울지도 못하고 숨죽여 흐느끼는 소리가 방구들 온기 따라 방에까지 흘러들었다.

그 소리 듣고 어사또 호기롭게 소리쳤다.

"이애, 향단아. 울지 마라. 너희 아씨가 설마 죽겠느냐? 행실이 반듯하면 사는 날도 있는 법이다."

"아이고, 꼴에 양반이라고 오기는 있어서!"

가만히 앉았으면 밉지나 않으련만 상거지* 꼴을 하고 큰소리만 탕탕 치는 어사또를 보고 있자니 월매 속에 불이 훨훨, 기어이 또 한마디 쏘아붙였다.

향단이 더운 진지 차려 들어오며 말하였다.

* 마파람에 게 눈 감추듯 매우 빨리 무언가를 해내는 것을 이르는 속담. 마파람이 불면 게들은 비가 올 것을 알고 눈을 재빠르게 몸속으로 감추어 버린다.
* 상거지 아주 비참할 정도로 형편없는 불쌍한 거지.

"서방님, 마님 말씀 새겨듣지 마시오. 춘향 아씨 갇힌 뒤로 제정신이 아닌 데다 서방님마저 이런 꼴로 나타나니 하도 원통해 저러시는 것이옵니다."

그 말 듣고 어사또는 김 모락모락 오르는 더운밥을 한술 뜨다 말고 수저를 내려놓았다.

"향단아, 상 물려라. 밥맛이 없구나."

어사또는 자리에서 벌떡 일어났다.

"춘향이나 보러 가세."

월매도 주섬주섬 옷가지를 챙겨 들고 따라나섰다. 어느새 비구름이 몰려와 사위*는 칠흑처럼 어두웠다. 비바람 휘몰아치는데, 향단이는 등불 들고 월매는 앞을 서고 어사또는 뒤를 따라 말없이 옥으로 향하였다.

옥문 사이로 그리운 임

번개는 번쩍 천둥은 우르릉, 비는 주룩주룩 바람은 휘휘 불어, 문풍지는 덜덜 밤새*는 붓붓, 옥문은 덜컥, 낙수*는 뚝뚝, 먼 데서 닭소리 은은히 들리는데, 춘향은 홀로 누워 여느 때처럼 낭군 생각에 눈물짓고 있었다.

"야속한 우리 임은 나를 잊었는가, 꿈에도 아니 온다. 잠아

* 사위 사방의 둘레.
* 밤새 낮에는 숨어 자고 밤에 활동하며 먹이를 찾는 새. 부엉이, 올빼미 따위가 있다.
* 낙수 빗물 등이 처마 끝에서 떨어짐.

오려무나, 꿈아 오려무나. 꿈속에나 만나 보자."

슬피 울다 춘향은 깜박 잠이 들었다.

"춘향아."

"그렇게 소곤거려서야 들리겠나. 크게 한번 불러 보소."

월매가 불렀는데도 대답이 없자 어사또 속이 타서 월매를 다그쳤다.

"모르는 소리 마시오. 동헌*이 지척*인데 소리 질렀다가 사또 알게 되면 또 난리가 날 것이오."

"알면 어떻소? 내가 부를 테니 가만있소. 춘향아!"

부르는 소리에 춘향이 번쩍 눈을 뜨고 사방을 둘러보았다.

"이 목소리 꿈결인가 잠결인가?"

"내가 왔다고 어서 말을 하소."

어사또 춘향이 모습 보고 가슴이 메어져 또다시 월매를 재촉하였다.

"다짜고짜 말을 하면 너무 놀라 기절초풍할 것이니 잠깐 뒤로 물러나 있소."

춘향이 월매 목소리를 알아들었다.

"어머니요? 어찌 왔소? 몹쓸 딸자식 생각하고 밤중에 다니다가 넘어지시기라도 할까 무섭소. 다시는 오지 마오."

* **동헌** 지방 관아에서 수령들이 공적인 일을 처리하던 중심 건물.
* **지척** 아주 가까운 거리.

"나는 염려 말고 정신을 차리어라. 왔다."

"오다니 누가 와요?"

"그저 왔다."

"갑갑해서 나 죽겄소. 일러 주오. 혹시나 서방님께 기별 왔소? 언제 오신단 소식 왔소? 벼슬 받고 내려온단 기별 왔소?"

"서방인지 남방인지 걸인 하나가 내려왔다."

"참말이오?"

긴 머리 늘어뜨려 목에 친친 돌려 감고 큰칼* 드르르 드르르 끌며 춘향이 옥문 앞으로 다가왔다. 그제야 어사또 옥문 앞에 나섰다. 춘향은 겨우내 옥중에서 갈라 터진 손을 내밀어 어사또 손을 부여잡고는 한참이나 입을 열지 못하였다.

"이게 분명 꿈이렷다. 오매불망* 그린 임을 이리 쉽게 만날 리가 없지. 꿈에라도 보았으니 이제 죽어도 한이 없네."

"춘향아, 꿈 아니다. 내가 왔다. 너 보러 내가 왔다."

"참말이오? 이게 꿈이 아니라 생시란 말이오? 서방님! 어찌 그리 무정하셨소? 서방님 한양 가신 뒤로 자나 깨나 앉으나 서나 서방님 생각하였더니 다 죽게 된 후에야 날 살리러 오셨소? 이리 가까이 좀 오시오. 그리운 내 낭군 얼굴 좀 봅시다."

어사또 얼굴을 이리 보고 저리 보던 춘향 얼굴에 수심이 가

* 큰칼 중죄인의 목에 씌우던 형틀. 두껍고 긴 널빤지의 한끝에 구멍을 뚫어 죄인의 목을 끼우고 비녀장을 질렀다.
* 오매불망 자나 깨나 잊지 못함.

득 어렸다.

"내 몸 하나 죽는 것은 서럽지 않으나 서방님 이 꼴이 웬 말이오?"

춘향의 여윈 뺨으로 뜨거운 눈물이 주르르 흘러내렸다.

"오냐, 춘향아. 서러워 마라. 사람 목숨은 하늘에 달렸다는데 설마 죽기야 하겠느냐?"

그래도 춘향의 눈물은 그치지 않았다. 제 딸 우는 것 보고 월매도 옷고름으로 눈물을 찍어 내며 중얼거렸다.

"어사또나 되어 내 딸 목숨 구해 줄 줄 알았더니, 사위인지 오위인지 부질없다. 이것도 다 네 복이다. 사또 분부 받들고 편안하게 살랬더니 일부종사*하겠다고 목숨마저 내걸더니, 꼴 좋다. 거지도 상거지에게 일부종사 무슨 소용이냐?"

하도 기가 막혀 월매는 춘향에게 원풀이를 해 댔다.

"어머니, 그런 말 마오. 못되어도 내 낭군, 잘되어도 내 낭군이오. 나를 찾아오신 낭군, 어찌 그리 괄시하오. 그러지 말고 나 죽은 후에 원이나 없게 해 주소. 나 입던 비단옷 장롱 안에 들었으니 그 옷 내어 팔아다가 한산모시 바꾸어서 색깔 곱게 도포 짓고, 내 패물 다 팔아다가 갓이며 신발 사 드리오. 나 죽은 후에라도 나 없다 생각 말고 나 본 듯이 서방님 섬겨 주오."

"저는 곧 죽게 생겼구만 저것도 서방이라고 알뜰히도 챙기

* 일부종사 한 남편만을 섬김.

네. 애고 속 터져!"

월매는 춘향이 듣지 않게 나지막한 소리로 중얼거리며 가슴을 두드렸다.

춘향은 어사또 손을 맞잡고 그윽하게 바라보더니 긴 한숨을 내쉬며 말하였다.

"서방님, 들으니 내일이 본관 사또 생신이라 잔치 끝에 나를 죽인다오. 그러니 아무 데도 가지 말고 옥문 밖에 지켜 섰다가 춘향 대령하라 명이 나면 칼머리나 들어 주고, 나를 죽여 내치거든 다른 사람 손길 닿지 않게 서방님이 직접 묻어 주오. 좋은 옷도 좋은 무덤도 다 필요 없소. 땅 파고 나 묻으실 때 서방님 속적삼* 벗어 내 가슴에 덮어 주면 원이 없겠소. 속적삼이 서방님인 듯 죽어서도 고이 간직하리다."

구슬 같은 눈물이 작은 냇물이 되어 옷깃을 흥건히 적셨다.

"서방님, 부탁이 하나 있소. 불쌍하신 우리 모친, 내 이 한 몸 죽어지면 누구에게 의지하랴. 우리 모친 나를 잃고 서러워서 죽을 테요, 굶어서도 죽을 테요. 낭군을 못 섬기고 불쌍히 죽는 년이 무슨 부탁이 있을까만 가련한 어미 신세 정처 없이 불쌍하니, 노모를 받들어서 춘향같이 생각하면 죽어 귀신 되어 은혜를 갚으리다."

어느새 비는 그치고 동창*이 부옇게 밝아 왔다. 춘향은 눈물

* 속적삼 저고리에 땀이 배지 않게 속에 껴입는 적삼.

을 그치고 어사또 손에 잡혔던 두 손을 가만히 빼냈다.

"서방님, 먼 길 오시느라 얼마나 피곤하시겠소. 이제 그만 가서 주무시오."

"오냐, 춘향아. 너무 근심하지 말고 너도 푹 자거라. 오늘 해만 지면 죽든 살든 결판이 날 터이니, 딴마음 먹지 말고 부디 해 지거든 다시 보자."

어사또 되었다는 말만 들으면 춘향이 기뻐 춤이라도 출 텐데 어명을 받든 몸이라 속 시원히 밝힐 수도 없는 노릇이었다. 말도 못 하고 속절없이 바라만 보아야 하는 어사또 가슴에도 피눈물이 맺혔다.

어사또는 월매와 향단을 집으로 돌려보낸 후 광한루로 올라갔다. 잠시 후 어사또를 수행할 나졸들이 그림자처럼 조용하게 사방에서 모여들었다.

"오늘 본관 사또 잔치할 때 어사출또 할 것이니, 사람들 눈에 띄지 않게 부근에서 대기하라."

암행어사 출또요!

날이 밝자 남원 관아는 변 사또의 생일을 준비하느라 분주하였다. 소 잡고 돼지 잡고 음식 장만 분주한데 각 읍 수령* 도착

* 동창(東窓) 동쪽으로 난 창.
* 수령(守令) 고려·조선 시대에 각 고을을 맡아 다스리던 지방관들을 통틀어 이르는 말.

알리는 나팔 소리 드높았다.

수령들이 자리를 잡고 앉자 좌우로 늘어선 기생들이 옥빛 소맷자락 휘날리며 풍악 소리에 맞춰 춤을 추기 시작하였다. 술이 몇 잔 돌고 손님들 흥이 거나하게 돋았을 무렵, 대문간이 시끄러웠다.

"여봐라, 사또께 아뢰어라. 먼 데서 온 걸인이 좋은 잔치를 만났으니 음식이나 좀 얻어먹자고 여쭈어라."

거지꼴의 어사또가 문전에서 사령*과 옥신각신하는데, 사령이 아뢸 것도 없이 그 소리 들은 사또가 버럭 성을 내어 소리쳤다.

"어떤 놈이 잔치를 망치는고? 저 미친놈을 멀리 쫓아내라."

그러나 어사또는 기둥을 꼭 끌어안고 도무지 떨어지지를 않았다.

"사또께서 가라 하지 않소. 불호령을 내리시기 전에 빨리 가오."

"잔치에 온 개도 고깃점 하나는 얻어먹는 법이거늘 빈손으로 가라니 당치 않소. 나는 못 가오."

거지를 유심히 살펴보던 운봉 수령이 사또에게 고하였다.

"사또, 저 거지 행색은 누추하나 양반인 듯하니 술이나 대접하여 보냄이 어떻겠습니까?"

* 사령(使令) 조선 시대에 각 관아에서 심부름하던 사람.

변 사또는 내키지 않았으나 아랫사람이 말하는 것을 무시할 수가 없어서 못마땅한 얼굴로 고개만 끄덕였다.

어사또 성큼성큼 걸어가 운봉 수령 옆에 털썩 주저앉았다. 그 꼴을 보고 변 사또가 수령에게 나지막한 소리로 짜증을 내었다.

"저런 것들 가까이 해 봐야 담뱃대나 훔쳐 갈 게 뻔한데, 뭐 하러 대우는 하고 그러시오?"

운봉 수령은 빙긋 웃고 말았다. 이윽고 찻상이 들어오는데 손님마다 각각 한 상을 받았으나 어사또 앞에는 과일 한 접시 놓이지 않았다. 운봉 수령이 민망하여 하인을 불렀다.

"이리 오너라! 이 양반 상 차려다 드려라."

그제야 어사또 앞에 상을 차려 놓는데, 누가 먹다 남긴 갈비에 콩나물 대가리 한 접시, 멸치 꼬리 한 접시, 막걸리 한 사발이 전부였다. 어사또는 살만 남은 부채를 거꾸로 쥐고는 운봉 수령의 옆구리를 쿡쿡 찔렀다.

"여보, 운봉."

느닷없이 옆구리를 찌르는 바람에 운봉 수령이 깜짝 놀라 대답하였다.

"아이고, 왜 이러시오?"

"나 갈비 한 대 주시오."

"갈비를 달랄 것이면 말로 하지 왜 남의 갈비는 쿡쿡 찌르는 것이오?"

수령이 하인을 불러,

"이 갈비를 가져다 저 양반에게 드려라."
하고 일렀다.

그러자 어사또가 벌떡 일어났다.

"얻어먹는 사람이 귀찮게 남의 수고를 끼칠 필요가 뭐 있소. 내가 가져다 먹으리다."

어사또는 이리저리 다니면서 제일 맛있는 음식만 가져다가 자기 앞에 놓고는 게걸스레 먹기 시작하였다. 후르르 쩝쩝 먹는 소리 요란하여 변 사또는 기분이 몹시 상하였다.

'저놈이 양반의 자식은 분명한 모양인데 저렇게 버릇없는 것을 보니 글공부를 했을 리 없다. 시나 짓자고 해서 쫓아내야지.'

변 사또는 흐흠, 헛기침을 해서 주목을 끈 다음 말하였다.

"우리 글이나 한 수씩 지읍시다. 글을 못 짓는 사람은 큰 벌을 내릴 것이니 잘 생각해서 좋은 시들을 지어 보오."

다들 머릿속으로 시상을 가다듬고 있는 중에 어사또가 앞으로 나앉으며 말하였다.

"나도 부모님 덕으로 글자는 익혔으니 잘 먹은 값으로 글이나 한 수 짓겠소."

운봉이 붓과 먹을 건넸다. 다른 사람들이 붓을 들기도 전에 어사또는 순식간에 몇 자 끼적이고는 자리에서 일어났다.

"먼 데서 온 거지가 오랜만에 술과 고기를 포식하였으니 고맙소. 나중에 다시 봅시다."

변 사또는 저놈이 시를 못 지으니까 미리 꼬리를 사리는 것이라 여기고 어서 빨리 가라는 뜻으로 손을 휘휘 내저었다.

대체 뭐라 썼는지 궁금하여 어사또가 남긴 시를 읽던 운봉 수령의 얼굴이 갑자기 하얗게 질렸다.

금동이의 맛있는 술은 만백성의 피요
(금준미주金樽美酒 천인혈千人血이요),
옥소반의 좋은 안주는 만백성의 기름이라
(옥반가효玉盤佳肴 만성고萬姓膏라).
촛불 눈물 떨어질 때 백성 눈물 떨어지고
(촉루낙시燭淚落時 민루낙民淚落이요),
노랫소리 높은 곳에 원망 소리 드높다
(가성고처歌聲高處 원성고怨聲高라).

놀란 운봉 수령이 허겁지겁 일어나자 사또가 물었다.

"왜 그러시오?"

"지, 집에 이, 일이 있어 그만 가야겠소."

"무슨 일이오?"

당황한 수령이 아무 말이나 지어냈다.

"어머님이 낙태를 하였다고 기별이 왔소."

"어머님이 연세가 얼마신데 낙태를 하오?"

"금년에 여든아홉이오."

사또는 물론이고 사람들이 대체 무슨 소리인가 싶어 운봉 수령을 주시하였다. 그제야 말이 잘못되었다는 것을 깨달은 수령이 얼른 둘러댔다.

"아니 아니, 낙태가 아니라 낙상*을 하였다는 것을 잘못 말했소이다. 그럼 나는 가오."

"어머님이 다치셨다니 그럼 가야지요."

운봉 수령은 하도 정신이 없어 신발도 제대로 신지 못한 채 부리나케 도망쳐 버렸다.

바로 그때였다. 어디선가 북이 쿵쿵쿵, 세 번을 울었다. 뒤이어 요란한 발소리가 우르르 들리더니 어사또를 보필하는 나졸들이 잔치 마당으로 뛰어들었다.

"암행어사 출또요!"

누군가 우렁우렁 외치는 소리에 강산이 무너지고 천지가 들끓는 듯, 하늘에 떠 있는 해도 잠깐 발을 머무르고, 공중에 나는 새도 잠깐 날지 못하여 푸득푸득 떨어졌다. 남문에서 "출또요," 북문에서 "출또요," 출또 소리 천지에 진동하고, 좌수,* 별감* 넋을 잃고, 각 읍 수령 도망칠 때 그 거동이 장관이었다. 임실 현감*은 하도 급해서 갓을 거꾸로 뒤집어쓰고는,

"여보아라, 어느 놈이 갓 구멍을 막았구나."

* 낙상 떨어지거나 넘어져서 다침.
* 좌수 지방의 자치 기구인 향청의 우두머리.
* 별감 좌수 바로 밑에서 고을 일을 보는 사람.
* 현감 작은 현의 으뜸 벼슬.

소리치자 누군가,

"갓을 뒤집어썼소."

"아따, 언제 바로 쓸 새 있더냐. 좀 눌러 다오."

하여 그대로 꽉 누르니 갓이 벌컥 뒤집혔다. 겨우 갓을 쓰고 나서 오줌을 눈다는 것이 그만 칼집을 쥐고 누니, 오줌 맞은 하인들이

"허, 요새는 하늘이 비를 따뜻하게 덥혀서 내리는 모양일세."

하며 갈팡질팡하였다.

구례 현감은 말을 거꾸로 타고 채찍질을 하니 말이 뒤로 달아났다.

"허, 이 말이 웬일이냐? 본래 목이 없느냐?"

"거꾸로 타셨소. 내려서 바로 타시오."

"어느 겨를에 바로 타겠느냐! 목을 빼어다가 말 똥구멍에 박아라."

변 사또는 정신이 아득하여 바지에 똥을 싸서 엉겁결에 내실로 뛰어들며 소리쳤다.

"어, 춥다. 문 들어온다, 바람 닫아라. 물 마르다, 목 들여라."

이때에 나졸들이 벌떼같이 달려들어 이리 치고 저리 치고, 함부로 둘러치니 부서지는 것은 거문고요, 깨지는 것은 북이었다. 교자상도 부러지고 찻상도 넘어지고 이런 야단법석이 없었다.

어사또는 동헌 마루에 높이 앉아 분부하였다.

"남원부 변 사또는 악행이 높으니 당장 포박하여* 옥에 가둬라!"

변 사또를 옥에 가둔 어사또는 옥중에 갇힌 죄인의 사연을 다 들은 후 죄 없는 사람은 즉시 풀어 주었다. 풀려난 사람들은 기뻐 춤을 추며 어사또의 공덕을 치하하였다.

마지막으로 어사또는 옥을 지키는 형리*에게 일렀다.

"춘향을 칼 벗겨 대령하라."

어사또 부른다는 말에 춘향은 옆을 돌아보며 향단에게 물었다.

"향단아, 옥문 밖에 누가 있나 보아라."

"아무도 없어요."

"또 보아라."

"아무도 없어요."

춘향은 깊은 한숨을 내쉬었다.

"어젯밤에 신신당부하였건만 어디를 가시고 나 죽는 것도 모르는고? 밤에 잠을 못 주무시어 잠이 깊이 들었는가? 무심하고 야속한 임, 죽기 전에 얼굴 한번 보려 하였더니 안 와 보고 어디 있나?"

솟는 눈물 피가 되어 옷깃을 적셨다. 월매는 발을 동동 구르며 가슴을 쾅쾅 쳤다. 형리가 우는 사람들을 달랬다.

"울지 마소. 하늘이 무너져도 솟아날 구멍이 있다 하지 않았

* 포박하다 잡아서 묶다.
* 형리(刑吏) 지방 관아의 형방에서 일을 보던 사람.

나? 어사또에게 말씀을 잘 아뢰면 송죽*같이 굳은 절개 알아줄 지 어찌 아오?"

형리가 재촉하여 춘향은 관아로 들어갔다. 걸을 힘도 없어 향단이 춘향을 업고 월매 뒤를 따라 울며불며 들어갈 때, 남원 각지에서 온 여인네들이 춘향을 살리려고 그 뒤를 따랐다. 밭매다 호미 들고 달려온 여인네도 있었고, 뽕 따다 뽕잎 들고 달려온 여인네도 있었다.

어사또가 무리 지어 오는 여인네들을 보고 물었다.

"부인들이 어찌하여 이다지도 많이 왔는가? 무슨 일인지 아뢰어라."

그중 일백일곱 살로 제일 나이 많은 과부 하나가 좌우를 헤치며 썩 나섰다.

"억울한 일 있삽기로 어사또께 여쭈러 왔습니다. 월매 딸 춘향은 어미는 기생이나 아비는 재상이라. 구관 자제 이 도령과 백년가약 맺은 후에 도련님과 이별하여 수절하고 있었사온데, 신관 사또 변 사또가 수청 들라 달래어도 분부를 따르지 않자 춘향을 옥에 가두고 모진 형벌 내려 다 죽게 되었사옵니다. 열녀가 두 남편을 모시지 않는 것은 세상 으뜸가는 도리이온데, 매를 때린다고 변하리까. 열녀 춘향을 풀어 주십시오. 어지신 사또 처분만 기다리오."

* 송죽(松竹) 소나무와 대나무.

"어미가 기생이라면 그 딸도 기생이 분명하다. 기생이 사또의 수청을 드는 것이야 당연하거늘, 수청은 들지 않고 발악하였다니 용서할 수 없는 일이로다."

"여보, 어사. 이 처분이 웬 말이오? 수절 말고 수청 들라니, 그게 벼슬아치가 할 일이오? 수절이 죄란 말이오?"

"쉬!"

어사또를 수행해 온 나졸 하나가 과부를 가로막았다.

"쉬라니, 어디 뱀이 지나가느냐? 쉬라니. 죄 없고 늙은 나를 어사또인들 어찌할 것이냐? 잡아가려느냐? 자, 얼른 잡아가려무나."

남원 사람들 모두 춘향의 수절을 높이 평가하는 것을 보고 어사또 속으로 은근히 좋아서 궁둥이를 들썩들썩, 웃음을 참느라 입을 씰룩씰룩 하며 분부하였다.

"옳은 일이라면 마땅한 대접을 할 것이니 부인들은 염려 말고 돌아가라."

부인들이 물러갈 때 과부가 한마디 다시 일렀다.

"여보, 어사또. 부디 열녀 춘향 풀어 주시오. 그러지 않으면 큰 봉변을 당할 것이오."

춘향은 죽은 듯이 엎드려 있는데, 가는 목에 큰칼 차고 곱던 머리 산발하고 옷자락에는 붉은 핏물 얼룩지고 그 참혹한 광경은 두 눈 뜨고 차마 보지 못할 지경이었다. 어사또 눈에 눈물이 그렁그렁, 혹 남에게 들킬세라 부채로 얼굴을 가린 채 물었다.

"분부 들어라. 너는 기생으로서 관의 명령을 어기고 발악하였으니 살기를 바랄쏘냐? 죽어 마땅하나 내 수청을 든다면 목숨은 살려 주마."

기가 막힌 춘향이 고개를 번쩍 들고,

"초록은 동색이요, 가재는 게 편이라더니* 내려오는 벼슬아치마다 하는 꼴이 가관이구나."

한탄하며 말을 이었다.

"어사또는 들으시오. 절벽 위에 우뚝 솟은 높은 바위 바람 분들 무너지며, 사시사철 푸른 소나무 눈이 온들 비가 온들 변하리까? 틀린 소리 마옵시고 어서 바삐 죽여 주소."

어사또는 더 이상 묻지 않고 빙긋 웃더니 옥반지를 꺼내 사령에게 주었다.

"이것을 춘향에게 주어라."

춘향이 제 앞에 놓인 옥반지를 보니, 이별할 때 자기가 이 도령에게 준 바로 그것이었다.

"춘향은 고개를 들라."

그제야 춘향은 번쩍 고개를 들었다. 동헌 마루에 높이 앉은 어사또는 어제저녁 옥문 밖에 왔던 낭군이 분명하였다. 꿈인가 생시인가. 물끄러미 어사또를 바라보는 춘향 눈에 구슬 같은 눈

* 초록은 동색이요, 가재는 게 편이다 모양이나 형편이 비슷하고 인연이 있는 것끼리 서로 잘 어울리고 감싸 주기 쉽다는 뜻.

물이 서려 옷깃을 적시며 조용히 흘러내렸다.

"얼씨구 좋구나, 지화자 좋구나. 어제저녁 걸인 사위, 어사가 웬 말이냐? 꿈이거든 깨지 말고 생시거든 오늘만 같아라."

춘향이 죽을 줄만 알고 울며불며 따라왔던 월매는 울다 웃다 덩실덩실 어깨춤을 추었다.

"애고 내가 미친년이지. 엊저녁에 우리 사위 욕도 하고 구박도 하였더니 그 무슨 미친 짓이야. 여보소, 옷고름에 찬 칼 좀 주소. 이년의 입을 쨀라네. 아이고, 째면 아플 테니 째지는 못하겠고, 이놈의 주둥이, 이놈의 주둥이."

월매는 제 입을 제 손으로 쿡쿡 쥐어박으며, 웃다가 울다가 제정신이 아닌 듯하였다.

"사또, 부디 노여워 마오. 사위가 거지 되면 내 딸 춘향 죽을 게 분명하여 화난 김에 모진 소리를 한 것이니 노여워 마오. 우리 사위 서울 간 뒤 후원*에 단을 쌓고 우리 사위 귀하게 되기를 밤낮으로 빌었더니 하늘이 감동하여 어사또가 되었구나. 지화자 좋을시고."

춘향 모녀를 집으로 돌려보낸 후에 어사또는 밤늦도록 관아의 일을 살피고 밤이 깊어 춘향에게로 갔다. 인적은 끊겨 적막하고 밤은 깊었는데 춘향의 사랑인 양 영롱한 달빛이 길을 밝혔다. 집에 당도하자 후원의 연못에 금붕어는 달을 좇아 뛰어놀고

* 후원 집 뒤에 있는 정원이나 작은 동산.

겨우 잠든 삽살개가 사람 자취에 놀라 깼다.

"애고, 사또 오시네."

월매가 뜰에 내려와 사또를 모시고 춘향 방으로 들어갔다. 그제야 겨우 자리에서 일어난 춘향은 어사또의 손을 잡고 설움 반 기쁨 반, 꿈인 듯 생시인 듯 아득하고 반가워 한참 울었다.

어사또는 수건으로 눈물을 훔쳐 주며 춘향을 달랬다.

"울지 마라, 울지 마라. 예로부터 영웅이나 미인치고 고생하지 않은 이가 없었다. 이 모든 게 내 죄로다. 울지 마라. 이제 고생 끝 행복 시작인데 왜 자꾸 우느냐?"

어사또는 미음도 권하고 약도 손수 짜서 권하며 밤새도록 춘향을 간병한 후 떠날 채비를 하였다.

"이제는 우리 둘이 죽을 때까지 백년해로하자꾸나. 부모님께 편지를 보냈으니 조만간 사람이 올 것이다. 그 사람 따라 장모와 함께 먼저 올라가 기다리거라. 나는 어명을 받든 사람이라 이리저리 더 할 일이 있으니 일 다 마친 후에 올라가마."

후에 소문을 들은 임금은 기생의 신분으로 목숨 걸고 수절한 춘향을 칭찬하고 정렬부인*으로 봉하였다. 이 도령은 이조판서, 호조판서, 좌의정, 우의정까지 다 지내고 퇴임한 후에 정렬부인 춘향과 함께 아들딸 낳고 백년해로하니, 모든 사람이 부러워하며 춘향의 절개를 본받고자 하였다.

* 정렬부인 조선 시대 정조와 지조를 지킨 부인에게 내리던 칭호.

활동

1. 속담에 대한 설명을 참고하여 속담이 작품 속 어떤 상황에서 쓰였는지 찾아보고, 그 의미를 적어 봅시다.

명언과 달리 누가 처음 말했는지 알 수 없는 속담 속에는 선조들의 지혜가 짧고 굵게 담겨 있다. 때로는 사람에 아닌 자연물에 빗대기도 하고, 계절의 변화나 일상에서 일어나는 일들을 잘 포착해 표현하기도 하면서 짧은 말 속에 함축적 의미를 전달한다. 일종의 밈(meme)처럼 속담은 오랜 세월 거치며 상징을 획득하고 대중의 일상생활에 정착된다. 물론 사회문화가 변화되면 일부 속담은 변형되거나 생명력을 잃기도 한다.

❶ 하늘이 무너져도 솟아날 구멍이 있다.

속담이 쓰인 상황:

의미:

❷ 초록은 동색이요, 가재는 게 편이라.

속담이 쓰인 상황:

의미:

2. 조선 시대는 여성의 정절을 중시하고 양반과 천민을 구분하는 신분제 사회였습니다. 평민 의식이 성장하던 조선 후기 소설들은 겉으로는 유교적이고 교훈적인 주제를 드러내지만, 그 속에 또 다른 주제가 숨어 있기도 합니다. 「춘향전」의 인물 관계를 통해 드러나는 표면적인 주제와 그 이면에 담긴 주제를 적어 봅시다.

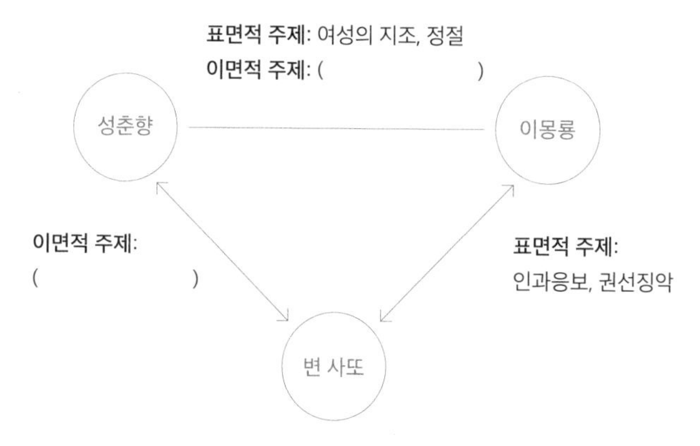

3. 작품의 내용을 떠올리며 다음 활동에 답해 봅시다.

❶ 의미상 대조와 형식상 대구를 이루는 이몽룡의 한시입니다. 상징적 의미를 드러내는 표현을 찾아 빈칸을 채워 봅시다.

금동이의 맛있는 술은 만백성의 피요,
옥소반의 좋은 안주는 만백성의 기름이라.
촛불 눈물 떨어질 때 백성 눈물 떨어지고,
노랫소리 높은 곳에 원망 소리 드높다.

관리들의 수탈과 사치

↕

백성들의 고통과 원망

❷ 암행어사 출두 장면에서 관리들의 모습은 다음과 같이 우스꽝스럽고 과장되게 표현되어 있습니다. 그 효과가 무엇인지 적어 봅시다.

- 임실 현감은 하도 급해서 갓을 거꾸로 뒤집어쓰고는,
  "여보아라, 어느 놈이 갓 구멍을 막았구나."
- 구례 현감은 말을 거꾸로 타고 채찍질을 하니 말이 뒤로 달아났다.
  "허, 이 말이 웬일이냐? 본래 목이 없느냐?"
- 변 사또는 정신이 아득하여 바지에 똥을 싸서 엉겁결에 내실로 뛰어들며 소리쳤다.
  "어, 춥다. 문 들어온다, 바람 닫아라. 물 마르다, 목 들여라."

표현의 효과:

작품 출처

김유정 「봄·봄」, 『20세기 한국소설 5』, 창비 2005; 『동백꽃』, 문학과지성사 2005.

박완서 「겨울 나들이」, 『배반의 여름』, 창작과비평사 1978; 문학동네 2013.

윤흥길 「아홉 켤레의 구두로 남은 사내」, 『아홉 켤레의 구두로 남은 사내』, 문학과지성사 1977; 『20세기 한국소설 28』, 창비 2005.

이태준 「돌다리」, 『해방 전후』, 창작과비평사 1992.

채만식 「미스터 방」, 『채만식 전집 8』, 창작과비평사 1989; 『레디메이드 인생』, 문학과지성사 2004.

지은이 모름 「춘향전」, 정지아 글 『춘향전』, 창비 2005.

지은이 모름 「흥보전」, 정충권 옮김 『흥보전·흥보가·옹고집전』, 문학동네 2010.

수록 교과서 보기

지은이	작품명	수록 교과서
김유정	봄·봄	미래엔(신유식) 2, 비상(박영민) 2, 지학사(김철회) 1
박완서	겨울 나들이	천재(김수학) 2
윤흥길	아홉 켤레의 구두로 남은 사내	미래엔(신유식) 2, 창비교육(최원식) 1
이태준	돌다리	동아(최두호) 1
채만식	미스터 방	천재(김수학) 1, 동아(최두호) 2
지은이 모름	춘향전	미래엔(신유식) 2, 비상(강호영) 2, 천재(김수학) 2, 천재(김종철) 2, 해냄에듀(임광찬) 2
지은이 모름	흥보전	동아(최두호) 2, 비상(박영민) 2

국어 교과서 작품 읽기

최신 개정판

문해력 UP 활용북

고등

국어 교과서 작품 읽기(최신 개정판)
문해력 UP 활용북 고등

펴낸이 · 염종선
책임편집 · 김준성 김도연
조판 · 장수경
펴낸곳 · (주) 창비
등록 · 1986년 8월 5일 제85호
주소 · 10881 경기도 파주시 회동길 184
전화 · 031-955-3333
팩스 · 영업 031-955-3399 편집 031-955-3400
홈페이지 · www.changbi.com
전자우편 · ya@changbi.com

'국어 교과서 작품 읽기' 최신 개정판을 펴내며

문학을 한 글자로 정의해야 한다면 '삶'이라 답할 수 있습니다. '시'에서는 화자가, '소설'에서는 서술자가, '수필'에서는 글쓴이가 직접 누군가의 삶을 들려주지요. 4차 산업혁명이라 불리는 시대를 따라가기도 벅찬데, 문학이 무슨 소용이냐고 말하는 이가 있습니다. 하지만 어떠한 혁명이나 기술에도 그 중심에는 '인간'이 있습니다. 심심하면 인공 지능과 대화를 나눌 수 있는 세상이 왔다고 하지만, 삶을 깊이 논할 친구를 만나는 기회는 여전히 귀합니다. 소셜 미디어를 통해 엿보는 여러 삶의 단편들은 때로 우리를 초라하게 만들지만, 문학은 타인의 삶을 더 깊이, 제대로 들여다보게 합니다. 갈래별 특성과 표현 방식을 이해하고 작품을 읽다 보면 거울처럼 나의 삶이 보이기도 합니다. 삶을 다루는 문학은 인간에 대한 이해와 공감을 불러일으키고, 더 나아가 사회와 역사를 보는 안목을 기르게 도와줍니다.

문해력 저하를 걱정하는 보도가 연일 이어지고 있습니다. 의식과 문화는 초고속으로 변하는데 여전히 어려운 한자어로 소통하는 기성세대가 문제다, 스마트 기기를 지나치게 많이 사용하는 청소년들이 문제다 하는 식으로 진단도 다양합니다. 해법은 어떤가요? 독서 습관 개선하기, 난도 높은 책 읽기, 한자 공부하기 등 여러 의견이 제시되지만 일관되게 적용하기란 어렵습니다. '글을 읽고 이해하는 능력'을 뜻하는 문해력은 단지 어휘력만을 뜻하지는 않습니다. 나무를 따로따로 보는 것이 아니라 숲 전체를 조망하는 능력이지요. 그러니 맥락이나 상황을 종합적으로 파악하는 훈련을 통해 차근차근 향상되는 것입니다. '국어 교과서 작품 읽기' 시리즈는 교과서에 실린 좋은 글들을 통해 학생들이 문학에 더 친근히 다가서고 문해력을 향상할 수 있도록 이끕니다.

'2022 개정 교육과정'이 시행됨에 따라 고등학교 국어 교과서가 『공통국어1』과 『공통국어2』로 개편되었습니다. 학기별로 학점을 이수하는 '고교 학점제'가 도입되면서 고등학교 학생들은 다양한 선택 과목을 통해 국어 학점을 이수하는데, 공통국어는 여전히 선택이 아닌 필수로 배우게 됩니다. '국어 교과서 작품 읽기' 최신 개정판은 새로 바뀐 공통국어 9종 교과서 총 18권에 실린 작품을 시, 소설, 수필·비문학으로 나누고 고등학생 수준에서 스스로 읽으며 재미를 느낄 수 있는 작품을 가려 뽑았습니다. 새 교육과정에 따른 성취 기준에 도달하도록 이끄는 도움 글, 작품마다 꼼꼼하게 붙인 단어 풀이, 내용 이해를 점검하는 활동과 창의력을 펼칠 수 있는 적용 활동, 작품의 맥락을 통해 문해력을 향상시키는 활동 등으로 구성했습니다. 새로 개정된 '국어 교과서 작품 읽기' 시리즈가 자양분이 되어 여러분이 튼튼한 나무로, 풍성한 숲으로 성장하기를 소망합니다.

차례

일러두기

이 책은 '국어 교과서 작품 읽기: 고등' 시리즈(시, 소설 상·하, 수필·비문학) 최신 개정판에 나오는 활동에 대해 엮은이 선생님들과 창비 편집부에서 작성한 답안을 엮어서 만들었습니다. 여기에 예시된 답안 중에는 정답도 있지만 문제에 따라 도움말에 가까운 것도 있습니다. 작품을 충분히 감상하고 나서 예시 답안을 참고삼아 좀 더 설득력 있고 창의적인 활동 답안을 만들어 보세요.

고등
시

1부

방문객

● 정현종 「방문객」 | 15쪽 |

1 이 시의 제목이 '방문객'인 이유를 생각해 봅시다.

시의 첫 행 "사람이 온다는 건"과 마지막 행 "환대"라는 표현에서 알 수 있듯 우리의 삶에 찾아와 새롭게 관계를 맺게 되는 사람을 어떠한 마음과 태도로 대해야 할지 그리고 있기 때문이다. 시인은 내 삶에 찾아온 사람을 '방문객'으로 표현했다.

2 「방문객」에서 "바람을 흉내 낸다면/필경 환대가 될 것"의 의미를 말해 봅시다.

그늘진 곳곳까지 다닐 수 있고, 한 사람의 생애를 지켜볼 수 있으며, 숨은 상처와 아픈 마음의 "갈피"도 더듬어 보고 어루만져 줄 수 있는 존재가 "바람"으로 표현되었다. 우리가 바람처럼 사람들의 일생과 마음을 살핀다면, 그를 반가워하며 정성을 다하여 "환대"할 수 있게 될 것이다.

● 정호승 「내가 사랑하는 사람」 | 17쪽 |

1 「내가 사랑하는 사람」에서 "그늘"과 "눈물"에 대비되는 시어를 찾고 그 의미를 생각해 봅시다

"햇빛"과 "기쁨"이다. 그늘과 눈물이 삶의 시련, 불행, 아픔을 상징한다면 햇빛과 기쁨은 그 반대의 의미로 생각할 수 있다. 시인은 그늘이 있어야 햇빛이 눈부시다는 게 드러나고, 눈물이 있어야 기쁨도 더 크게 느낄 수 있다고 표현한다. 즉 어둠이 있어야 밝음이 더욱 빛나고, 시련을 겪어 본 사람이 세상을 더욱 아름답게 볼 수 있는 것이다.

2 「내가 사랑하는 사람」에서 "그늘이 없는 사람", "눈물이 없는 사람"은 어떤 사람을 상징하는지 말해 봅시다

삶의 시련이나 불행을 겪어 본 적이 없으며, 그로 인해 진정으로 슬퍼해 본 적이 없는 사람을 상징한다. 이런 경우 진정한 기쁨을 알기 어렵고, 다른 사람의 슬픔과 고통도 공감하거나 위로하기 어려울 수 있다고 표현되고 있다. 자신이 슬픔을 겪어 보았기에 다른 사람의 아픔도 공감할 수 있는 이들이 늘어날 때 세상은 더 아름다워지리라고 그려지고 있다.

● 한용운 「나의 꿈」 | 19쪽 |

1 「나의 꿈」의 화자에게 "당신"은 어떤 의미를 지니는 존재인지 이야기해 봅시다.

화자에게 "당신"은 항상 주위를 맴돌며 지켜 주고 싶고, 원하는 것은 무엇이든 해 주고 싶은 소중한 존재이자 절대적인 존재이다.

2 나에게도 화자의 "당신"과 같은 존재가 있는지, 혹은 나를 "당신"처럼 대하는 존재가 있는지 생각해 봅시다.

예시 나는 돌아가신 외할머니가 떠오른다. 외할머니는 어느 날은 나한테 "똥강아지"라고 하시고, 어느 날은 내가 외할머니의 "우주"이고 "하늘"이라고 하셨다. 내가 하고 싶은 것은 뭐든 응원해 주셨고, 항상 내 편이 되어 주셨다. 나는 내가 외할머니의 "당신"일 수 있어서 너무 행복하고 감사했다고 말하고 싶다.

● 윤동주 「자화상」 | 21쪽 |

1 「자화상」에서 화자가 우물을 들여다보는 행동과 제목 사이에 어떤 관계가 있는지 설명해 봅시다.

자화상은 스스로 그린 자기의 초상화를 뜻하는 말이다. 이 시는 우물에 비친 '나'의 모습을 자화상으로 빗대고 있다. 자기의 모습이 미워서 돌아갔다가 도로 다가가서 들여다보기도 하는 등 자기 성찰의 과정을 겪고 있다. 자신에 대한 반성적 자의식을 보여 주면서도 스스로 연민을 느끼는 화자의 고뇌가 담긴 시이다.

2 어떤 때 자신이 미워지고, 어떤 때 자신이 그리워지는지 자기 경험을 말해 봅시다.

예시 시험 날 지각을 해서 1교시 첫 시험을 망친 적이 있다. 그때의 내가 너무 밉고 한심하다. 그런데 한편으로는 새벽까지 정말 열심히 공부하다가 깜빡 조는 바람에 지각을 한 것이라서, 그렇게 열심히 했던 내가 안쓰럽기도 하고 그리워진다.

● 백석 「선우사」 | 24쪽 |

1 「선우사」에서 "흰밥과 가재미와 나"가 어디에서 어떻게 자라왔는지 찾아봅시다.

3연에서 알 수 있듯 바다, 들판, 산골에서 자라났다. 모래알을 세고, 맑은 이슬을 먹고, 산속 동물들과 친구를 맺으며 자연 속에서 지낸 덕분에 이들은 희고, 억세지 않고, 정갈하게 자랄 수 있었다.

2 「선우사」에서 "세상 같은 건 밖에 나도 좋을 것 같다"에 담긴 삶의 태도는 무엇인지 생각해 봅시다.

화자는 "우리들이 같이 있으면"이라는 전제를 붙여 말하고 있다. 세상의 기준에 맞추어 욕심을 부리며 억세게 경쟁하면서 살기보다는 가난해도 서로 미덥고 정답게 살고 싶다는 삶의 태도가 담겨 있다.

● 오은 「나는 오늘」 | 28쪽 |

1 「나는 오늘」에 나오는 여러 비유적 표현 중에서 가장 마음에 드는 것을 고르고 그 이유를 말해 봅시다.

예시 내가 가장 마음에 드는 표현은 1연의 "토마토"이다. 토마토는 똑바로 읽어도 거꾸로 읽어도 토마토이다. 그리고 겉과 속이 모두 빨갛고 속이 꽉 차 있다. 토마토는 앞으로 보나 뒤로 보나 겉과 속이 똑같고 내면이 꽉 찬 사람을 비유하는 것 같다.

2 하루 동안 겪었던 가장 인상적인 일과 감정을 떠올리며 "나는 오늘"로 시작하는 모방 시를 써 봅시다.

예시 나는 오늘 바람
어느 한곳에 머물지 않아도 좋았다
가고 싶은 곳 어디로든지 갈 수 있었다
멀리멀리 떠나고 싶었다

● 정일근 「어머니의 그륵」 | 31쪽 |

1 「어머니의 그륵」에서 '그릇'과 '그륵'이 어떻게 다른지 생각해 봅시다.

사전에 실린 바른말은 '그릇'이지만, 화자는 '그륵'이라는 말에서 편안함과 따뜻함을 느낀다. 또 자신이 쓰는 말은 학교에서 배워서 아는 것이지만, "어머니는 인생을 통해 그륵이라 배웠"다고 생각한다. 즉 '그릇'과 '그륵'은 각각 머리로 이해해서 아는 말, 삶의 경험을 통해 체득한 말로 다르게 표현되고 있다.

2 「어머니의 그륵」에서 마지막에 화자가 부끄러워진 이유는 무엇인지 말해 봅시다.

자신을 시인이라고 밝힌 화자는, 시인이라면 하찮은 이름에도 뜨거운 숨결을 불어넣어 주어야 하고, "말과 하나가 되는 사랑이 있어야" 한다고 생각한다. 하지만 어머니가 삶에서 말을 체득하고 써 오신 것과 달리 화자는 사전을 통해 쉽게 말을 찾아서 시를 쓰고 있다. 그래서 자신이 부끄러워지는 것이다.

● 최영미 「선운사에서」 | 34쪽 |

1 「선운사에서」에서 "—더군"이라는 종결 어미의 반복이 어떤 느낌을 주는지 생각해 봅시다.

운율을 형성하여 시를 낭송할 때 리듬감을 만들어 내는 역할을 한다. 그뿐 아니라 경험을 통해 알게 된 사실을 강조해서 전달함으로써, 화자가 깨달음을 얻고 있다는 느낌을 생생히 전달하고 있다.

2 「선운사에서」의 화자가 꽃이 피고 지는 자연 현상을 보며 깨달은 것은 무엇인지 말해 봅시다.

꽃이 피고 지는 모습을 통해 사랑과 이별의 과정을 깨닫고 있다. 꽃이 피기까지 쉽지 않듯 사랑을 이루는 과정은 어렵지만, 꽃이 지는 건 잠깐이듯 이별도 순식간에 찾아온다. 하지만 이별 후에 임을 잊는 것은 또 한참이다. 화자는 자연 현상을 통해 이러한 삶에 대한 깨달음을 전한다.

● 천양희 「너에게 쓴다」 | 36쪽 |

1 「너에게 쓴다」의 화자와 "너"가 서로 어떤 관계일지 상상해 봅시다.

예시 화자가 너를 많이 아끼고 좋아하는 것 같다. 그런데 꽃이 피었다가 지고, 새잎이 났다가 지는 긴 시간 동안 만나지 못한 사이일 것 같다. 그래서 화자는 일생 동안 너를 그리워하며 너에게로 향하고 싶어 하는 것이 아닐까?

2 「너에게 쓴다」에서 "마침내는 내 생 풍화되었다."의 의미는 무엇인지 추측해 봅시다.

예시 사전의 뜻대로라면 '내 생이 파괴되거나 분해되었다'는 의미겠지만, 이 시에서는 너에게 마음을 적어 내려가는 것으로 일생을 모두 보냈다는 의미라고 생각한다. 그만큼 너를 향한 내 마음이 한결같고 간절했음을 보여 주는 것이다.

김소월 「진달래꽃」 | 38쪽 |

1 「진달래꽃」에서 운율이 만들어지는 요소들을 찾아봅시다.

1연과 4연에서 "나 보기가 역겨워/가실 때에는"이라는 표현을 반복하는 수미 상관적 구조를 취해 운율이 생긴다. 또 '-오리다'라는 어미를 반복하여 리듬감을 형성하고 있다. 그리고 글자 수가 7 글자, 5 글자로 반복되고 끊어 읽는 단위(음보)가 3번씩 반복되는 '7 · 5조 3음보'의 민요조 운율도 리듬감을 준다.

2 「진달래꽃」에서 "죽어도 아니 눈물 흘리오리다"라고 말하는 화자의 의도는 무엇일지 추측해 봅시다.

얼핏 임이 이별을 고하면 눈물을 흘리지 않고 보내드리겠다는 것으로 이해해, 화자가 이별을 수용하는 자세를 보여 준다고 생각할 수 있다. 그러나 화자는 이별 앞에서 눈물이 날 것을 이미 알고 있기에 눈물을 참기 위해서는 "죽어도"라는 결심이 필요하다. 그래서 '눈물을 흘리지 않겠다'가 아니라 '아니 눈물 흘리겠다'라고 도치법을 사용해 강조해 말하기까지 하는 것이다. 그러니 "죽어도 아니 눈물 흘리오리다"는 이별을 받아들이겠다는 의미보다는, 이별이 이렇게 고통스러운 일이니 임이 떠나지 않기를 바라는 간절함의 표현, 반어적인 표현으로 볼 수 있다.

정끝별 「홈페이지 앞에서」 | 41쪽 |

1 「홈페이지 앞에서」에서 가족 관계의 어떤 면을 인터넷 용어에 빗대어 표현하고 있는지 말해 봅시다.

이 시에 그려진 가족의 관계는 서로에게 무관심하고 불편하며 때로는 악의적이다. 서로를 모른 척 지나치고("스킵") 말이라도 걸려고 하면 안 좋은 소리만 나눈다("접속하면 악플"). 서로에게 관심을 끊은 지("자동 로그아웃") 오래고, 불필요한 존재인 것처럼 취급("스팸 처리")한다. 화자는 이런 가족이라면, 가족 관계에서 벗어나야("계정을 삭제") 하는 것은 아닌가 생각한다.

2 「홈페이지 앞에서」 6연의 "가족"과 "가축"과 "가출"과 "가책"은 어떤 점에서 의미적 연관성을 띠는지 자유롭게 생각해 봅시다.

"서로의 목줄을 쥐고, 각자의 방문을 잠근 채, 서로의 숨통을 당기고" 있는 사이라면 가족이 아니라 "가축"보다 못 한 관계 아닐까? 이런 집이라면 "가출"을 하고 싶을지도 모르겠다. 그리고 어쩌다 이런 가족이 되었는지 "가책"을 느낄지도 모른다.

● 계랑 「이화우 흩뿌릴 제」 | 43쪽 |

1 「이화우 흩뿌릴 제」에서 "이화우"와 "추풍낙엽"이 주는 공통적 이미지는 무엇인지 생각해 봅시다.

이미지란 '감각에 의하여 획득한 현상이 마음속에서 재생된 것'이다. 배꽃이 비가 오는 것처럼 흩날리는 모습과 가을바람에 낙엽이 떨어지는 것은 모두 시각으로 획득되는 장면이고, 우리는 이 구절을 읽었을 때 그 장면을 마음속으로 떠올릴 수 있다. 그리고 꽃잎, 비, 낙엽은 모두 위에서 아래로 떨어진다는 점에서 '하강적 이미지'를 공통적으로 가지고 있다.

2 「이화우 흩뿌릴 제」에서 화자와 임의 거리감이 느껴지는 표현을 찾아봅시다.

초장은 배꽃이 흩날리는 봄을 그리는데, 그다음 중장은 낙엽이 떨어지는 가을로 전환된다. 즉 봄에 한 이별의 슬픔이 가을이 되어서도 계속되고 있기에 시간적 거리감을 느낄 수 있다. 한편 종장에서는 "천 리"라는 표현을 통해 화자와 임이 물리적으로 떨어져 있음을 드러내 공간적 거리감을 느낄 수 있다.

● 황진이 「청산은 내 뜻이오」 | 45쪽 |

1 「청산은 내 뜻이오」에서 자연물의 속성을 화자가 어떻게 활용하고 있는지 설명해 봅시다.

이 시조에서 사용된 자연물은 "청산"(푸른 산)과 "녹수"(푸른 물)이다. 산은 움직이지 않는다. 반면에 물은 계속해서 움직인다. 이러한 속성을 활용하여 화자는 항상 같은 자리에서 변하지 않는 모습으로 임을 사랑하는 자신을 "청산", 끊임없이 흘러가며 변하는 마음을 가진 임을 "녹수"로 빗대어 표현한다. 이를 통해 임은 변해도 자신은 변하지 않을 것임을 드러내고 있다.

2 「청산은 내 뜻이오」의 종장에 화자의 어떤 바람이 담겨 있는지 추측해 봅시다.

임도 나를 못 잊기를 바라는 마음이다. 특히 이때 조사 '도'를 사용함으로써 임의 뜻이 화자 자신의 심정과 동일하기를 바라는 마음을 드러내고 있다.

● 지은이 모름 「나무도 바윗돌도 없는」 | 47쪽 |

1 「나무도 바윗돌도 없는」에서 화자가 임과 이별한 자신의 심정을 강조하기 위해 활용한 표현법은 무엇인지 생각해 봅시다.

먼저, 화자는 까투리와 도사공의 절박한 상황에 자신을 비교하면서 절망적인 슬픔을 드러내고 있다. 또 까투리와 도사공이 처한 일들을 열거하고 과장하면서 자신의 심정이 그보다 더 극한 것임을 점층적으로 강조하고 있다.

2 「나무도 바윗돌도 없는」에서 새로 알게 된 낱말이 있다면 정리해 봅시다.

뫼, 까투리, 안, 석, 용총, 키, 까치노을, 수적, 도사공, 여의다, 가을하리오 등 어휘 복습.

2부

사과 없어요

● 윤동주 「서시」 | 53쪽 |

1 「서시」에서 "별"과 "바람"의 의미에 대해 생각해 봅시다.

「서시」 마지막 행의 "밤"은 화자가 처한 어두운 현실을 의미한다. 그 밤하늘에 떠 있는 "별"은 어두운 현실 속에서도 빛나는, 화자가 지향하는 순결하고 이상적인 가치이다. 화자는 "별을 노래하는 마음으로/모든 죽어 가는 것을 사랑해야지"라고 말하며 어둠 속에서도 꺼지지 않는 순수하고 양심적인 삶의 태도를 다짐한다. 한편 3행의 "잎새에 이는 바람"은 부끄러움 없기를 바라는 화자를 괴롭게 하는 것, 즉 부끄러움을 느끼게 하는 요인이라고 볼 수 있다. 마지막 행의 "오늘 밤에도 별이 바람에 스치운다"의 "바람"은 "별"을 위협하는 것으로서 현실의 시련, 고난 등을 의미한다.

2 「서시」가 창작된 시대적 배경을 조사하고, 화자가 괴로워한 부끄러움이 무엇일지 추측해 봅시다.

「서시」가 창작된 시대는 일제 강점기이다. 화자는 일제 강점기라는 치욕적인 현실에서 고통을 회피하지 않고 양심을 지키며 살기를 소망하지만, 적극적으로 행동할 수 없는 현실적 제약과 자신의 부족한 모습에 내면의 갈등과 부끄러움을 느끼고 있다.

● 한용운 「나룻배와 행인」 | 55쪽 |

1 「나룻배와 행인」에서 사랑의 어떤 특성을 "나룻배"와 "행인"에 빗대어 표현하고 있는지 생각해 봅시다.

「나룻배와 행인」에서 "나룻배"인 "나"는 "행인"인 "당신"을 '바람을 쐬고 눈비를 맞으며 밤에서 낮까지 기다'린다. 이는 사랑의 인내와 희생, 헌신적인 기다림의 자세를 표현한 것이다.

2 시인 한용운에 대해 조사해 보고, 「나룻배와 행인」의 "당신"을 어떻게 해석할 수 있을지 다양한 각도에서 말해 봅시다.

「나룻배와 행인」 시 자체에만 집중하여 감상한다면, "당신"을 사랑하는 대상으로 해석할 수 있다. 그런데 이 시를 쓴 한용운이 시인이자 승려, 독립운동가라는 사실을 고려하면 또 다른 감상도 가능하다. "당신"은 종교적 차원에서 부처로 볼 수도 있고, 일제 강점기에 간절히 되찾기를 기원하는 조국으로 볼 수도 있다.

● 정진규 「연필로 쓰기」 | 57쪽 |

1 「연필로 쓰기」의 화자가 "떳떳했던 나의 길 진실의 길 그것마저 누가 지워 버린다 해도 나는 섭섭할 것 같지가 않습니다"라고 말하는 이유를 생각해 봅시다.

화자는 잘못된 것을 고치고 용서받으며 살고 싶은 사람이지, 어떤 업적을 남기고자 하는 사람이 아니다. 그래서 "떳떳했던 나의 길 진실의 길"마저 누가 지워도 섭섭하지 않을 것 같다고 말한다.

2 여러분의 삶에서 지우고 싶은 '흑역사'는 무엇이고, 어떻게 고쳐 쓰고 싶은지 이야기해 봅시다.

예시 나의 흑역사는 여러 가지가 있지만 그중 하나는 중학생 때 겪은 일이다. 학교 강당에서 열리는 행사에 가기 싫어서 교실에 몰래 혼자 남아 있었던 적이 있다. 그런데 하필 음악 선생님께 들키게 되었고, 당황한 나는 담임 선생님께 허락받고 남은 것이라고 얼떨결에 거짓말을 했다. 나중에 사건의 전말을 알게 된 선생님들께서 거짓말을 한 나에게 무척 실망하신 것 같았다. 그때를 생각하면 얼굴이 아직도 화끈거린다.

● 나희덕 「푸른 밤」 | 60쪽 |

1 「푸른 밤」에서 화자의 사랑이 "별", "꽃들", "두레박"을 통해 어떻게 드러나고 있는지 생각해 봅시다.

화자는 밤길을 홀로 걸을 때 자신이 올려다본 "별"이 "네 머리 위에서 반짝였을 것"이라고 말함으로써, 혼자 있는 시간에도 "너"에 대한 그리움으로 "너"를 생각하고 있었음을 표현한다. 또 한숨과 입김이 닿아 흔들린 "꽃들"도 "네게로 몸을 기울"였다고 말하면서, 자신의 고뇌를 보여 준다. "두레박"이 "하루에도 몇 번씩 네게로 드리웠던" 것이라고 말하면서는 "너"에게 다가가고 있었음을 이야기한다. 즉 "별", "꽃들", "두레박"을 통해 "너"에 대한 그리움, 사랑의 고뇌와 고통을 반복해 전한다.

2 "에움길"의 사전적 의미를 찾아보고 「푸른 밤」에서는 어떤 의미로 쓰였는지 말해 봅시다.

'에움길'의 사전적 의미는 '굽은 길 또는 에워서 돌아가는 길'이다. 「푸른 밤」에서 "에움길"은 사랑하는 "너"를 향해 가는 길로서, 쉽고 편하거나 빠른 지름길이 아니라 에워서 돌아가야만 하는 길이다. 이를 통해 화자는 "너"에 대한 사랑이 쉽지만은 않다는 것을 표현하고 있다.

● 김용택 「그대 생의 솔숲에서」 | 63쪽 |

1 「그대 생의 솔숲에서」에서 화자가 거닐고 있는 솔숲의 풍경이 어떠한지 상상해 봅시다.

예시 솔숲에는 봄이 오고 있으며, 묵은 잎들이 지고 있다. 또 맑은 햇살이 비치고, 박새들이 가볍게 날며, 바람이 분다. 서리가 내렸던 실가지 끝에서는 새로운 잎들이 움트고 있다. 시 속 솔숲의 풍경은 고요하면서도 활기가 있다.

2 「그대 생의 솔숲에서」의 화자가 깨달은 삶에 대한 성찰은 무엇인지 생각해 봅시다.

화자는 계절이 바뀌듯 자신도 지난날을 가만히 내려놓고 남은 생을 새롭고 벅차게 살 수 있기를 바란다. 즉 손에 쥐고 있는 것을 내려놓고 욕심과 후회를 떠나보내는 삶의 자세를 성찰하고 있다.

● 김소월 「개여울」 | 66쪽 |

1 「개여울」에 곡을 붙여서 만든 노래를 찾아서 듣고 감상을 말해 봅시다.

예시 아이유가 부른 노래 「개여울」을 찾아서 들어 보았다. 아련한 시어와 아이유의 목소리를 함께 감상하니 서글프고 그리운 느낌이 든다.

2 「개여울」의 화자가 "가도 아주 가지는/않노라시던" 약속의 의미를 어떻게 받아들이고 있는지 생각해 봅시다.

3연에서 화자는 "가도 아주 가지는/않노라시던/그러한 약속이 있었겠지요."라고 말하며, 다시 돌아오겠다는 임의 약속이 있었다고 이야기한다. 그러나 5연에서 화자는 "굳이 잊지 말라는 부탁인지요."라고 묻고 있다. 즉 다시 돌아오겠다는 임의 약속이, 어쩌면 다시 만나지 못하더라도 잊지 말아 달라는 뜻은 아니었을까 하고 짐작해 보는 것이다.

● 장석남 「배를 매며」 | 69쪽 |

1 「배를 매며」에서 추상적인 사랑을 어떻게 구체적인 사물로 형상화하고 있는지 찾아봅시다.

사랑하는 사람은 "배"를 통해, 사랑하는 사람과 맺는 인연은 "밧줄"을 통해 형상화하고 있다. 갑자기 날아온 "밧줄"을 잡아다 배를 맨다는 것은 운명적으로 다가온 인연과 사랑에 빠지는 과정을 비유한 것이다.

2 「배를 매며」에서 "구름과 빛과 시간"의 의미가 무엇인지 생각해 봅시다.

배를 매면 "구름과 빛과 시간"도 함께 매어진다는 대목은, 사랑이란 상대의 세계까지도 함께 받아들이는 것임을 표현한 것이다. 즉 "구름과 빛과 시간"은 상대가 살아온 배경과 과정, 상대의 취향과 성격 등 상대를 둘러싼 세계를 뜻한다.

● 문정희 「이별 이후」 | 72쪽 |

1 「이별 이후」에서 이별의 아픔을 부각하기 위해 쓰인 대립적인 표현들을 찾아 봅시다.

"세상의 달력으론 열흘" ↔ "내 피의 달력으론 십 년" "네가 없는데도" ↔ "밤 오면 잠들어야 하고/끼니 오면/입안 가득 밥알 떠넣는 일""이 뜨거움" ↔ "까맣게/잊는다는 일"

2 「이별 이후」의 화자에게 "나 진실로 슬픈 것"은 무엇인지 생각해 봅시다.

화자는 "너"가 없는데도 밥을 먹고 잠을 자며 일상을 살아가고 있고, 그런 일상을 겪으며 사랑했던 시절을 까맣게 잊을까 봐 슬퍼하고 있다. 화자에게 진실로 슬픈 것은 "너"를 잃은 슬픔을 잊고 "너"조차도 잊게 되는 일이다.

● 김이듬 「사과 없어요」 | 74쪽 |

1 「사과 없어요」에서 화자가 주문한 음식이 잘못 나왔다고 말했을 때, 종업원이 어떤 반응을 보였는지 찾아봅시다.

아무런 사과도 하지 않고, 심지어 단무지도 가져다주지 않는 등 불친절한 모습이다.

2 「사과 없어요」에서 화자가 "아아 어쩐다."라고 하며 머뭇거리는 이유를 생각해 봅시다.

혹시 종업원이 꾸지람을 듣거나 잘못 주문한 음식의 값만큼 임금이 깎이거나 심지어 쫓겨날지도 모른다는 생각이 들어서 망설이고 있다. 사과하지 않는 종업원이 야속하지만 한편으로는 그런 종업원의 입장이 이해가 되기도 한다. 왜냐하면 화자도 예전에 미안하다고 말하거나 잘못했다고 말했다가 혼자 몽땅 뒤집어쓰거나 비난받은 적이 있기 때문이다. 그렇지만 여전히 삼선짜장면은 먹기 싫기 때문에 "아아 어쩐다"라고 고민하는 것이다.

● 이원 「나는 클릭한다 고로 나는 존재한다」 | 79쪽 |

1 「나는 클릭한다 고로 나는 존재한다」의 화자가 무엇을 하고 있는지 상상해 봅시다.

화자는 인터넷을 하며 여러 사이트를 클릭하고 있다. 먼저 인터넷으로 신문을 보고 있는데, 클릭할 때마다 신문의 면이 넘어가고 새로운 기사들이 화면에 뜬다. 그러고는 메일을 클릭하여 캐나다 토론토에 사는 k가 보낸 메일의 첨부 파일을 통해 붉은 장미꽃을 본다. 인터넷 무료 전화를 클릭해 k에게 전화를 걸어 보고, 문학 웹진도 보고 인터넷 서점에서 책을 구입하기도 한다. 창밖의 야채 트럭에서 나는 음악 소리를 들으며 화자는 인터넷 지도를 클릭하고 화엄사를 찾아보다가 지리산 콘도 할인 쿠폰을 클릭한다. 그러고는 "나"를 검색한다. 177개 사이트에서 검색 결과가 나오자 하나씩 클릭해 본다.

2 마지막 부분에서 "나"를 굵은 글씨로 표시한 이유가 무엇인지 생각해 봅시다.

화자가 "나"를 검색한 것은 나를 찾고 싶어서이지만, 그래도 자신이 누구인지 찾을 수는 없다. "나"를 검색해서 나온 것은 "나"라는 글자가 포함되어 있기는 하지만, 나와는 무관한 엉뚱한 내용들이다. 화자가 검색하고 있는 것이 자신을 찾는 것과는 무관하다는 점을 강조하기 위해 "나"를 굵은 글씨로 표시한 것이라고 생각한다.

● 월명사 「제망매가」 | 81쪽 |

1 「제망매가」의 시적 상황을 떠올려 보고 "이른 바람", "떨어질 잎", "한 가지"가 비유하는 것은 무엇인지 생각해 봅시다.

"떨어질 잎"은 죽은 누이를 의미한다. 그런데 잎이 떨어진 원인은 "이른 바람" 때문이다. "이른 바람"이라는 표현에서 누이가 아직 죽을 때가 아닌데 이른 나이에 죽었다는 점을 짐작해 볼 수 있다. 또 "한 가지에 나고"에서 "한 가지"는 화자와 누이를 낳은 부모를 의미한다.

2 「제망매가」를 쓴 월명사가 신라 시대 승려였다는 점을 참고로 하여, 누이의 죽음에 대한 화자의 태도를 말해 봅시다.

"미타찰"은 불교의 극락세계를 말한다. 화자는 누이가 죽어서 극락세계에 갔으리라 확신하고, 자신도 언젠가 극락세계에 가 누이를 다시 만나기 위해서 이승에서 도를 닦겠다고 말한다. 작가가 승려라는 점으로 미루어 볼 때, 이는 불도를 닦으며 누이를 만나기 위한 준비를 한다는 뜻으로, 재회에 대한 믿음을 가지고 슬픔을 불교적으로 승화하는 태도를 드러낸다.

● 지은이 모름 「가시리」 | 84쪽 |

1 「가시리」에서 "가시리잇고"를 여러 번 반복하는 이유는 무엇일지 생각해 봅시다.

"가시리잇고"는 현대어로 '가시렵니까' 정도로 풀이할 수 있다. 시에서 같은 구절을 반복하는 것은 우선 운율을 만들어 내기 위함이다. 또 반복은 강조의 역할을 하기도 한다. 이 시에서는 '가시렵니까'라는 물음을 반복해 강조하면서, 이 물음이 답을 들으려는 질문이 아니라 제발 떠나지 말라는 애원이자 하소연이라는 점을 느끼게 한다. 이를 통해 이별의 안타까움과 슬픔이 전해지고 있다.

2 「가시리」에서 화자의 정서가 어떻게 변화하고 있는지 말해 봅시다.

1연에서 화자는 '버리고 가시렵니까'라고 말하며 이별의 안타까움과 떠나지 않기를 바라는 마음을 드러낸다. 2연에서는 '나는 어찌 살라 하고 버리고 가시렵니까'라고 말하며 임을 향한 원망의 마음을 드러낸다. 3연에서는 '임을 잡아 두고 싶지만 마음이 상하면 아니 돌아올까'라고 하며 이별을 받아들이고 체념하는 듯이 보인다. 4연에서는 '서러운 임 보내오니 가시자마자 돌아오십시오'라고 하며 임이 돌아오기를 바라는 염원의 마음을 드러낸다.

● 윤선도 「만흥」 | 89쪽 |

1 「만흥」에서 화자의 흥취가 어디에서 비롯되는지 말해 봅시다.

제1수에서 제5수까지는 소박한 삶과 자연에서 비롯된다. 화자는 소박하게 자연을 즐기는 삶이 무엇과도 비길 수 없는 흥취라고 말한다. 그런데 제6수에서는 강산을 이렇게 즐길 수 있는 것은 "임금님 은혜" 덕분이라고 말하며 유교적 이념을 보여 주고 있다.

2 「만흥」에서 드러나는 화자의 삶에 대한 태도를 생각해 봅시다.

화자는 세속과 거리를 두고 자연과 친화하며 사는 태도를 지향한다. 화자는 자연 경치를 감상하며 유유자적하고, 자연 속에서 안분지족하며 사는 것이 부귀영화를 누리며 사는 것보다 낫다고 말한다.

3부
산수유나무의 농사

- **백석 「수라」** | 96쪽 |

1 이 시는 일제 강점기 수탈이 심해지는 1930년대에 발표되었습니다. 제목을 '수라'라고 붙인 이유를 시대 상황을 고려해서 설명해 봅시다.

'수라'는 '아수라'의 줄임말이다. '아수라'는 시에서도 볼 수 있듯 차디찬 밤에 문밖으로 버려지고, 사랑하는 가족과 헤어지는 생지옥 같은 일이 벌어지는 곳을 뜻한다. 이 시의 시대 배경인 1930년대 일제 강점기에는 일제의 수탈이 날로 극심해져 일상적인 삶이 몹시 곤궁해지고, 생명의 존엄이 무너지며, 사랑하는 사람과의 생이별도 많았다. 이러한 암울한 시대 배경에서 제목을 '수라'라고 붙였을 것이다.

2 「수라」는 모두 3연으로 구성되었는데, 마지막 연으로 갈수록 호흡이 길어지는 이유를 생각해 봅시다.

1연 2행, 2연은 4행, 3연은 6행으로, 마지막 연으로 갈수록 긴 호흡을 보인다. 이것은 "나"와 "거미" 사이에 벌어진 일이 뒤로 갈수록 커지고 심각해졌음을 뜻한다.

● 정지용 「향수」 | 100쪽 |

1 「향수」에서 후렴구처럼 쓰인 "그곳이 차마 꿈엔들 잊힐 리야."가 주는 효과를 설명해 봅시다.

각 연의 시상을 매듭지어 연과 연의 관계를 드러내고, 시 전체에 통일성을 준다. 또한 동일한 내용을 반복함으로써 운율을 형성하며, 고향을 향한 그리움을 강조한다.

2 「향수」에서 "밤바람 소리 말을 달리고,"처럼 청각적 이미지를 시각화한 구절이 또 있는지 찾아봅시다.

"금빛 게으른 울음"

● 정현종 「깊은 흙」 | 102쪽 |

1 「깊은 흙」 4연의 "짐승스런 편리/사람다운 불편."이라는 표현을 통해 시인이 말하고자 하는 바를 생각해 봅시다.

시인은 "짐승스런 편리/사람다운 불편."이라는 표현으로 우리가 지향해야 할 삶의 태도를 이야기하고 있다. 불편하더라도 자연을 훼손하지 않고 자연과 더불어 살아가는 것이 인간을 지키는 일임을 말하고 있다.

2 무엇을 얻는 대신에 다른 무엇을 잃어버린 적이 있는지 자신의 경험을 말해 봅시다.

예시 1학기 기말고사 때 실망스러운 점수를 받고 여름방학 때 공부에 집중하느라 친구들을 만나지 않은 적이 있다. 2학기 중간고사 때 높은 점수를 받을 수 있었지만, 친구와의 관계가 소원해진 것 같아 아쉬웠었다.

나희덕 「뿌리에게」 | 105쪽 |

1 「뿌리에게」의 3연에서 말하는 "어리석고도 은밀한 기쁨"이란 어떤 의미인지 생각해 봅시다.

"뿌리"는 시적 화자인 "나"가 주는 사랑을 모르지만, "나"는 뿌리가 모르더라도 희생의 기쁨을 느낀다. 즉 상대가 알지 못하지만 나는 자신을 희생하면서 느끼는 기쁨이기에 "어리석고도 은밀한 기쁨"이라고 표현되었다. 이는 사랑의 대상을 향해 자신을 끊임없이 비움으로써 새로운 생명을 일구어 내는 "흙"의 이미지로 드러나고 있다.

2 「뿌리에게」의 화자는 "연한 흙"에서 다시 "연한 흙"으로 돌아오고 있는데, 이러한 시상 전개가 의미하는 것은 무엇인지 말해 봅시다.

뿌리의 성장을 위해 영양분을 내어 주며 황폐해졌던 흙이 뿌리가 성장한 뒤 재생되면서 다시 연한 흙으로 돌아오는 모습이다. 이는 생태계의 순환 구조로 자연의 회복됨을 의미한다.

배창환 「길」 | 107쪽 |

1 「길」에서 "수만 년 사람들이 넘나들고도 남는 길"이 의미하는 바가 무엇인지 생각해 봅시다.

작은 "붉은 감 이파리" 하나에도 사람들이 수만 년 동안 이룬 것보다 위대한 생명의 신비가 담겨 있다는 의미이다.

2 우리가 다시 찾아야 할 '길', 즉 회복해야 할 삶의 태도에는 또 무엇이 있을지 말해 봅시다.

예시 지나친 경쟁에서 벗어나, 서로를 돌보며 살아가는 태도를 회복해야 한다.

● 정희성 「숲」 | 109쪽 |

1 「숲」에서 대조적 의미를 지니는 시어들을 찾고, 그 의미를 생각해 봅시다.
"숲" ↔ "광화문 지하도". "숲"은 나무들이 교감을 나누며 조화를 이루는 공간이고, "광화문 지하도"는 교감 없이 사람들이 서로에 대해 무관심한 공간이다.

2 「숲」의 화자가 지향하는 사회는 어떤 모습인지 말해 봅시다.
「숲」의 화자는 서로가 외롭게 지내며 마음을 열지 못하는 "메마른 땅"이 아니라, 더불어 살아가며 교감하고 어울리는 "숲"의 사회를 지향한다.

● 문태준 「산수유나무의 농사」 | 111쪽 |

1 「산수유나무의 농사」에서 '산수유나무 그늘'이 뜻하는 바를 생각해 봅시다.
'산수유나무의 그늘'은 다른 생명들을 배려하는 공간, 다른 생명에게 휴식을 주는 공간을 뜻한다.

2 '산수유나무의 그늘'과 달리 사람들은 "마음의 그늘"이 "옥말려든다"고 했는데, 그 이유를 말해 봅시다.
사람들은 산수유나무가 그늘을 어렵게 만들었다는 사실을 미처 헤아리지 못하기 때문에 자신의 '마음 그늘'이 넓어지지 않는다고 불평을 한다.

● 손택수 「나무의 꿈」 | 114쪽 |

1 자신이 품고 있는 꿈에 대해, '어떻게 살고 싶으니까, 무엇이 되고 싶다'의 형식을 갖추어 말해 봅시다.

예시 나는 책 읽기도 좋아하고 탐구심도 많아서 무엇이든 공부를 많이 하면서 살고 싶어. 그런데 가만히 생각해 보면 그렇게 쌓은 지식을 다른 사람과 나누는 것을 더 좋아하는 것 같아. 그래서 나중에 나는 교사가 되고 싶어.

2 「나무의 꿈」에서 화자가 말을 건네는 대상은 의인화된 나무입니다. 나무를 대하는 화자의 태도나 어조가 어떠한지 생각해 봅시다.

화자는 나무에게 꿈을 위해 노력하는 지금의 모습 자체로도 소중하고 가치 있다는 사실을 따뜻한 어조로 일깨워 주고 있다.

● 이문재 「광화문, 겨울, 불꽃, 나무」 | 117쪽 |

1 「광화문, 겨울, 불꽃, 나무」의 2연에서 "권력들"이 의미하는 것에 대해 생각해 봅시다.

밤을 끄고 낮을 켤 수 있는 "권력들"은 현대 문명을 의미한다고 볼 수 있다. "권력들"의 힘은 생명의 순환을 좌지우지할 정도로 막강하다.

2 「광화문, 겨울, 불꽃, 나무」의 3연에서 "겨울이 교란당하고 있는 것이다"라는 표현은 무엇을 의미하는지 생각해 봅시다.

겨울이 교란당한다는 말은 현대 문명 때문에 생태계의 자연스러운 순환이 깨진다는 것을 의미한다.

● 천상병 「귀천」 | 119쪽 |

1 「귀천」에서 유한하지만 아름다운 인간의 삶을 비유하는 시어들을 찾아봅시다.

"이슬", "노을빛", "소풍"

2 「귀천」에서 화자가 지니고 있을 법한 삶의 태도에 대해 말해 봅시다.

화자는 삶과 죽음에 대한 성찰을 통해 죽음을 긍정적으로 맞이한다. 또한 세상일에 대한 욕망과 집착을 초월하여 자유로운 삶을 즐기는 태도를 보이기도 한다.

● 지은이 모름 「청산별곡」 / 송순 「십 년을 경영하여」 | 124쪽 |

1 「청산별곡」에서 "청산"과 "바다"는 어떤 의미를 지닌 공간인지 말해 봅시다.

"청산"과 "바다"는 화자가 바라는 이상향 또는 안식처이기도 하고, 현실에서 도피하는 곳이기도 하다.

2 「십 년을 경영하여」에서 화자의 소박한 삶이 드러나는 소재를 찾아봅시다.

"초려 삼간". 세 칸밖에 안 되는 작은 초가집은 화자의 소박한 삶을 나타낸다.

● 지은이 모름 「논밭 갈아 기음 매고」 / 정극인 「상춘곡」 | 129쪽 |

1 「논밭 갈아 기음 매고」에서는 농부의 하루 일과가 잘 묘사되어 있습니다. 농부인 화자가 갖는 일상적 태도는 어떤지 말해 봅시다.

화자는 힘들고 고단한 삶 속에서도 여유를 갖는다. 농사일을 잠시 쉬면서 즐겁고 흥겨운 시간도 보낸다.

2 「상춘곡」에서 화자는 공간을 이동하며 봄 풍경을 즐기고 있습니다. 화자가 이동한 공간을 차례대로 말해 봅시다.

화자는 좁은 공간인 초가집에서 시작해 넓은 곳인 들판 시냇가, 산봉우리로 이동하며 공간을 확대한다.

4부

들꽃 같은 시

● 정지용 「고향」 | 135쪽 |

1 「고향」에서 5연의 "메마른 입술에 쓰디쓰다."라는 표현의 의미와 효과를 말해 봅시다.

고향에 돌아왔지만 어린 시절의 정겨운 추억이 떠오르는 것이 아니라 씁쓸한 기분만 더한다는 의미이다. 화자는 미각적 심상을 이용하여 고향에 대한 상실감을 감각적으로 표현했다.

2 「고향」에서 변함없는 고향의 자연을 그린 시어들을 찾아봅시다.

"산꿩", "뻐꾸기", "흰 점 꽃", "하늘"

● 백석 「흰 바람벽이 있어」 | 139쪽 |

1 「흰 바람벽이 있어」에서 "흰 바람벽"이 지니는 의미와 기능에 대해서 생각해 봅시다.

"흰 바람벽"은 화자의 쓸쓸한 내면을 비추고, 사색을 통해 삶을 되돌아보는 계기를 마련해 준다. "흰 바람벽"은 시에 자주 등장하는 '거울'이나 '우물' 등과 같이 내면을 성찰하는 매개체의 기능을 한다.

2 「흰 바람벽이 있어」의 화자가 자신의 삶을 긍정적으로 수용하고 고난을 극복하고자 하는 의지를 드러내고 있는 구절을 찾아봅시다.

"하늘이 이 세상을 내일 적에 그가 가장 귀해하고 사랑하는 것들은 모두/가난하고 외롭고 높고 쓸쓸하니 그리고 언제나 넘치는 사랑과 슬픔 속에 살도록 만드신 것이다"

● 박재삼 「산에 가면」 | 141쪽 |

1 「산에 가면」의 화자에게 "산"은 어떤 공간인지 생각해 봅시다.

"산"은 화자에게 휴식을 통해 건강한 생명력을 얻을 수 있는 공간이자, 육체와 정신의 회복을 가져다주는 공간이다.

2 「산에 가면」에서 후각적 심상이 두드러지는 구절과 단어를 찾아봅시다.

"우거진 나무와 풀의/후덥지근한 냄새", "흙냄새", "목숨의 골짜기 냄새"

● 정현종 「나무에 깃들여」 | 143쪽 |

1 「나무에 깃들여」에서 "나무"는 어떤 의미를 가진 존재인지 생각해 봅시다.

「나무에 깃들여」에서 "나무"는 새들과 벌레들뿐만 아니라 사람까지 깃들여 살고 있는 곳으로, '자연'을 의미한다고 볼 수 있다.

2 「나무에 깃들여」의 화자가 사람들의 태도를 비판하는 이유를 말해 봅시다.

나무에는 새나 벌레만 깃든다는 인간의 일방적인 생각이 자연과 인간을 분리하는 의식을 낳았다. 생태적 관점에서 보면 인간 또한 자연의 일부로서 자연에 깃들여 살고 있다. 이 시에서 화자는 자연에 깃들여 사는 존재임을 망각한 사람들의 태도를 비판하고 있는 것이다.

● 마종기 「우화의 강 1」 | 146쪽 |

1 「우화의 강 1」에서 가장 마음에 드는 구절을 고르고, 그 이유를 간단히 말해 봅시다.

예시 "사람이 사람을 만나 서로 좋아하면/두 사람 사이에 물길이 튼다."

이 구절이 가장 마음에 드는 이유는, 우정이나 사랑과 같은 추상적인 개념을 구체적으로 실감 나게 표현했기 때문이다. 서로 좋아하면 그 무엇도 장벽이 될 수 없음을 간결하고 인상적으로 표현하는 듯하다.

2 「우화의 강 1」의 4연에서 "물길을 항상 맑게 고집하는 사람과 친하고 싶다."는 어떤 의미인지 생각해 봅시다.

사람을 만나 물길이 트고 그 물길이 강을 이루는데, 화자는 자신의 삶(물길)을 항상 맑게 유지하는 사람과 만나 강을 이루고 싶어한다.

● 정희성 「한 그리움이 다른 그리움에게」 | 148쪽 |

1 「한 그리움이 다른 그리움에게」에서 "당신"을 향한 "나"의 태도를 살펴보면서 두 사람이 어떤 관계인지 생각해 봅시다.

"당신"은 그리움의 대상이자 사랑을 함께 완성할 존재이다. 시 속에서 "당신"과 "나"는 어느 한쪽이 일방적으로 그리워하거나 의존하지 않고 서로 동등한 관계를 형성한다.

2 「한 그리움이 다른 그리움에게」에서 "한 폭의 비단"이 뜻하는 바를 말해 봅시다.

"당신"과 "내"가 만나 서로 관계를 맺고 하나의 꿈을 이루는 사랑의 상징 또는 증표로 해석할 수 있다.

● 정호승 「택배」

| 150쪽 |

1 자신에게도 슬픔이 택배로 온다면, 어떤 내용의 슬픔일지 말해 봅시다.

예시 올 것이 왔다. 누가 보냈는지 잘 안다. 이름도 주소도 또렷하게 인쇄돼 있다. 벗겨 낼 포장지도 없이 왔다. 한눈에 봐도 끝 간 데 없이 추락한 나의 성적표. 반송하고 싶지만, 반송은 절대 불가!

2 「택배」에서 마지막 행의 "그"는 어떤 존재인지 생각해 봅시다.

"그"는 "나"와 같이 크나큰 슬픔을 안고 있는 존재이며, 감당하기 어려운 슬픔을 함께 나누며 위로를 전할 존재이다.

● 나희덕 「산속에서」

| 152쪽 |

1 「산속에서」에서 "불빛"이 지니는 상징적 의미를 말해 봅시다.

고난에 빠진 사람에게 도움이 되는 존재, 다른 사람에게 위로와 용기를 주는 존재를 의미한다.

2 「산속에서」의 마지막 연에서 드러나는 삶의 태도가 무엇인지 생각해 봅시다.

살다 보면 "나그네"처럼 길을 잃을 때도 있고 고난에 맞닥뜨릴 때도 있는데, 그럴 때 포기하지 않고 끝까지 이겨 내려는 의지와 태도를 지키는 것이 중요하다.

● 이문재 「어떤 경우」 | 154쪽 |

1 「어떤 경우」를 읽고, 나는 누군가의 "세상 전부"가 될 수 있을지 생각해 봅시다.

예시 1 내가 어떤 경우에 한 사람에게 힘이 되고, 위안이 되고, 용기가 될 수 있다면 그에게 나는 "세상 전부"가 될 수 있다. 그 대상은 친구가 될 수도 있고, 가족이 될 수도 있다.

예시 2 어려서부터 나를 돌봐 주신 할머니에게 나는 "세상 전부"와 같다. 내가 학교에서 좋은 성적을 받아 오지 못하거나 친구들에게 인기가 없어 마음이 한없이 작아져도, 할머니는 내가 대견한 손주이고 좋은 아이라고 응원해 주신다.

2 "어떤 경우"라는 말로 첫 행을 시작하는 자기만의 시를 써 봅시다.

예시 어떤 경우에는/우리가 성적표 앞에서/부끄러운 마음이 되지만//어떤 경우에는/우리가 성적표 앞에서/떳떳한 마음이 된다.//어떤 경우에도/우리들의 노력은/숫자로만 평가할 수 없는 가치가 있다.

● 조향미 「들꽃 같은 시」 | 156쪽 |

1 「들꽃 같은 시」에서 "고요한 눈길 가진 사람"이란 어떤 사람을 말하는지 생각해 봅시다.

눈에 잘 띄지 않는 작은 들꽃들도 알아볼 수 있는 세심하고 차분한 눈길을 가진 사람.

2 '들꽃 같은 시'라는 제목처럼 자신을 다른 사물이나 대상에 비유해 '○○ 같은 나'라는 제목으로 글을 지어 봅시다.

신발 같은 나. 산책과 여행을 좋아하고 단단한 체력과 강한 인내심을 가지고 있는 나는 마치 신발 같다.

● 안미옥 「순간적」 | 160쪽 |

1 「순간적」에서 7연의 "해석자의 얼굴"은 어떤 얼굴일지 생각해 봅시다.

무언가에 대해 전부를 정확하게 알고 판단을 내리려 하는 사람의 얼굴.

2 「순간적」에서 드러나는 화자의 성향을 생각해 보고, 자신의 성격과 비슷하거나 다른 면이 담긴 구절을 찾아봅시다.

예시 "중간까지 갔다가/자주 되돌아왔다"는 구절에 눈길이 간다. 나도 어떤 일을 시작하고 나서 중도에 그만두는 경우가 자주 있다. 좀 더 끈기를 가지고 끝까지 해냈으면 하는 아쉬움이 들지만, 일단 새로운 일에 도전하고 시도해 보는 데서 얻는 가르침도 분명히 있는 것 같다.

● 정철 「내 마음 베어 내어」 / 맹사성 「강호사시가」 | 164쪽 |

1 「내 마음 베어 내어」에서 "달"이 상징하는 의미를 말해 봅시다.

조선시대 신하였던 정철이 임(임금)을 그리워하는 마음을 시각적으로 형상화한 것이다.

2 「강호사시가」 각 연의 종장에서 반복되는 "역군은이샷다"에서 짐작할 수 있는 화자의 사상에 대해 말해 봅시다.

화자는 자신이 삶에 만족할 수 있는 이유가 임금의 은혜에 있다고 생각한다. 이는 당대의 유교적 충의 사상을 드러낸다.

● 지은이 모름 「서경별곡」 | 169쪽 |

1 「서경별곡」에서 화자의 성격을 고려하여 "길쌈베 버리시고"의 의미를 말해 봅시다.

'길쌈하던 베를 버리고서라도'라는 대목은, 자신의 생업을 버리고서라도 임을 따라나서겠다는 화자의 강한 의지를 의미한다.

2 「서경별곡」처럼 자신의 솔직한 감정을 담은 노랫말을 써 봅시다.

예시 물이 흩어져도 다시 모일 수 있는 것처럼, 우리의 마음도 다시 하나가 될 수 있기를. 너와 나의 마음이 다시 함께 흐를 수 있기를.

5부
사람의 시

● 이용악 「하나씩의 별」 | 176쪽 |

1 「하나씩의 별」에서 "별"이 뜻하는 바를 생각해 봅시다.

"화물열차의 지붕" 위에 드러누운 사람들이 쳐다보는 밤하늘의 별들은 제각각 "하나씩의 별"이 되어 사람들 마음에 자리 잡았을 것이다. 여기서 "별"은 해방된 조국에서 맞게 될 저마다의 희망을 상징한다.

2 「하나씩의 별」에서 다른 사람들과 달리 화자는 왜 고향이 아닌 서울로 향하고 있는지, 시대적 배경을 염두에 두고 생각해 봅시다.

어쩔 수 없이 고향을 등질 수밖에 없었던 사람들이 행복한 삶의 회복을 꿈꾸며 고향으로 돌아가고 있다. 그들과 달리 화자(시인)는 해방된 조국의 수도에서 지식인이자 시인으로서 해야 할 역할이 있다고 생각하기에 서울로 향하는 것으로 추측할 수 있다.

● 백석 「남신의주 유동 박시봉방」 | 180쪽 |

1 「남신의주 유동 박시봉방」에서 "갈매나무"가 의미하는 바를 말해 봅시다.

이 시에서 "갈매나무"는 "굳고 정한" 나무로, 시련에 굴하지 않으며 의연하고 곧게 살겠다는 화자의 의지를 드러낸다.

2 「남신의주 유동 박시봉방」의 화자가 처한 상황을 생각하며 화자에게 보내는 편지를 써 봅시다.

예시 가족과 떨어져 외롭게 지내는 당신의 쓸쓸함과 무기력함이 제 마음에도 깊이 다가옵니다. 어려운 상황에서도 갈매나무처럼 굳세게 살아가겠다는 당신의 의지가 제게 큰 위로와 용기가 되었습니다.

● 윤동주 「별 헤는 밤」 | 184쪽 |

1 「별 헤는 밤」에서 "별"이 뜻하는 대상이 무엇인지 말해 봅시다.

「별 헤는 밤」에서 "별"은 화자에게 과거를 회상하는 매개체의 역할을 한다. "별"은 화자가 그리워하는 대상을 의미하기도 하며, 화자가 지향하는 내적 세계를 상징하기도 한다.

2 시인이 처해 있던 시대 상황과 관련지어 "밤을 세워 우는 벌레"의 의미를 생각해 봅시다.

화자의 감정이 이입된 "밤을 세워 우는 벌레"는 일제 강점기에 부끄러움을 느끼며 살아가는 젊은 지식인을 의미한다.

● 김수영 「폭포」 | 187쪽 |

1 「폭포」에서 "고매한 정신"이 의미하는 바를 주제와 관련지어 생각해 봅시다.

시인은 '폭포'라는 자연물을 통해, 부정적 현실과 타협하지 않는 저항 정신을 노래한다. "고매한 정신"은 부정적 현실에 안주하는 소시민적 삶의 태도를 거부하는 시의 주제 의식을 드러낸다.

2 「폭포」에서 반복적으로 쓰인 시어들을 찾아보고 그러한 반복의 효과를 말해 봅시다.

"곧은 소리", "떨어진다"가 반복적으로 쓰이고 있다. 이는 시에 운율감과 통일감을 주면서 주제를 강조하는 효과를 낳는다.

● 신경림 「농무」 | 190쪽 |

1 「농무」에서 풍물 소리에 맞추어 춤을 추는 화자의 상황과 감정이 어떠한지 말해 봅시다.

「농무」에서 화자는 "비료값도 안 나오는 농사"를 하느라 울분을 느끼는 한편, 그러한 고달픔을 승화하기 위해 신명 나게 춤을 추기도 한다.

2 「농무」에서 농촌의 암담한 현실을 드러내기 위해 직설적인 표현이 나타난 시행을 두 군데 이상 찾아봅시다.

"답답하고 고달프게 사는 것이 원통하다", "산구석에 처박혀 발버둥 친들 무엇 하랴", "비료값도 안 나오는 농사 따위야"

● 정희성 「저문 강에 삽을 씻고」 | 192쪽 |

1 「저문 강에 삽을 씻고」에서 화자가 강물에 삽을 씻는 이유와 그 의미를 생각해 봅시다.

화자는 흐르는 물에 삽을 씻으면서 삶의 슬픔과 고단함을 함께 씻어 내고자 한다.

2 「저문 강에 삽을 씻고」가 쓰인 시대적 상황을 고려할 때, 시인이 시적 화자를 통해 독자에게 들려주고자 한 생각이 무엇인지 말해 봅시다.

1970년대 급격한 산업화로 농촌 인구의 도시 집중 현상이 나타나고, 그들 대부분은 도시 변두리에서 저임금 노동자로 살아가게 된다. 발전하는 사회에서 혜택을 받지 못하고 소외된 채 살아가는 가난한 노동자들의 슬픔을 시인은 차분한 어조로 독자에게 전하고 있다.

● 나희덕 「땅끝」 | 195쪽 |

1 「땅끝」에서는 화자의 생각이 크게 두 번 전환됩니다. 이러한 전환이 이루어지는 시행을 찾아봅시다.

첫 번째: 2연 4행, "그러나 살면서 몇 번은 땅끝에 서게도 되지"

두 번째: 3연 6행, "그런데 이상하기도 하지"

2 「땅끝」에서 "땅끝"의 상징적 의미를 생각해 봅시다.

"땅끝"은 화자가 처한 상황을 상징적으로 드러낸다. 한 발짝만 나가면 바다로 떨어지는 위태롭고 절박한 공간이자, 동시에 희망이 시작되는 곳이다.

● 문태준 「1942열차」 | 197쪽 |

1 「1942열차」에서 열차를 타고 가는 화자의 현재 심정은 어떠한지 상상해 봅시다.

예시 화자는 자신이 살던 곳과는 다른 지역에서 낯선 열차를 탄 게 아닐까? 그래서 열차가 지나는 곳들과 열차 안 풍경을 더 새롭게 느끼고 있는 것 같다. 그리고 열차의 역마다 타고 내리는 사람들에게 즐겁게 동화되고 차창 밖으로 보이는 풍경도 정겹게만 느껴져 흥겨운 여행을 하고 있다.

2 「1942열차」는 줄글로 이어 쓴 산문시입니다. 열차의 특징을 떠올리며 시의 형식이 어떤 효과를 얻고 있는지 생각해 봅시다.

줄글 형식으로 역마다 타고 내리는 사람들과 지나치는 자연 풍경이 줄줄이 나열됨으로써 달리는 기차의 이미지와 어울리고, 사람들과 풍경이 한데 어울려 조화를 이루고 있음을 효과적으로 보여 준다.

● 김중식 「이탈한 자가 문득」

| 199쪽 |

1 「이탈한 자가 문득」에서 '궤도를 이탈한 별'이 상징하는 의미를 말해 봅시다.

「이탈한 자가 문득」에서 '궤도를 이탈한 별'은 안정과 순응을 거부하는 자유로운 삶의 태도를 상징한다.

2 반복되는 삶에서 벗어나기를 꿈꿔 본 적이 있는지 자신의 경험을 떠올려 봅시다.

예시 매일 아침 같은 시간에 일어나 비슷한 아침을 먹고 똑같은 학교에 가는 게 문득 지겨워진 적이 있다. 잠시만이라도 삶의 휴식을 갖고 싶었다.

● 유현아 「사람의 시」

| 203쪽 |

1 「사람의 시」에서 "사람의 말을 이어 가는 시"가 의미하는 것을 생각해 봅시다.

참사의 아픔을 잊지 않고 기억하려면, 참사에 대해 이야기를 나누며 그 말들이 끊이지 않게 이어 가는 일이 중요하다는 것을 의미한다.

2 잊지 않고 기억하고 싶은 일이 있는지 자신의 경험을 생각해 봅시다.

예시 낯선 곳으로 전학을 와서 적응에 어려움을 겪었던 나에게 먼저 친절히 다가와 준 친구의 살뜰한 마음을 잊지 않고 싶다.

● 길재 「오백 년 도읍지를」 / 박팽년 「까마귀 눈비 마자」 | 206쪽 |

1 「오백 년 도읍지를」에서 화자의 회한이 잘 담긴 표현들을 찾아보고 그 의미를 생각 해 봅시다.

"인걸"은 고려의 뛰어났던 인재들을 말하고, "태평연월"은 고려가 융성했던 시절을 가리킨다. 화자는 고려가 번성했던 "태평연월"이 꿈이었는지 물으며 지난날의 회한을 드러낸다.

2 「까마귀 눈비 맞아」의 주제와 관련하여 "까마귀"와 "야광명월"이 가리키는 의미를 말해 봅시다.

「까마귀 눈비 맞아」에서 "까마귀"는 눈비를 맞아 겉모양이 하얗게 보이는 듯하지만 원래 검다. 따라서 간신을 상징한다. 이와 달리 "야광명월"은 한밤중에도 빛나는 밝은 달, 즉 충신을 상징한다.

● 지은이 모름 「두꺼비 파리를 물고」 / 정철 「속미인곡」 | 212쪽 |

1 「두꺼비 파리를 물고」의 "두꺼비"의 행동에서 이중성이 엿보이는 부분을 설명해 봅시다.

「두꺼비 파리를 물고」에서 "두꺼비"는 약자(파리)에게는 강하고, 강자(백송골)에게는 약한 모습을 보인다. 시대 상황을 고려하면 "두꺼비"는 힘없는 백성을 착취하고 강한 권력자에게는 비굴한 모습을 보이는 부패한 탐관오리를 상징한다.

2 「속미인곡」에서 작품 내용을 이끌어 가는 두 화자의 성격에 대해 말해 봅시다.

갑녀(앞서 등장하는 화자)는 보조적 위치에 있는 화자이고, 을녀(뒤에 등장하는 화자)는 작가의 처지를 대변하는 중심 화자이다. 갑녀가 작품의 전개와 종결을 위한 기능적 역할을 한다면, 을녀는 갑녀의 질문에 답하여 신세 한탄을 함으로써 작품의 분위기와 주제를 전하는 중심적 역할을 한다.

고등

소설 ㊤

1. 노찬성과 에반

| 54~57쪽 |

1 작품의 내용을 떠올리며 다음 물음에 답해 봅시다.

① 다음은 작품에 대한 감상입니다. 괄호 안에 들어갈 말을 〈보기〉에서 선택해 적어 봅시다.

〈보기〉

책임감　친밀감　유기견　합리화　여운　보호자　실망감

초등학생 찬성이 (유기견)을 키우는 모습이 대견하면서도 애틋하게 다가왔어. 에반이 아플 때 할머니를 자꾸 따라다니면서 에반을 도울 방법을 찾으려고 하잖아. 할머니와 찬성이 나누는 대화를 보면 에반을 대하는 생각과 태도는 두 사람이 너무 다르지만, 그래도 할머니 역시 찬성을 걱정하고 염려하고 있다는 걸 알 수 있었어.

그런데 에반을 잘 돌봐야 한다는 (책임감)을 느끼던 찬성이 갖고 싶은 물건이 생기자 (보호자) 역할에 소홀해지는 모습은 의외였어. 그동안 에반에게 정말 큰 위로를 얻고 (친밀감)을 쌓아 왔던 찬성인데 말이야.

이 작품에서 정말 흥미로운 점은 찬성이 자기 행동에 (실망감)을 느끼는 모습을 통해 독자들이 '아, 역시 찬성이 반성하고 있구나.'라고 생각하게 했다가, 이내 또 다른 찬성의 모습을 보여 준다는 거야. 찬성은 결국 자기 행동을 (합리화)하는 모습을 보이거든.

나에게 힘이 되고 위안이 되는 존재, 그러면서도 나보다 훨씬 약하고 여린 존재를 책임진다는 것은 어떤 의미일까? 또 아직 돌봄을 받아야 할 나이인 어린이들이 정작 자신은 제대로 보호받지 못하고 누군가를 오롯이 책임져야만 하는 상황으로 내몰리는 것은 어떻게 생각해야 할까? 긴 (여운)을 남기는 소설이었어.

②노찬성과 에반은 각각 어떤 상황에 놓여 있는지 파악해 보고, 찬성이 에반과 함께 생활하면서 정서적으로 어떤 변화가 있었는지 생각해 봅시다.

	노찬성	에반
상황	—고속도로 휴게소 근처, 농가 몇 채가 전부인 동네에서 할머니와 단둘이 살고 있음. —할머니는 졸음 쉼터에서 커피를 팔다가 휴게소 분식 코너에서 일함. —골육종에 걸린 아버지는 2년 전 트럭 전복사고로 돌아가셨으나 보험금이 나오지는 않음.	—작고 하얀 믹스견. 늙고 병듦. —고속도로 휴게소에 버려짐. —「터닝메카드」 캐릭터인 '에반'이라는 이름으로 불림.
찬성의 변화	—어른들의 보살핌을 제대로 받지 못해 외로워하던 찬성이 에반에게 의지하며 책임감을 배움. —에반이 아프게 되자 직접 병원비를 마련하며 보람을 느끼지만, 또래 아이들과 같은 스마트폰을 가지고 싶은 유혹에 흔들리고 자신의 행동에 혼란을 느낌.	

2 상점 진열대에서 애니메이션 「터닝메카드」 캐릭터가 그려진 휴대전화 케이스를 발견하고 다음과 같이 생각한 찬성에게 어떤 말을 해 주고 싶은지 적어 봅시다.

노찬성

어쩌면 안락사에 대해 내가 처음부터 잘못 생각한 게 아닐까?, 에반의 죽음을 거드는 것보다 에반이 살아 있는 동안 조금이라도 의미 있는 시간을 보내는 게 '우리 둘 모두에게' 좋은 일이 아닐까?

예시

—휴대전화 케이스는 나중에 사도 되지만, 에반을 보내는 건 지금만 할 수 있단다.

—휴대전화 케이스 사고 싶은 마음 이해해. 너무 죄책감 갖지 마.

—에반을 위해 네가 할 수 있는 최선을 다했어. 에반도 네 마음 알 거야.

나

3 할머니를 설득하기 위해 찬성은 에반을 '책임'지겠다고 약속합니다. 찬성은 끝까지 약속을 지킨 것일지 판단해 보고, 그렇게 생각한 이유를 적어 봅시다.

예시 1

- **찬성이 에반을 끝까지 책임졌다고 (할 수 있다 / 할 수 없다).**
- **이유:** 찬성은 어린아이이다. 용돈이 모자라 전단지 아르바이트까지 할 정도로 안락사 비용을 모으고자 했으니 그 정도면 책임졌다고 할 수 있다.

예시 2

- **찬성이 에반을 끝까지 책임졌다고 (할 수 있다 / 할 수 없다).**
- **이유:** 휴대전화가 생기기 전까지는 책임졌다고 할 수 있지만, 그 이후부터 에반보다 휴대전화를 우선순위에 두었기 때문에 끝까지 책임졌다고 할 수는 없다.

4 다음은 '안락사'에 대해 자세히 설명하는 내용입니다. 이 중에서 자신은 어떠한 방식에 동의하는지 한 가지 선택해 보고, 그 이유를 정리해 봅시다.

적극적 안락사	고통이 아주 심한 환자에 대해 능동적으로 행하는 안락사의 한 형태. 의료진이 환자가 죽음에 이를 수 있을 만큼의 약물이나 독극물을 직접 주사하여 죽음을 맞이하도록 하는 방식.
소극적 안락사	질병에 대한 치료가 불가능하거나 혹은 치료를 하더라도 회복이 불가능한 과정에 들어섰을 때, 의료진이 연명을 위한 의학적인 조치를 취하지 않음으로써 죽음에 이르도록 하는 형태.
존엄사	소극적 안락사의 하나로 볼 수 있으며, 회복 불가능한 상태에 들어선 환자 자신이 무의미한 연명 치료를 거부할 경우 이를 존중하여 치료를 중단하는 형태. 예를 들어 인공호흡기와 같은 연명 장치를 제거하거나 심정지가 왔을 때 심폐 소생술을 시행하지 않는 방식.
안락사 반대	죽음은 신의 뜻에 따를 일이기에 인간이 개입해서는 안 된다는 종교적 이유, 당장은 치료가 불가능해 보일지라도 새로운 치료법이 등장하여 환자가 회복할 수도 있기에 포기해서는 안 된다는 이유 등으로 안락사를 반대하는 입장.

예시

존엄사 / 환자 본인이 원하지 않는 고통스럽고 무의미한 연명 치료는 굳이 지속할 필요가 없다고 생각한다. 하지만 아직 연명 치료 및 안락사에 대한 사회적인 합의가 이루어지지 않았고 여러 제도적 준비도 필요하기 때문에, 존엄사부터 시작해서 점차 소극적 안락사와 적극적 안락사로 나아가는 게 좋을 듯하다.

2. 저건 사람도 아니다

| 88~90쪽 |

1 소설의 사건 전개에 따른 주인공 '나'의 심리 변화를 파악해 다음 괄호 안을 채워 봅시다.

'나'와 똑같이 생겼지만 내가 아닌 '그것'이 우리 집에 도착해 가사 업무를 처리함.
두려움과 기대 → (만족함)

⇩

아픈 '나'를 대신해 '그것'이 회사에서 업무를 처리함.
(불안함) → 안도 → 공허함 → (혼란스러움, 막막함) → (참담함)

2 작품 속 '그것'의 등장으로 '나'의 삶에 어떤 변화가 생겼는지 생각해 써 봅시다.

	집	회사
긍정적 변화	• '그것'이 능숙하게 가사 업무를 처리하고, 아이와 잘 지냄. • 나는 집안일과 아이에 대한 부담이 줄어든 덕에 회사 일에 집중함.	• '그것'이 완벽한 업무 처리를 해 '홍'의 신임을 얻어 냄. • '그것'이 대리로 승진함.
부정적 변화	• 내가 만든 음식을 아이가 맛없다고 하며 투정을 부림. • 출근하지 못하고 집안일에 매여 감.	• 친목을 도모했던 동료들이 나를 노골적으로 피함. • 사무실에 있는 사람들이 원하는 게 내가 아니라는 생각이 들고, 일자리를 '그것'에게 완전히 내주게 됨.

3 다음은 이 소설을 읽은 후 토론한 내용입니다. 〈보기〉에서 적절한 사자성어를 골라 괄호 안을 채워 봅시다. 그리고 '트윈 싸이보그(로봇)'에 대한 자신의 의견을 한 가지 선택하고 그 이유를 써 봅시다.

A: '트윈 사이보그'가 가사 업무와 회사 일 모두를 완벽하게 처리할 수 있다는 것은 좋은 일이야. 가사 업무를 대신할 때는 내가 회사 일에 집중할 수 있고, 몸이 아플 때는 회사 일을 대신할 수 있다니 (일거양득)이 아닐까? 로봇이 인간의 삶을 윤택하게 만들었다고 생각해.

B: '여러 가지 일을 잘하는 사람, 갑자기 정신 차리고 완벽하게 변한 사람'이라는 업체의 자랑대로 '트윈 사이보그'는 회사에서의 '나'의 자리를 빼앗았어. 사무실 사람들이 원하는 게 원래 내가 아니고, 아이도 전남편도 나와 로봇의 차이를 알아채지 못하는 지경에 이르게 됐지. 이건 (주객전도)가 아닐까? 로봇이 인간의 삶을 황폐하게 만들었다고 생각해.

〈보기〉

- **유유자적(悠悠自適)**: 속세를 떠나 아무 속박 없이 조용하고 편안하게 삶.
- **일거양득(一擧兩得)**: 한 가지 일을 하여 두 가지 이익을 얻음.
- **주객전도(主客顚倒)**: 주인과 손의 위치가 서로 뒤바뀐다는 뜻으로, 사물의 경중 · 선후 · 완급 따위가 서로 뒤바뀜을 이르는 말.
- **좌불안석(坐不安席)**: 앉아도 자리가 편안하지 않다는 뜻으로, 마음이 불안하거나 걱정스러워서 한군데에 가만히 앉아 있지 못하고 안절부절못하는 모양을 이르는 말.

□ '트윈 사이보그'가 인간의 삶을 윤택하게 만든다.
□ '트윈 사이보그'가 인간의 삶을 황폐하게 만든다.

예시 1

'트윈 사이보그'가 인간의 삶을 윤택하게 만든다.
이유: 로봇은 인간이 귀찮아하거나 힘들어하는 일을 대신해 줄 수 있고, 비용도 훨씬 저렴하다. 로봇이 단순 반복 노동을 하는 동안에 인간은 더욱 창의적인 업무를 할 수 있으므로 로봇은 인간의 삶을 윤택하게 만든다.

예시 2

'트윈 사이보그'가 인간의 삶을 황폐하게 만든다.
이유: 소설 속 모습처럼 저비용의 로봇은 인간의 일자리를 위협할 수 있다. 그 결과 수많은 실업자가 발생하고 결국 로봇을 가질 수 있는 사람에게만 이익이 돌아가게 된다. 따라서 로봇은 인간의 삶을 황폐하게 만든다.

4 작품 속의 다음과 같은 몇몇 대목들은 현대 사회의 단면을 엿볼 수 있게 해 줍니다. 여기에 나타난 문제점이 무엇인지 이야기해 봅시다.

- "요즘 일 잘하고 애 잘 키우고 자기 관리 끝내주게 하는 싱글 맘들이 얼마나 많은데. 선배도 생각을 좀 바꿔 봐. 왜 여자라는 걸 포기하려고 그래."
- 구뿐 아니라 모두가 인정하는 에너자이저. 가장 일찍 출근하고 가장 늦게 퇴근하는 데다 주말에도 나와서 일하는 워커홀릭.
- 회식 다음 날인데도 두 사람 다 자세가 꼿꼿하고 의욕이 넘쳤다. (…) 회의 내내 나는 열등인, 낙오자의 심정으로 구와 홍을 우러러봤다.
- '그것'의 업무 변환에 대한 업체 측의 입장은 명확했다. 자본주의 사회에서는 능력이 뛰어난 분야에서 활약하는 것이 더 효율적이라고 생각합니다. 그들은 내 의사를 존중하겠다고 했지만, 감정에 치우치지 말고 현재 상황과 회사 분위기에 대해 냉정하게 판단하라고 충고했다.

문제점: 주인공이 완벽한 어머니, 완벽한 직장인의 역할을 강요받는 것처럼 현대인들도 치열한 경쟁에서 살아남아야 한다는 압박감에 시달린다. 어떤 일을 해내는 과정보다는 결과와 성과만을 중시하는 사회적 분위기 속에서 학교에서부터 시작된 학업 경쟁은 사회에 나와서도 직장 내 경쟁으로 이어진다. 어찌 보면 현대인의 삶 전체가 지나친 경쟁의 연속이라고 할 수 있다.

3. 엇박자 D

| 126~128쪽 |

1 이 소설은 고등학교 시절 합창단의 단장을 맡았던 친구 '엇박자 D'에 대한 '나'의 서술로 이야기가 진행됩니다. 아래 괄호 안을 채우면서 엇박자 D는 어떤 사람인지 파악해 봅시다.

	엇박자 D의 행동	그에 대한 '나'의 판단
고등학교 시절	• 시디를 300장쯤 모음. • (합창단 단장)에 자원함. • (립싱크)하는 것이 창피하여 2절부터 목소리를 내어 (노래)를 부르고 음악 선생에게 수치스러운 일을 당함.	• 열성이 지나쳐 불편함. • 이상한 사람. • 음치, 박치. • 틀리고 잘못한 사람. • 교사 지시에 불응함.
그 이후	• 자신만의 프로젝트로 (음치들의 다큐멘터리)를 만들어 냄. • 공연 기획에 도전하고 친구들을 초대하여 감동을 줌. • 음치 22명의 노랫소리를 리믹스해서 아름다운 (화음)을 만들어 냄.	• 사회적 통념을 바꾸는 공연 기획자. • 음악적 감각이 뛰어남. • 스스로 트라우마를 극복한 친구. • 존경할 만한 사람.

• **엇박자 D의 행동을 통해 알 수 있는 그의 성격:** 음악에 열성적이고 진심이다, 뚝심 있게 자신의 길을 개척한다 등.

2 교내 합창단은 학생의 개성을 살리고 좋은 취미와 특기를 기르는 특별 활동 중 하나입니다. 소설 속 합창단을 이끄는 음악 선생의 생각을 추론하고 엇박자 D와 비교해 빈칸에 알맞은 내용을 채워 봅시다.

	음악 선생의 생각	엇박자 D의 생각
합창의 개념	모두가 똑같은 음, 똑같은 박자로 노래하는 것.	음과 박자가 서로 맞지 않아도 조화를 이루어 화음을 만들어 내는 것.
음치	기준에 미달한 사람. 틀린 사람.	음치는 '자신'이 알아낸 게 아니고 '남들'에게 '음치'라고 세뇌당함.
문제 해결 방식	립싱크로 대체.	서로의 소리를 해치지 않으면서 어우러지게 배치함.
전체와 개인	전체를 위해 개인은 희생되어도 됨.	전체적인 조화를 이루되 개성을 존중해야 함.

3 '나'는 엇박자 D와 공연 준비를 함께하면서 그를 보는 눈이 조금씩 달라집니다. '나'가 마지막 장면에서 음치들의 노랫소리에 맞춰 입만 벙긋거리는 것이 엇박자 D에 대한 예의라고 생각한 이유는 무엇인지 써 봅시다.

엇박자 D가 모욕을 당할 때 지켜보기만 했던 자신 또한 가해자임을 깨달아서 속죄하는 마음이 들었기 때문이다. 또한 아픈 경험을 스스로 극복한 친구에게 존경심을 표현하기 위해 그의 작품이 온전한 화음을 이룰 수 있도록 입만 벙긋거린 것이다.

4 어떤 일에 대한 열정이나 개성이 몹시 강한 친구를 보면 불편한 마음이 드나요? 아니면 멋지고 대단하다는 마음이 드나요? 구체적인 경험을 들어 생각해 봅시다.

- **내가 겪은 경험:** 예시 내 주변에는 어떤 일이든지 일단 의문을 제기하는 친구가 있다. 그냥 넘어갈 법한 일인데도 '이 일은 왜 해야 하죠?', '왜 이런 방식으로 진행해야 하죠?'라고 말하며 질문을 해서 학급 회의 시간이 늘어지고 진행이 되지 않았다.

• **그 경험에서 들었던 마음:** 예시 뭐든지 예민하게 따지는 친구에게 처음에는 불편하고 거북한 느낌이 들었다. 하지만 시간이 지나니 일의 이유와 원리를 꼼꼼히 살피며 일하는 친구의 모습이 멋지다고 생각되었고, 친구의 개성을 존중해 줘야겠다는 마음이 들었다.

4. 명랑한 밤길

| 160~162쪽 |

1 다음 빈칸을 채우면서 '나'와 '외국인 노동자'의 삶을 정리해 보고, 작가는 이 두 삶의 연결을 통해 무엇을 보여 주려고 한 것인지 파악해 봅시다.

'나'의 이야기	'외국인 노동자들'의 이야기
• 치매에 걸린 어머니를 부양함. • 좋지 않은 가정 환경. : 이혼한 언니, 연대 보증을 서서 신용 불량자가 된 오빠들. • 도시에서 온 남자에게 실연당함.	• 가난한 가족들의 삶. • 임금을 제대로 받지 못함. • 고향을 그리워함.

➡ 힘겨운 삶을 '명랑하게' 견뎌 내는 사람들의 모습.
'노래'를 부르며 명랑하게 밤길을 걸음으로써 힘든 상황을
극복하려는 소외된 사람들의 모습.

2 다음 '명랑하다'의 사전적 의미와 소설의 결말을 관련지어 소설의 제목인 '명랑한 밤길'의 의미를 생각해 봅시다.

명랑하다

1. 흐린 데 없이 밝고 환하다.
2. 유쾌하고 활발하다.

나는 정미소를 나섰다. 나는 빗속에서 악을 썼다. 눈에서는 눈물이 쏟아졌다. 그러나 나는 노래 불렀다. 저기, 네팔의 설산에 떠오른 달이 보인다. 나는 달을 향해 나아갔다. 비를 맞으며 천천히, 뚜벅뚜벅, 명랑하게.

예시 '나'는 도시에서 온 남자에게 실연을 당하고 돌아오는 길에 우연히 이주 노동자인 '깐주'와 '싸부딘'의 사연을 엿듣게 된다. 그리고 그들이 처한 어렵고 힘든 삶에 공감하며, 자신의 상황을 되돌아보게 된다. 그러자 '나'가 걷고 있는 밤길은 어둡고 무서운 길이 아니라 계속해서 앞으로 나아갈 수 있는 희망을 주는 길이 된다. '명랑한 밤길'이라는 제목은 밝고 환하고 긍정적인 마음가짐으로 다시 살아가고자 하는 '나'의 새로운 출발을 의미한다고 할 수 있다.

3 다음 괄호 안에 들어갈 알맞은 단어를 〈보기〉에서 찾아보고, 그 단어들을 활용하여 짧은 글을 지어 봅시다.

〈보기〉
노지 비척거리다 속수무책 의기투합 정미소 조소하다 호전

• (속수무책): 손을 묶은 것처럼 어찌할 도리가 없어 꼼짝 못 함.
➡ 그가 고집을 부리기 시작하면 누구의 말도 듣지 않으니 우리도 속수무책이다.

• (의기투합): 마음이나 뜻이 서로 맞음.
➡ 의기투합까지야 아니었겠지만 서로 슬금슬금 곁눈질을 해 가면서 눈치를 살폈다.

• (호전) : 병의 증세가 나아짐.
➡ 기침을 심하게 하던 소년의 오랜 병세가 호전되었다.

• (비척거리다): 몸을 한쪽으로 약간 비틀거리거나 가볍게 절룩거리며 계속 걷다.
➡ 순간적으로 현기증이 난 그는 휘청거리며 다리를 비척거렸다.

• (정미소): 쌀 찧는 일을 전문적으로 하는 곳.
➡ 그는 정미소에서 쌀가마를 옮기는 일을 하였다.

• (　　노지　　): 지붕 따위로 덮거나 가리지 않은 땅.

➡ 지구 온난화로 우리나라에서도 아열대 과일을 노지에서 재배할 수 있게 되었다.

• (　조소하다　): 흉을 보듯이 빈정거리거나 업신여기다. 또는 그렇게 웃다.

➡ 그는 출세에 사로잡힌 속물들을 조소했다.

4 다음은 작품 속 이주 노동자들이 나누는 대화의 한 장면입니다. 다문화 시대를 살아가는 우리는 어떤 태도를 지녀야 할지 이야기해 봅시다.

> "여동생이 한국 사람과 결혼했어. 시골이야. 동생이 남편한테 맞았어. 동생 많이 슬퍼. 형이 한국 여자랑 결혼했어. 형 여자 도망갔어. 조카 있어. 형이랑 조카 많이 슬퍼. 부모님 돌아가셨어. 우리나라, 방글라데시 가도 나는 아무도 없어. 한국에 다 있어. 난 갈 수 없어. 형 다쳤어. 손가락 잘렸어. 조카 살려야 해."
>
> "싸부딘, 난 한국에서 슬플 때 노래했어. 한국 발라드야. 사장이 막 욕해. 나 여기, 심장 막 뛰어. 손가락 막 떨려. 눈물 막 흘러. 그럼 노래했어. 사랑 못 했어. 억울했어. 그러면 또 노래했어. 그러면 잠이 왔어. 그러면 꿈속에서 달을 봤어, 크고 아름다운 네팔 달이야."

예시 다양한 문화가 공존하는 다문화 사회에서 다른 문화를 가진 사람도 열린 마음으로 받아들여야 한다. 즉 우리와 다른 피부색, 문화를 가진 사람들과 어울려 살아갈 준비를 해야 한다. 다른 나라나 다른 곳으로 옮겨 다니면서 일하는 사람을 '이주 노동자'라고 하는데 이런 사람들은 나쁜 노동 조건에서 일하는 경우가 많다. 그렇다 보니 다치게 되거나, 임금을 제때 받지 못해 생활하는 데 어려움을 겪기도 한다. 작품 속 '깐쭈'와 '싸부딘' 또한 타국인 한국에서 가족들을 부양하기 위해 돈을 벌어야만 하는 이주 노동자들이다. 이들은 인종이 다르다는 이유로 한국인들에게 차별받은 아픈 경험이 있다. 이주 노동자들은 한국어를 못하면 자신의 생각을 제대로 전달할 수 없기 때문에 차별적인 대우를 받기 쉽다. 따라서 이주 노동자들이 한국어 교육을 체계적으로 받을 수 있는 기회를 제공하고, 이주 노동자와 우리나라 사람들의 노동 조건을 평등하게 하려는 정책 마련이 필요하다.

5. 뉴욕제과점

| 195~197쪽 |

1 다음은 '고향'의 사전적 의미입니다. 이를 바탕으로 소설 속 '나'에게 뉴욕제과점은 어떤 공간인지 생각해 보고, 자신에게도 그립고 정든 곳이 있는지 떠올려 봅시다.

> **고향**
> 1. 자기가 태어나서 자란 곳.
> 2. 조상 대대로 살아온 곳.
> 3. 마음속에 깊이 간직한 그립고 정든 곳.

· 소설 속 '나'에게 '뉴욕제과점'은 나고 자란 곳이며 마음속에 깊이 간직한 그립고 정든 곳이다.

· 나에게 '뉴욕제과점' 같은 곳은 예시 유년 시절 친구들과 술래잡기하며 뛰어놀던 골목길, 사랑하는 할머니, 할아버지가 반겨 주시던 시골이다.

2 작품의 내용을 떠올리며 다음 활동에 답해 봅시다.

① 주인공이 회상하는 것들을 되짚어 보며 괄호 안을 채워 봅시다.

- 김천역 앞 (뉴욕제과점), 그리고 그곳을 지키던 어머니.
- 개한테도 (카스테라(기레빠시))를 먹일 만큼 '나'의 집이 부자라고 알려졌던 풍요로운 한 시절.
- 혼자서 (빙수)를 134그릇이나 판매했던 성취감과 흥분.
- '나'를 향한 편지에 담긴 (아버지)의 지지와 섬세한 응원.

② 다음은 소설에서 '불빛'에 대해 서술한 대목들입니다. 주인공이 지금의 자신을 만들어 주었고 세상을 살아가는 데 힘이 되어 준다고 말하는 불빛이 무엇을 의미하는지 생각해 봅시다.

- 자신이 어떤 사람인지 알고 싶다면 한때나마 자신을 밝혀 줬던 그 불빛이 과연 무엇으로 이뤄졌는지 알아야만 한다.
- 세상을 살아가는 데 그렇게 많은 불빛이 필요한 것은 아니다. 그저 조금만 있으면 된다. 어차피 인생이란 그런 게 아니겠는가.

유년기의 따뜻한 추억(뉴욕제과점이 주인공에게 만들어 준 좋은 추억), 고향 상점에서 전해 받은 활기찬 삶의 기운, 부모님의 든든한 사랑 등.

3 나에게도 따뜻한 추억을 선물해 준 사람이나 장소가 있는지, 혹은 내가 다른 이에게 위안이 되어 준 경험이 있는지 떠올려 봅시다.

예시 이제는 다른 동네로 이사를 왔지만, 가끔 졸업한 초등학교 앞의 '윤이네' 분식집에 가 보곤 한다. 나를 맞아 주는 아저씨의 친절한 목소리, 정겨운 인테리어, 친구들과의 추억이 담겨 있는 벽면 낙서 등 행복했던 시절의 기억을 떠올리게 하는 것들이 많다. 나에게 윤이네 분식집은 마치 소설 속 뉴욕제과점과 같은 장소이다.

4 다음은 유명한 소설가가 된 '나'가 기자와 인터뷰하는 장면을 가상으로 구성해 본 것입니다. 여러분이 '나'(작가)라고 생각하고 기자의 질문에 대해 답해 봅시다.

기자: 각종 문학상을 휩쓸고 계신 작가님을 모셨습니다. 안녕하세요?

작가: 안녕하세요? 초대해 주셔서 감사합니다.

기자: 「뉴욕제과점」은 자전적 소설로 알려져 있습니다. 이 소설을 왜 연필로 쓰기로 결심하셨나요?

작가: 제가 뉴욕제과점에서 연필로 글을 쓰기 시작했거든요. 왠지 연필로 썼다 지웠다를 반복하던 제 유년으로 돌아가려면 노트북 대신 연필을 잡아야 할 것 같았습니다.

기자: 비싼 대학 등록금을 지원해 주는 것보다 어머니의 웃음이 더 큰 가치가 있다고 생각하셨다고요. 왜 그렇게 여기셨나요?

작가: 그 당시 어머니는 힘든 수술을 마친 뒤라 아주 힘드셨을 텐데도 자주 웃어 주셨어요. 그 모습은 지금도 저에게 사소한 일상을 행복으로 받아들이게 해 주는 힘이 되거든요. 대학 졸업장보다 귀한 삶의 지혜를 주신 것 같아요.

기자: 마지막 질문입니다. 뉴욕제과점이 24시간 국밥집으로 바뀐 뒤로 왜 한동안 가 보지 않으셨나요?

작가: 뉴욕제과점은 저를 키운 고향이자 부모님과 같은 존재입니다. 실향민 같은 마음이었다고 할까요? 마음이 너무 아릴 것 같아서 차마 가 보지 못하겠더라고요.

6. 책만 보는 바보

| 234~237쪽 |

1 조선 시대에는 첩이 낳은 자식이나 그 후손에 대한 사회적 차별이 심했습니다. 작품의 내용을 참고하여 유교 도덕의 기본이 되는 '오륜'의 항목을 빈칸에 적고, 그 의미를 생각해 괄호 안을 채워 봅시다.

오륜	사전적 의미	서자 이덕무에게 어떤 의미일까
군신유의 (君臣有義)	임금과 신하 사이에는 의리가 있어야 한다.	벼슬길에 나아가지 못하기에 임금을 대할 기회가 없어서 무의미함.
부자유친 (父子有親)	(아버지)와 (아들) 사이에는 친근함이 있어야 한다.	서자의 처지를 물려줄 수밖에 없는 관계이기에 서로 (안쓰러움)을 느낌.
부부유별 (夫婦有別)	(남편)과 (아내) 사이에는 분별이 있어야 한다.	서출의 피가 흐르는 (아내)의 처지가 서자 이덕무와 별반 다르지 않음.
장유유서 (長幼有序)	(어른)과 (아이) 사이에는 차례가 있어야 한다.	서자 출신은 나이가 많아도 본가 아이에게 (존댓말)을 써서 말해야 하니 무의미함.
붕우유신 (朋友有信)	(벗)과 (벗) 사이에는 믿음이 있어야 한다.	마음에 맞는 (벗(친구))들을 통해 사람다운 대접을 받고, 살아가는 의미를 찾음.

2 다음은 작품에 나타난 '나'와 친하게 지낸 인물들의 특징입니다. 이 중에서 한 인물을 택해, 실제 역사 속에서 그가 어떤 삶을 살았는지 조사해 봅시다.

이름	신분	특징 및 취미
'나'(이덕무)	서자	가난함. 취미는 독서, 글쓰기, 윤회매 만들기.
유득공	서자	환한 웃음. 취미는 여행, 기록.
박지원	사대부 집안	신분이나 위치보다 사람의 됨됨이를 중시함.
홍대용	사대부 집안	몸집이 작고 낮은 음성. 과학, 수학에 능함.
백동수	서자	이덕무의 처남. 다부진 몸집에 무예에 능함.
박제가	서자	거침없는 언행을 보이나 속은 여림. 치국에 관심을 둠.
이서구	사대부 집안	연암 박지원 집에 자주 드나듦.
서상수	서자	이덕무의 서재를 지을 때 경제적으로 도움을 줌.

예시 박지원.

조선 후기 실학자였던 연암 박지원은 어릴 때부터 매우 영민하여 여러 차례 벼슬을 추천받았지만 고사하고 주로 학문과 연구에 몰두했다. 1780년 청나라 황제의 칠순 잔치 축하 사절로 중국에 갔을 때 보고 들은 것을 남긴 견문기인 『열하일기』는 당대에 큰 인기를 끌었으며 오늘날에도 그 작품성이 높게 평가되고 있다. 허례허식에 물든 보수적인 양반을 비판한 소설인 『허생전』 또한 박지원의 대표적인 저작 중 하나이다.

3 이 작품을 통해 알게 된 좋은 벗의 덕목을 두 가지 이상 뽑아 보고, 주변에 이런 친구가 있는지 떠올려 봅시다.

- 좋은 벗의 덕목: 지위나 신분으로 차별하지 않음, 서로의 취미를 존중해 줌, 나이나 신분보다 가치관이나 마음을 나눌 수 있어야 함 등.

- 내가 떠올린 친구: 예시 나의 절친 '민수'는 어떤 선입견이나 편견 없이 사람을 바라보는 친구다. 그 사람의 부모, 재산, 나이, 외모 등 외적으로 드러난 조건보다는 심성, 가치관, 생각 등 내면의 요소를 중요하게 생각한다. 그런 민수 덕분에 나도 다른 사람을 평가하는 나의 잘못된 시선과 관점을 고칠 수 있었다.

4 '책만 보는 바보'라는 제목은 이덕무가 자신을 주인공으로 하여 쓴 『간서치전』에서 따온 말입니다. 단어의 뜻을 참고하여, 이덕무처럼 자신의 특성과 취향을 소개하는 글의 제목을 생각해 봅시다.

간서치(看書癡): 책을 읽는 데만 열중하거나 책만 읽어서 세상 물정에 어두운 사람.

예시 인싸전. / '인싸'는 '인사이더'의 줄임말으로, 사람들과 어울리기를 좋아하는 사람을 일컫는 말이다. 새로운 친구를 사귀는 것을 좋아하며 약속 자리를 만들어 사람들을 모으곤 하는 나를 소개하는 글을 쓴다면 '인싸전'이라는 제목이 될 것 같다.

고등

소설 ㉻

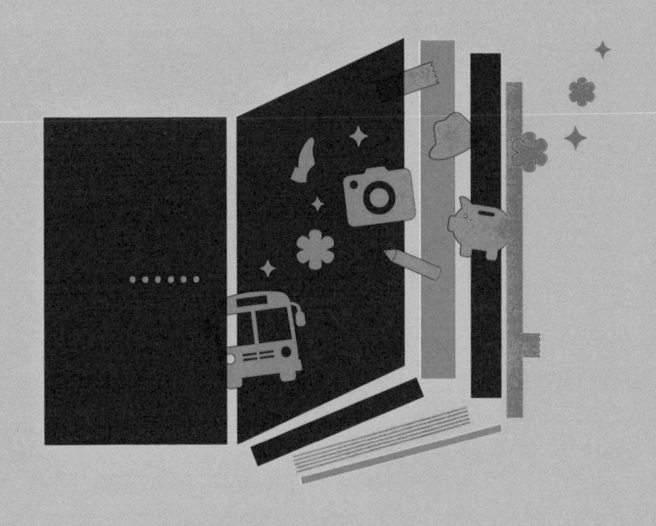

7. 아홉 켤레의 구두로 남은 사내 | 44~45쪽 |

1 작품을 읽고, 권 씨에게 벌어진 사건들을 시간 순서대로 배열해 봅시다.

㉠ 광주 대단지 주민들이 투쟁 위원회를 조직해 싸움.
㉡ 대학을 졸업한 뒤 출판사에서 근무를 시작함.
㉢ 내 집 마련의 꿈을 안고 철거민 입주권을 구입해 광주 대단지로 들어감.
㉣ 전셋돈 10만 원을 내고 오 선생 문간방에 들어감.
㉤ 광주 대단지 소요 사건으로 체포되어 감옥살이를 함.
㉥ 강도로 변장하여 오 선생의 집에 침입하지만 정체를 들킨 채 집을 나감.
㉦ 아내의 수술비를 위해 오 선생에게 10만 원을 빌리려고 함.

㉡ → ㉢ → ㉠ → ㉤ → ㉣ → ㉦ → ㉥

2 권 씨에게 '아홉 켤레 구두'가 상징하는 것은 무엇인지 생각해 적어 봅시다.

권 씨에게 구두는 지식인으로서의 마지막 자존심을 상징하는 소재이다. 안정적인 직업 없이 전전하는 가난한 사람이지만 반짝거리는 구두코처럼 인간으로서의 자존심을 지키고자 하는 마음을 담고 있다.

3 소설에서 '나체' 혹은 '나체화'라는 단어가 등장한 대목을 찾아봅시다. 그리고 다음과 같은 사전적 의미를 참고하여 이 소설에서는 어떠한 의미로 쓰였는지 설명해 봅시다.

나체(裸體): 아무것도 입지 않은 몸.
나체화(裸體畫): 사람 또는 신이나 악마 등의 모습을 알몸으로 표현한 그림.

어떠한 가식이나 체면을 차릴 수 없는 처지, 죽고 사는 문제에 놓였음을 인식했다는 의미이다. 옷은 각각의 지위나 계급 등을 드러내는 수단으로 해석될 수 있다. 옷을 아무것도 걸치지 않은 나체는 그런 개별적인 차이가 모두 사라지고 같은 처지의 인간이라는 점을 드러낸다. 이를 인식한 '나'는 자신이 상대방보다 우위에 놓인 처지가 아님을 인정한다. 그리고 자신이 마주한 상황이 '우리'의 문제임을 깨닫고 문제 해결을 위해 적극적으로 나서게 된다.

4 '나'에게 정체를 들킨 후 집에 돌아오지 않는 권 씨는 어떻게 되었을까요? 제시된 카드 중 하나를 골라 소설의 뒷이야기를 창작해 봅시다.

끝까지 집으로 돌아오지 않는다.	집으로 돌아와 구두 열 켤레를 모두 버린다.	집으로 돌아와 예전처럼 구두를 닦는다.

예시 '나'에게 정체를 들킨 후 사라진 권 씨는 다시 집으로 돌아와 구두 열 켤레를 모두 버린다. 그리고 지식인으로서의 자존심을 버리고 적극적으로 현실에 대처하며 살아내고자 다짐한다. 바뀐 권 씨의 모습에 권 씨의 가족과 '나'는 놀란다.

8. 겨울 나들이

| 70~72쪽 |

1 이 소설은 서울에서 온양으로의 여로를 따라 펼쳐지는 '여로형 구조'의 작품이면서, 여행 중 주인공이 만난 사람들의 사연이 또 하나의 이야기로 들어 있는 '액자식 구성'의 작품입니다. 작품의 구성을 정리하며 전체적인 줄거리를 파악해 봅시다.

(1) 여로형 구조

여행을 떠남	남편에게 (배신감)을 느끼고 여행을 떠남.
⬇	
여인숙에서 고부를 만남	전쟁으로 (남편)을 잃고도 시어머니와 아들을 극진히 보살피는 (며느리)의 모습에 감동을 받음.
⬇	
집으로 돌아갈 결심을 함	가족의 (소중함)을 깨달으며 집으로 돌아가기로 함.

(2) 액자식 구성

외부 이야기('나'의 이야기)	내부 이야기(여인숙 아주머니와 노파의 이야기)
• 나의 남편은 전쟁 통에 아내와 생이별하고 어린 딸 하나만 데리고 남쪽으로 온 (이북) 출신. • 남편의 어린 딸을 보살펴 출가시켰으나, 우연히 남편이 그린 (딸)의 초상화를 보고, 남편이 헤어질 당시 젊었던 (전처)를 그리워하는 것이라고 생각함. • 허무한 마음을 달래고자 (온양)으로 온천 여행을 떠남. • 전쟁의 상처를 서로 보듬으며 살아가는 (여인숙 아주머니)와 노파의 모습을 통해 이산의 아픔을 품고 살아온 남편의 마음을 이해하고 (서울행)을 결심함.	• 한국 전쟁 중 면장이던 아주머니의 남편이 집을 떠나 (처가)로 피신함. • 아주머니는 시어머니가 남편이 가 있는 곳을 실토하면 어쩌나 싶어서 '(모른다)'를 가르침. • 인민군이 채 물러나지도 않았는데 남편이 집에 돌아옴. • 남편이 시어머니와 아주머니의 눈앞에서 (인민군)의 총에 맞아 죽음. 그 후로 시어머니의 (도리질)은 고질병이 됨.

2 다음 단어들의 사전적 의미를 살펴보고, 작품의 제목을 '겨울 나들이'로 정한 까닭이 무엇일지 생각해 봅시다.

• **소풍:** 휴식을 취하기 위해서 야외에 나갔다 오는 일.
• **여행:** 일이나 유람을 목적으로 다른 고장이나 외국에 가는 일.
• **나들이:** 집을 떠나 가까운 곳에 잠시 다녀오는 일.

북쪽에 가족을 두고 온 지금의 남편과 결혼한 '나'는 남편을 섬기며 살아온 자신이 인생을 헛살았다는 속상한 마음에 집을 떠난다. 소풍이나 여행처럼 휴식이나 유람을 목적으로 떠나는 것이 아니라, 잠시 생각을 정리하고 마음을 추스르기 위해 떠나는 것이기 때문에 '나들이'라고 제목을 정했을 것이다.

3 아래 ①과 ②에 제시된 소설의 내용을 바탕으로 다음 중에서 인물의 감정을 나타내는 단어를 선택하고 그 이유를 적어 봅시다. 그리고 인물에게 위로가 될 수 있는 따뜻한 말을 써 봅시다.

괴롭다, 답답하다, 막막하다, 무섭다, 분하다, 불만스럽다, 불행하다, 비참하다, 당황스럽다, 서럽다, 서운하다, 섭섭하다, 속상하다, 슬프다, 심란하다, 아프다, 어이없다, 억울하다, 외롭다, 우울하다, 원망스럽다, 원통하다, 절망하다, 참담하다, 한 맺히다, 허무하다, 혼란스럽다, 화나다, 힘들다, 후회스럽다.

① '나'

사느라고 열심히 살았건만— 이북에 노부모와 아내를 남겨 두고 어린 딸 하나만 업고 내려온 빈털터리, 게다가 나이는 나보다 열두 살이나 더 많고 직업도 불안정한 무명 화가를 불쌍해하다가 그만 사랑하게 돼서 결혼까지 하고, 홀아비와 어미 없는 어린것의 궁기를 닦아 내고, 사랑하고, 섬기며 살아온 게 큰 허탕을 친 것처럼 억울하게 여겨졌다. 속아 산 것 같은, 헛산 것 같은 기분은 씹으면 씹을수록 고약해서 나는 얼굴을 찡그렸다.

- '나'의 감정을 나타내는 단어: 억울하다.
- 선택한 이유: 남편의 어린 딸을 키워 출가를 할 때까지 친딸처럼 보살폈는데, 남편이 북에 두고 온 부인을 평생 그리워하며 살고 있다고 생각하면 '억울하다'는 마음이 들 것 같다.
- 위로가 되는 따뜻한 말: 추운 겨울에 따뜻한 온천 여행으로 기분 전환이 좀 되었나요? 전 부인을 그리워하는 남편이 괘씸하다는 생각이 들 수도 있겠지만, 자신의 의지가 아닌 전쟁이라는 어쩔 수 없는 상황으로 헤어진 가족을 향한 애틋함이니, 넓은 마음으로 이해해 주면 어떨까요? 추운 날 여행을 떠난다고 걱정해 주던 남편의 모습을 생각하면서요.

② 여인숙 아주머니와 노파

> 그런데 그들이 무슨 말을 걸기도 전에 시어머니는 그 자리에 꼼짝도 못 하고 못 박힌 채 고개만 미친 듯이 저으며 "몰라요. 난 몰라요."를 딴사람같이 드높고 쉿된 소리로 되풀이했다. 패잔병 중 한 사람의 눈에 살기가 번뜩이는가 하는 순간 총이 그녀의 남편을 향해 난사됐다. 그녀의 남편은 처참한 모습으로 나동그라지고 그들도 어디론지 도망쳤다. 이런 일은 일순에 일어났다.

- 여인숙 아주머니와 노파의 감정을 나타내는 단어: 원통하다.
- 선택한 이유: 가족의 죽음을 눈앞에서 목격한 충격이 너무 커서 분하고 억울한 마음이 클 것 같다.
- 위로가 되는 따뜻한 말: 사람은 태어나면 누구나 죽는 것이 사실이지만, 가족의 죽음을 눈앞에서 목격한 것은 큰 상처가 될 것입니다. 비록 전쟁이라는 역사의 소용돌이 속에서 가족을 잃었지만, 남겨진 사람은 또 주어진 삶을 살아가야 하지 않을까요? 서로 마음을 의지하는 시어머니와 며느리가 함께 아픔을 극복해 나갈 수 있기를 바랍니다.

9. 돌다리

| 90~92쪽 |

1 '아버지'와 '아들(창섭)'이 서로 갈등하게 된 이유는 무엇인지, 두 사람의 가치관을 비교하며 〈보기〉를 참고해 괄호 안을 채워 봅시다.

〈보기〉
시골 농부 / 도시 의사 / 금전적 / 본래적 / 전통적 / 근대적 / 이익 / 병원 확장

아버지	↔	아들(창섭)
• 아버지의 직업은 (시골 농부). • 땅은 (이익)을 위해 사고파는 대상이 아님. • 땅의 (본래적) 가치를 중시함. • (전통적) 가치관과 사고방식.	↔	• 아들의 직업은 (도시 의사). • (병원 확장)을 하고자 땅을 팔기를 원함. • 땅의 (금전적) 가치를 중시함. • (근대적) 가치관과 사고방식.

2 '아버지'와 '아들(창섭)'은 '돌다리'를 다른 존재로 인식하고 있습니다. 그들의 생각이 어떻게 다른지 정리해 봅시다.

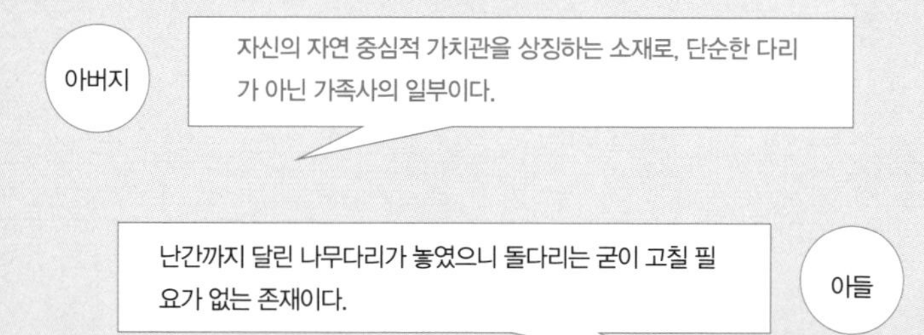

3 서로 다른 인물들의 입장을 살펴보고 자신이 동의하는 의견을 선택한 후 그 이유를 써 봅시다.

아버지
"땅이란 걸 어떻게 일시 이해를 따져 사구팔구 허느냐? 땅이란 천지만물의 근거야." "땅을 파는 건 그게 하늘을 파나 다름없는 거다." "땅을 돈에 팔 줄 아니? 그것을 잘 가꿔 줄 사람헌테 팔 테다."

↕

어머니	아들(창섭)
'땅보다, 조상님들 산소나 사당보다 이제는 손자들이랑 함께 살고 싶구나.'	"외아들인 제가 서울에서 부모님을 봉양하고자 합니다." "땅을 둔대야 일 년에 고작 삼천 원의 실리가 떨어질지 말지 하지만 땅을 팔아 병원만 확장해 놓으면 보다 큰 이익이 생길 것입니다."

• **자신이 동의하는 의견:** 예시 어머니와 아들의 의견. 땅을 팔아 병원을 확장한다.

• **이유:** 예시 농경 사회에서는 아버지가 말한 것처럼 땅의 의미가 중요했을지 모르지만, 공업화와 산업화로 변화하는 사회에서는 더 많은 이익을 얻기 위해 땅을 팔아서 병원에 투자하는 것이 좋은 방법이기 때문이다.

4 이 작품을 읽고 느낀 점을 다음 사자성어와 연관 지어 작성해 봅시다.

- **과유불급(過猶不及)**: 정도를 지나침은 미치지 못함과 같음.
- **다다익선(多多益善)**: 많으면 많을수록 더욱 좋음.
- **무위자연(無爲自然)**: 사람의 힘을 더하지 않은 그대로의 자연.
- **일거양득(一擧兩得)**: 한 가지 일을 하여 두 가지 이익을 얻음.
- **온고지신(溫故知新)**: 옛것을 익히고 그것을 미루어서 새것을 앎.

예시 나는 이 소설을 읽고 아버지와 아들의 갈등을 보면서 '과유불급'이라는 말이 떠올랐다. 땅의 전통적인 가치를 중시하며 지키려고 하는 아버지에게 지나침이 없는지, 금전적 가치를 중시하여 땅을 팔아 병원을 확장하려는 아들에게도 지나침이 없는지 서로 성찰하는 시간이 필요하다. 변화하는 시대에 적응하지 못하고 도태되어서도 안 되겠지만, 빠른 변화 속에서 진정으로 중요한 것을 놓치고 있지 않은지도 반성해야 한다.

10. 미스터 방

| 119~121쪽 |

1 해방 전후로 방삼복과 백 주사의 삶이 어떻게 변화했는지 적어 봅시다.

방삼복의 삶		
• 아버지 직업은 (짚신장수). • 남의 집 머슴살이를 함. • 해외를 다니다 (영어) 등 외국어를 익힘. • 연합군 포로수용소에서 허드렛일을 함. • 종로에서 (신기료장수)로 일함.	➡	미군 소위의 통역으로 부와 권력을 누림.

백 주사의 삶		
• 명문거족의 자손 • 아들 백선봉이 (일제 순사)로 일함. • 막대한 (부와 권력)을 누림.	➡	군중에게 습격당하여 재산을 다 빼앗기고 서울로 피신함.

2 이 작품은 해방 전후를 시대적 배경으로 삼았습니다. 해방 직후 우리나라의 상황이 어떠했는지 조사하여 빈칸을 채워 봅시다.

제 (2)차 세계대전 후, 미국과 소련은 (38)선을 경계로 한반도를 분할 점령한다. 당시 남쪽을 점령한 미군은 조선총독부 건물 앞에 걸려 있던 (일장기)를 내리고 (성조기)를 게양하고, 통치의 편의를 위해 일제 강점기 행정 체제와 관료들을 계속 기용한다. 미군정 공용어는 당연히 '영어'였으며, 중국에서 (독립운동)을 펼쳤던 대한민국 임시정부 인사들은 정부 자격으로 귀국하지 못하도록 막았다. (1948)년 8월 15일, 대한민국 정부 수립과 함께 3년여에 걸친 미군정 통치는 막을 내렸다.

3 아래에 제시된 사자성어를 활용해, 미스터 방의 행적을 설명하는 글을 써 봅시다.

• **호가호위**(狐 여우 호, 假 거짓 가, 虎 범 호, 威 위엄 위)
여우가 호랑이의 위세를 빌려 위엄을 부린다는 우화에서 유래한 말이다. 어느 날, 호랑이에게 잡아먹히게 된 여우가 자신은 동물의 왕이어서 모든 짐승이 두려워한다고 거짓말을 한다. 호랑이가 여우 뒤를 따르며 살피니 과연 만나는 짐승마다 모두 달아났는데, 호랑이는 짐승들이 자기를 무서워해서 달아나는 줄도 모르고 여우의 말이 맞는 줄로 알았다. 따라서 '호가호위'란 자기는 별다른 힘이 없으면서 타인의 권세를 빌리거나 권력자의 총애를 뒷배로 삼아 권력을 휘두르는 것을 의미한다.

• **새옹지마**(塞 변방 새, 翁 늙은이 옹, 之 어조사 지, 馬 말 마)
옛날 변방에 한 노인이 살았다. 어느 날 기르던 말이 오랑캐 땅으로 달아나 낙심하였는데, 후에 그 말이 다른 좋은 말을 데리고 돌아온 덕분에 좋아했다. 그러다 아들이 말을 타다가 떨어져 다리가 부러져 다시 낙심하였는데, 다리를 다친 덕분에 아들이 전쟁에 끌려 나가지 않아 죽음을 면할 수 있었다. 이 일화에서 알 수 있듯 '새옹지마'란 인생은 행운이 불행이 되기도 하고 불행이 행운이 되기도 하니, 행복과 불행을 쉽게 예측할 수 없다는 뜻이다.

예시 미군 소위의 권력을 등에 업은 미스터 방은 마치 자신이 권세를 가진 것처럼 호가호위하며 부와 권력을 누렸다. 하지만 곧 소위의 얼굴에 양칫물을 뱉는 바람에 얻어맞게 되었다. 이처럼 인생만사는 새옹지마인 것이다.

4 십자말풀이를 통해 작품에 쓰인 어휘와 그 밖의 낱말을 익혀 봅시다.

									1 추	앙
				2 분					월	
			3 방	뇨		4 탑		5 물	색	
6 고	의	적	삼		7 백	골	난	망		
구			복			공			8 주	사
9 마	지	10 기				11 원	12 소		둔	
		13 밀	14 짚				15 절	대	군	16 주
			17 신	18 기	료	장	수			전
				역				19 분		부
				자				20 개	구	리

11. 봄·봄

| 147~150쪽 |

1 작품 속 사건을 시간 순서에 따라 정리해 봅시다.

삼 년 칠 개월 전	'나'는 (점순이)가 자라면 (성례)를 하기로 하고 일을 시작함.
↓	
작년 이맘때	'나'가 늦잠을 잔다고 (장인)이 돌멩이를 던져 발목을 삐게 함.
↓	
그 전날	밭을 갈다 (점순이)가 '나'를 충돌질함.
↓	
어저께	'나'가 (배)가 아프다고 한 일로 장인과 싸움, 구장을 찾아감.
↓	
어젯밤	'나'와 만난 뭉태가 장인이 (데릴사위)를 갈아들인다며 험담함.
↓	
오늘 아침	아침상을 가져온 (점순이)가 '나'를 부추김.
↓	
오늘 아침이 지난 후	'나'와 장인이 서로 (싸움).
↓	
사건이 마무리된 후	장인이 달래자 '나'는 다시 (일터)로 감

2 작품 속 인물들 간의 관계를 고려하여 각 인물의 특징을 파악해 봅시다.

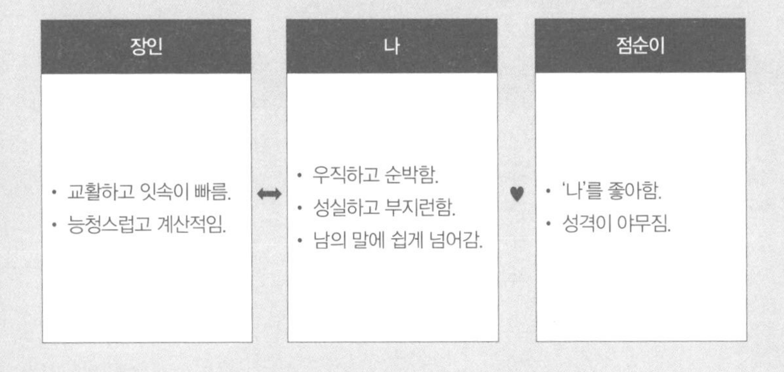

3 작품의 제목인 '봄 · 봄'이 무엇을 뜻하는지 생각해 봅시다.

① '봄'과 관련된 생각이나 느낌을 자유롭게 떠올려 봅시다.

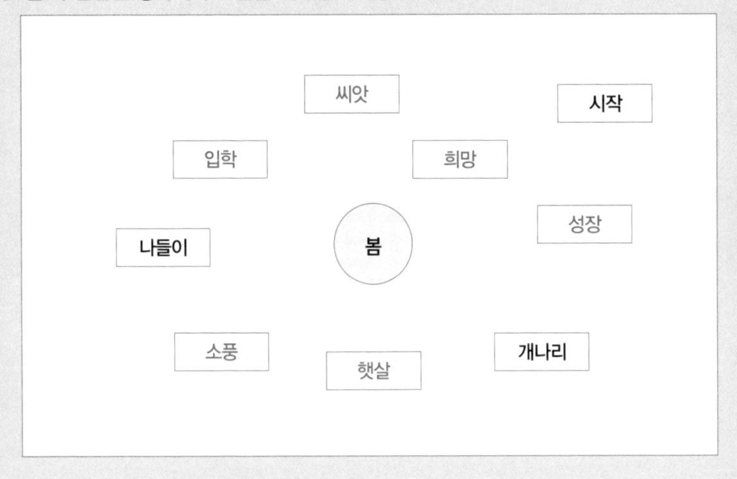

② 다음은 작년과 올해 봄에 '나'에게 있었던 일을 정리한 것입니다. 소설의 결말과 연관 지어 '나'의 내년 봄 상황을 예측해 봅시다.

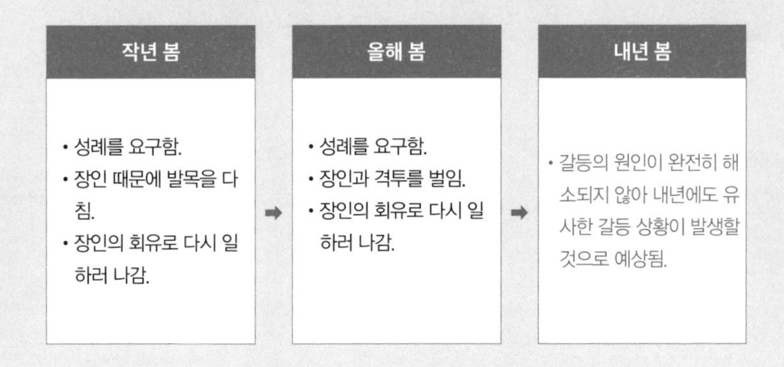

③ ①, ②를 고려하여 작품의 제목인 '봄·봄'의 의미를 이야기해 봅시다.

예시

— 작품의 제목인 '봄 · 봄'은 작품의 계절적 배경을 상징적으로 드러낸다.

— 만물이 소생하는 봄의 특성을 고려할 때, 작품의 제목인 '봄 · 봄'은 사랑의 감정이 싹트는 '나'와 '점순이'의 심리를 의미한다.

— '봄 · 봄'은 매년 봄마다 반복되는 '나'와 장인의 갈등, 그 갈등에서 헤어날 수 없는 '나'의 암담한 현실을 상징한다고 볼 수 있다.

4 다음은 「봄 · 봄」을 읽은 후 선생님의 안내에 따라 학생들이 이야기를 나눈 내용입니다. 학생 2의 말에 들어갈 내용을 작성해 봅시다.

선생님: 여러분, 「봄 · 봄」은 김유정 작가가 1935년에 발표한 소설입니다. 우직하고 순박한 '나'가 점순과의 성례를 둘러싸고 욕심 많은 장인과 겪는 갈등을 해학적으로 그린 작품입니다. 이 작품에 등장하는 인물 중 한 사람을 골라 아래에 제시된 속담이나 관용구, 사자성어와 연관 지어 인물을 평가해 봅시다.

- **견강부회(牽强附會):** 이치에 맞지 않는 말을 억지로 끌어 붙여 자기에게 유리하게 함.
- **귀가 얇다:** 남의 말을 쉽게 받아들인다.
- **숙맥불변(菽麥不辨):** 콩인지 보리인지를 구별하지 못한다는 뜻으로, 사리 분별을 못 하고 세상 물정을 잘 모름을 이르는 말.
- **아전인수(我田引水):** 자기 논에 물 대기라는 뜻으로, 자기에게만 이롭게 되도록 생각하거나 행동함을 이르는 말.
- **적반하장(賊反荷杖):** 도둑이 도리어 매를 든다는 뜻으로, 잘못한 사람이 아무 잘못도 없는 사람을 나무람을 이르는 말.
- **피는 물보다 진하다:** 혈육의 정이 깊음을 이르는 말.

학생 1: '나'는 '숙맥불변'이라는 말에 어울리는 사람입니다.
왜냐하면 성례를 시켜달라고 장인과 사투를 벌이다가 머리가 터지도록 얻어맞고도, 자신을 당장 내쫓지 않는 장인을 착한 사람이라고 생각합니다. 거기다 가을에 성례를 시켜 준다는 장인의 말에 또 속아 고마워하면서 다시 일을 하러 가는 모습에서 세상 물정을 잘 모르는 순박한 사람임을 알 수 있습니다.

예시 1

학생 2: 점순이 는 '피는 물보다 진하다' 라는 말에 어울리는 사람입니다.
왜냐하면 '나'에게 성례를 부추겼지만 막상 '나'와 장인의 싸움이 일어나자 언제 그랬냐는 듯이 장인(아버지)의 편을 들어 '나'를 기운 빠지게 만들었기 때문입니다.

예시 2

학생 2: 장인 은 '견강부회' 라는 말에 어울리는 사람입니다.
왜냐하면 점순이의 키가 작아서 성례를 시킬 수 없다는 이유로 기약 없이 3년 넘게 '나'의 노동력을 착취하는 인물이기 때문입니다.

12. 흥보전

| 166~168쪽 |

1 조선 후기 경제적 변화와 사회적 생활상을 고려하여 작품의 표면적 주제와 이면적 주제를 정리해 봅시다.

표면적 주제	이면적 주제
• (권선)징악 • 인과(응보) • 형제간의 우애	• 지배층의 허위와 (탐욕)을 비판 • 몰락한 (양반)의 관념을 비판 • 조선 후기 (빈부) 격차로 인한 갈등 • (부)의 축적에 대한 당시 사람들의 열망

2 다음 '해학'의 뜻을 참고하여, 매품을 팔러 가는 흥보의 모습을 통해 지은이가 해학적으로 말하고자 하는 바가 무엇인지 써 봅시다.

> 해학은 대상을 우스꽝스럽게 나타내는 문학적 방법이다. 즉 해학은 대상을 과장하거나 왜곡하여 웃음을 유발하고, 대상에 대한 연민을 가지고 악의 없는 웃음을 유발한다. 해학은 대상에게 동정심과 친근감을 불러일으켜 독자로 하여금 그 인물에게 공감하게 만든다는 특징이 있다.

예시 흥보가 가난을 이기지 못하고 매품을 팔러 가는 장면은 흥보의 비극적 처지를 잘 드러낸다. 그런데 이러한 비극적 처지는 관아 문을 들어설 때는 어깨가 축 처져 있다가 매품팔이 일을 얻어 되돌아 나설 때는 신명이 나서 어깨는 들썩이는 모습이나, 관아에서 볼기를 맞고 있는 죄인들을 모두 매품 팔고 돈 버는 사람들로 보고 볼기를 까고 엎드리는 장면처럼 해학적으로 묘사되어 있다. 비극적 장면을 희극적으로 표현하여 슬픔을 웃음으로 승화하고자 하는 민중의 모습을 담고 있다.

3 다음 흥보와 아내의 대화에 등장하는 '매품팔이'에서 드러난 당시 조선 사회의 문제점을 이야기해 봅시다. 그리고 그와 비슷한 문제가 오늘날에는 없는지 생각해 봅시다.

> 흥보 이른 말이,
> "본읍 좌수 대신으로 병영 가서 곤장 맞기로 삼십 냥에 결단하고 마삯 돈 닷 냥 받아 왔네."
> 흥보 아내 이 말 듣고 기가 막혀 이른 말이,
> "그놈의 죄상도 모르고 병영으로 올라갔다가 저 모습 저 몰골에 곤장 열을 맞으면 곤장 아래 혼백 될 것이니 제발 덕분 가지 마오."
> 흥보 이른 말이,
> "볼기의 구실이 있나니."
> "볼기가 구실이 있단 말이오?"
> "그렇지. 볼기 구실 들어 보소. 이내 몸이 정승 되어 평교자에 앉아 볼까, 육판서 하였으면 초헌 위에 앉아 볼까, 사복시 관리 하였으면 임금 타는 말에 앉아 볼까, 팔도 감사 하여 선화당에 앉아 볼까, 각 읍 수령 하여 좋은 가마에 앉아 볼까, 좌수 별감 하여 향사당에 앉아 볼까, 이방 호장 하여 작청 좋은 자리에 앉아 볼까, 소리 명창 되어 크고 넓은 좋은 집 양반 앞에 앉아 볼까. 풍류 호걸 되어 기생집에 앉아 볼까, 서울 이름난 기생 되어 가마 안에 앉아 볼까, 많은 돈 벌어 부담마에 앉아 볼까, 쓸데없는 이 내 볼기 놀려 무엇 한단 말인가. **매품이나 팔아 먹세.**"

예시

당시 조선 사회의 문제점

— 많은 민중이 극심한 가난으로 힘겹게 생활함.

— 경제가 발전하였으나 부익부 빈익빈 현상이 생겨 매품 파는 일을 맡기 위해 경쟁을 해야 할 정도로 가난한 사람들이 많음.

오늘날의 비슷한 문제

— 현대 사회에서도 경제, 교육, 건강 문제 등에 대한 격차가 점점 커지는 사회적 불평등 문제가 발생하고 있다. 소득 격차가 확대되면서 부자와 가난한 사람들 간의 격차가 점점 커지고 있고, 이로 인해 사회적 불안정성이 높아지고 있다. 또한 교육 기회의 불평등이 존재하며 빈곤층에 속한 사람들은 병원을 가는 데에도 어려움을 겪는 경우가 많다.

4 십자말풀이를 통해 작품에 쓰인 어휘와 그 밖의 낱말을 익혀 봅시다.

1 조	자	룡							2 곁		
곤						3 모	래	제	방		
조						초			살		
4 곤	5 장		6 권		7 고	의			8 이	방	
	미		9 마	방	진		10 삼				
	성		성		11 감	자	순			12 볼	
13 매	운	14 탕		15 장	래		16 구	슬	17 치	기	
품		18 평	교	자			식		신		
		체						19 만	경	20 창	파
								류		옷	

13. 춘향전

| 204~206쪽 |

1 속담에 대한 설명을 참고하여 속담이 작품 속 어떤 상황에서 쓰였는지 찾아보고, 그 의미를 적어 봅시다.

> 명언과 달리 누가 처음 말했는지 알 수 없는 속담 속에는 선조들의 지혜가 짧고 굵게 담겨 있다. 때로는 사람을 자연물에 빗대기도 하고, 계절의 변화나 일상에서 일어나는 일들을 잘 포착해 표현하기도 하면서 짧은 말 속에 함축적 의미를 전달한다. 일종의 밈(meme)처럼 속담은 오랜 세월 거치며 상징을 획득하고 대중의 일상생활에 정착된다. 물론 사회문화가 변화되면 일부 속담은 변형되거나 생명력을 잃기도 한다.

① 하늘이 무너져도 솟아날 구멍이 있다.

- 속담이 쓰인 상황: 춘향을 걱정하는 월매에게 어사또가 건네는 말.
- 의미: 절망적인 상황이지만 그래도 끝까지 포기하지 말라는 뜻이다.

② 초록은 동색이요, 가재는 게 편이라.

- 속담이 쓰인 상황: 수청 들기를 요구하는 어사또에게 춘향이 하는 말.
- 의미: 변 사또와 마찬가지로 수청을 들라고 하는 어사또의 모습을 보고 유유상종하는 관리들의 행태를 꾸짖는 의미를 담고 있다.

2 조선 시대는 여성의 정절을 중시하고 양반과 천민을 구분하는 신분제 사회였습니다. 평민 의식이 성장하던 조선 후기 소설들은 겉으로는 유교적이고 교훈적인 주제를 드러내지만, 그 속에 또 다른 주제가 숨어 있기도 합니다. 「춘향전」의 인물 관계를 통해 드러나는 표면적인 주제와 그 이면에 담긴 주제를 적어 봅시다.

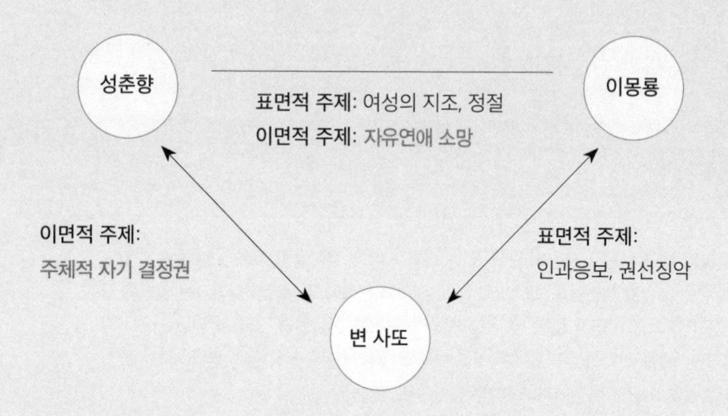

3 작품의 내용을 떠올리며 다음 활동에 답해 봅시다.

① 의미상 대조와 형식상 대구를 이루는 이몽룡의 한시입니다. 상징적 의미를 드러내는 표현을 찾아 빈칸을 채워 봅시다.

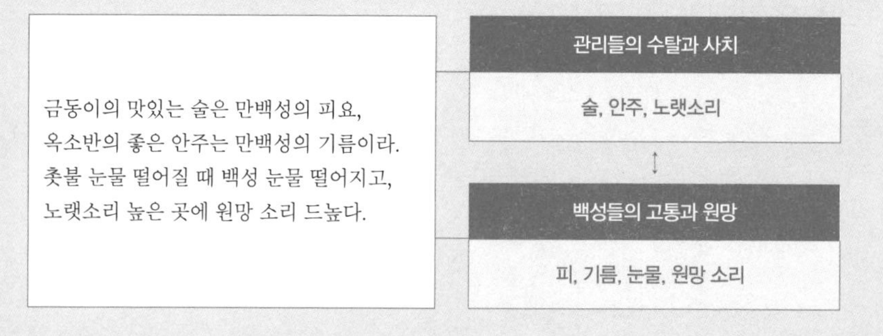

② 암행어사 출두 장면에서 관리들의 모습은 다음과 같이 우스꽝스럽고 과장되게 표현되어 있습니다. 그 효과가 무엇인지 적어 봅시다.

- 임실 현감은 하도 급해서 갓을 거꾸로 뒤집어쓰고는,
  "여보아라, 어느 놈이 갓 구멍을 막았구나."
- 구례 현감은 말을 거꾸로 타고 채찍질을 하니 말이 뒤로 달아났다.
  "허, 이 말이 웬일이냐? 본래 목이 없느냐?"
- 변 사또는 정신이 아득하여 바지에 똥을 싸서 엉겁결에 내실로 뛰어들며 소리쳤다.
  "어, 춥다. 문 들어온다, 바람 닫아라. 물 마르다, 목 들여라."

표현의 효과: 인물을 희화화하여 웃음을 유발하고 지배 계층을 비판적으로 풍자함으로써 독자에게 통쾌함과 카타르시스를 준다.

고등

수필·비문학

1부

첫째 마당 : 소통하는 삶

| 33쪽 |

1 수필은 글쓴이가 경험을 통해 얻은 깨달음에 대해 자유롭게 쓴 글입니다. 다음의 글에서 글쓴이가 했던 주요 경험과 깨달음을 간략하게 정리해 봅시다.

	주요 경험	깨달음
「어떤 말은 죽지 않는다」	타인과 나눈 대화가 그들이 남겼던 유언이 되었음을 경험함.	말의 책임감과 말의 생명력. 말은 사람의 마음속으로 들어가 살아남는다는 깨달음.
「우리에겐 꿈을 쉽게 포기하는 버릇이 있다」	어린 시절 이모와의 대화에서 자신의 꿈이 부모님께 부담이 될 수 있겠다는 생각에 충격을 받고 꿈을 포기했던 경험.	스스로 포기하는 버릇을 내면화한 것이 문제였다는 것을 깨달음.
「삶의 발명」	뜻밖의 교통사고로 몸을 다쳐 "내가 무엇을 누리든 그것은 한순간에 사라질 수 있다."라는 생각을 하게 된 경험.	삶은 좋은 이야기를 찾는 과정이며, 마치 이야기를 상상하듯 삶에 의미를 두면 삶이 새롭게 발명될 수 있다는 깨달음.

2 「어떤 말은 죽지 않는다」를 읽고 '내 마음속에 남아 있는 강력한 말'이 있는지 생각해 봅시다. 그리고 그 말에 대한 경험과 깨달음을 글로 써 봅시다.

예시 "서는 데가 바뀌면 풍경도 달라지는 거야." / 웹툰 「송곳」에서 보았던 대사가 오랫동안 마음속에 강력하게 남아 있다. 같은 사안이어도 배경이 다른 사람의 관점에서 보면 다르게 해석될 수 있다는 생각을 하게 됐고, 역지사지의 태도를 지녀야겠다는 다짐을 하게 됐다.

둘째 마당 : 생태와 삶

| 55~56쪽 |

1 둘째 마당의 글을 읽고 아래 질문에 답해 봅시다.

① 「풀 비린내에 대하여」에서 글쓴이가 "인간에게는 편리하고 안락한 공간이 다른 생명을 해칠 수 있다는 자각"을 하게 된 계기를 정리해 보고, 이를 바탕으로 글 제목인 '풀 비린내에 대하여'의 의미를 생각해 봅시다.

글쓴이는 차를 운전해 고속도로를 달린 뒤 차 유리창에 붙은 죽은 풀벌레 잔해를 보고 "인간에게는 편리하고 안락한 공간이 다른 생명을 해칠 수 있다는 자각"을 하게 된다. 작품의 제목인 '풀 비린내에 대하여'는 인간의 편리함으로 희생되는 생명들에 대한 죄책감을 담고 있다.

② 「화단」에서 글쓴이가 노인이 가꾼 석류나무나 장미보다 더 아름답다고 생각하는 것은 무엇이었나요? 글쓴이가 그렇게 생각한 이유를 적어 봅시다.

글쓴이는 구석 그늘진 곳에서 주인 없이 홀로 핀 봉선화가 더 아름답다고 생각한다. 인위적으로 가지를 꺾거나 뒤틀지 않고 자연스럽게 있는 그대로 자랐기 때문이다.

③ 「죽은 새를 위하여」에서 글쓴이가 "인간과 자연을 갈라놓는 건 이런 극복할 수 없는 착각이 아닐까."라고 이야기한 이유를 생각해 보고, 글쓴이의 생각에 동의하는지 자신의 의견을 정리해 봅시다.

예시 글쓴이는 인간의 관점에서 동물의 감정을 지레짐작하는 착각이 인간과 자연을 갈라놓는 건 아닌지 묻는다. 나는 이런 글쓴이의 생각에 깊이 공감이 되었다. 최근에 도로 위에 동물들이 지나갈 수 있도록 설치된 생태 통로를 보면서 동물들이 좋아하겠구나 하고 생각을 했었다. 하지만 한편으론 동물들이 진정으로 원하는 건 자신들의 영역에서 도로 자체가 없어지는 게 아닐까 하는 의문이 들었다.

④ 「아무것도 사지 않는 날」을 읽고, 자신에게 정말 필요한 물건은 몇 가지나 되는지 떠올려 보고 '지속 가능한 삶'을 위해 실천할 수 있는 행동에는 무엇이 있는지 써 봅시다.

예시 나에게 정말 필요한 물건은 물과 비누, 옷과 운동화, 샤프와 지우개, 이불과 침대 정도일 것 같다. '지속 가능한 삶'을 위해 실천할 수 있는 행동에는 일회용 컵 대신 텀블러 쓰기, 가까운 거리는 걸어 다니기, 찢어진 옷을 수선해서 입기 등이 있을 것 같다.

2 둘째 마당에 실린 네 편의 글 중에서 가장 인상적인 글을 골라서 아래의 양식에 따라 정리하고 친구들과 나누어 봅시다.

• 내가 고른 글

예시 「풀 비린내에 대하여」

• 인상적인 부분

예시 차를 소유하되 그에 종속되지 않는다는 것, 이런 아슬아슬한 줄타기가 앞으로 얼마나 지속될 수 있을지 모르겠다. 다만 그날 아침의 풀 비린내가 원죄 의식처럼 운전대를 잡은 내 손에 남아 있을 따름이다.

• 글을 고른 이유

예시 인간이 무의식중에 수많은 생명을 죽이고 있다는 사실이 충격적으로 다가왔다. 문명의 편리함에 기댈 수밖에 없는 인간의 속성에 대한 저자의 고민도 깊이 공감되었다.

• 글을 읽으며 떠오른 질문

예시 편리함을 추구하면서도 자연과 조화롭게 살 방법은 없을까?

• 새롭게 알게 된 것

예시 인간이 자동차를 모는 것만으로도 다른 생명을 해칠 수 있다는 사실을 알게 되었다.

• 더 알아보고 싶은 것

예시 글에서 언급된 「감성적 기계」가 어떻게 생겼는지 알아보고 싶어졌다. 그리고 스웨덴 생태주의자인 에민 텡스룀의 글도 찾아보고 싶어졌다.

셋째 마당 : 성찰하는 삶

| 89쪽 |

1 「하기 싫은 일과 하고 싶은 일은 모두 한통속이다」라는 제목의 의미를 쓰고 이를 잘 드러내고 있는 비유적 표현을 글에서 찾아봅시다.

— 「하기 싫은 일과 하고 싶은 일은 모두 한통속이다」라는 제목은 하고 싶은 일을 하려면 하기 싫은 일도 해야 한다는 뜻이다. 나아가 하기 싫은 일이라도 묵묵히 하면 하고 싶은 일을 할 수 있다는 의미도 있다.

— 하고 싶은 일과 하기 싫은 일은 1+1 행사 상품이다.

2 「나만의 지도를 그리는 법」과 「수오재기」는 글쓴이가 경험을 통해 깨달은 바를 서술하고 있습니다. 글의 내용을 떠올리며 괄호와 빈칸을 채워 봅시다.

	「나만의 지도를 그리는 법」	「수오재기」
경험한 것	학회의 강연자로 초청되었는데 개최 장소를 몰라 (길)을 잃고 낯선 도시 테키르다를 헤매고 다님. 그 후 테키르다의 지도가 머릿속에 훤히 그려지는 경험을 함.	과거 시험을 치르고 오랜 세월 벼슬아치로서 ('나')를 잃고 바쁘게 살다가 장기로 귀양을 가 혼자 지냄.
깨달은 것	적극적으로 길을 잃으며 방황해야 세상에 대한 나만의 지도를 그릴 수 있다.	주변의 유혹과 위협에 맞서 '나'를 지키는 것이 중요하다.

넷째 마당 : 더불어 사는 삶

| 109~110쪽 |

1 「당연하지 않은 부모」를 읽고 다음 물음에 답해 봅시다.

① 제목의 '당연하지 않다'라는 표현에 담긴 의미는 무엇인가요?

누구에게나 당연히 부모가 있을 것이라고 여기는 것은 편견이라는 의미를 담고 있다.

② 우리가 평소에 쓰는 말 중 차별과 편견이 깃든 표현에는 어떤 것이 있나요?

예시 급식충, 맘충, 한남충, 틀딱, 결손 가정, 흑형, 지잡대 등

2 「양곡 창고, 예술의 산실로 변신하다」는 삼례문화예술촌에 다녀온 글쓴이가 자신의 여행 감상을 진솔하게 담은 기행문입니다.

① 글의 내용을 떠올리며 빈칸을 채워 봅시다.

삼례 지역의 특성	토지가 비옥하고 기후가 온화해 농사가 잘되어, 일제 강점기 양곡 수탈 기지라는 수모를 겪었다.
삼례문화예술촌의 과거	일제 강점기 양곡 창고
삼례문화예술촌의 현재	미술관, 공방, 책 박물관, 목공소 등이 어우러진 문화예술 공간
글쓴이가 느낀 점	과거의 유산과 현재의 문화 예술이 공존하는 삼례문화예술촌처럼 과거와 현재와 미래는 하나로 이어져 강물처럼 흘러간다.

② 역사적 아픔이 담긴 공간을 찾아보고 한 곳을 다녀온 뒤 자신의 감상을 담은 기행문을 써 봅시다.

예시 지난주 주말에 서울의 서대문형무소역사관에 다녀왔다. 일제 강점기 일본 제국이 자행한 폭력의 잔학함을 보며, 역사를 잊지 말아야겠다고 생각했고 독립운동가분들에 대한 감사함을 기억해야겠다고 다짐했다.

1부 문해력 키우기

| 111~112쪽 |

1 1부에서 나왔던 단어들을 살펴보고 단어의 뜻을 적절한 것과 선으로 이어 봅시다.

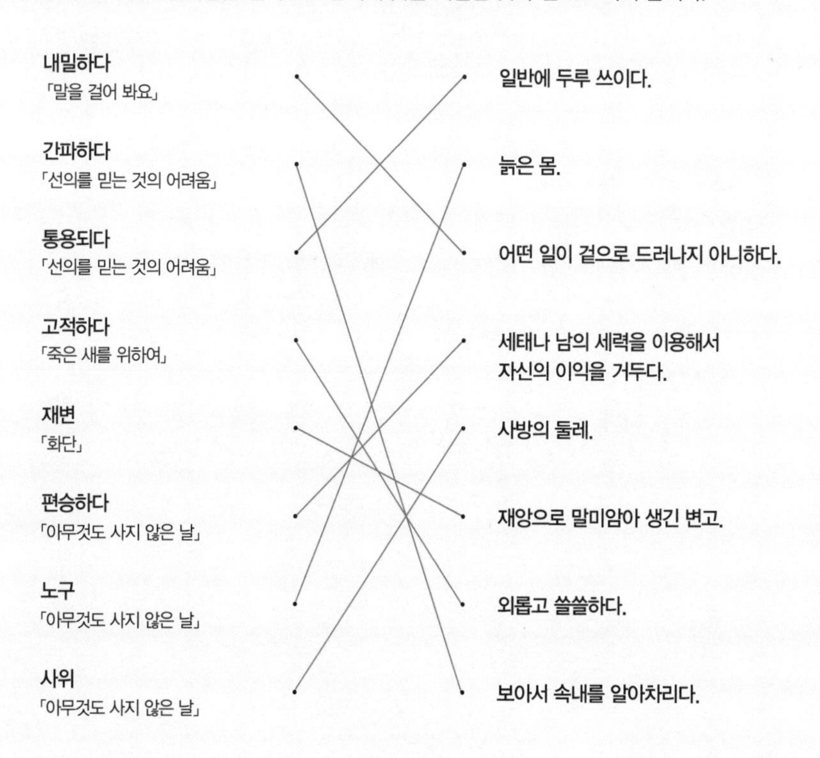

2 「이와 개 이야기」를 함께 읽고 다음 질문에 답해 봅시다.

① '이와 개의 죽음'에 대한 '나'와 나그네의 생각이 어떻게 다른지 생각해 봅시다.

나그네는 개는 크고 육중한 짐승이고 이는 미물이니 겉으로 보이는 외형에 따라 가치가 다르다고 인식하여 두 생명의 가치와 죽음이 다르다고 생각하고, '나'는 모든 생명은 외형과 관계없이 죽기를 싫어하고 살기를 원한다고 생각하여 개와 이의 죽음은 같다고 보고 있다.

② 둘째 마당에 실린 「죽은 새를 위하여」 또는 「풀 비린내에 대하여」의 내용을 근거로 하여 '나'의 생각을 지지하는 의견을 서술해 보세요.

예시 '나'는 생명의 가치를 외형에 따라 판단해서는 안 되며 모든 생명은 동등하게 죽기를 싫어하고 살기를 원한다고 이야기한다. 「죽은 새를 위하여」에서 글쓴이는 자신이 듣고 즐거워했던 새소리가 실은 집 유리창에 부딪혀 죽은 새의 새끼들이 피나게 우는 소리였을 수 있음을 이야기하며 자연에 대한 인간의 착각을 언급한다. 그리고 딸의 개를 기르던 경험을 통해서도 인간 중심적인 사고로 자연을 바라보았던 경험을 이야기하며 자신을 성찰한다. 이처럼 외적인 모습이나 인간에게 이익이 되는지 등 인간 중심적인 사고로 기준을 세워 판단하는 것은 생명의 본질을 제대로 보지 못하게 한다. 따라서 인간 중심적인 사고에서 벗어나서 생명의 본질을 제대로 보아야 한다고 이야기하는 '나'의 태도를 지지한다.

2부

첫째 마당 : 인문·예술

| 138쪽 |

1 자신이 좋아하는 영화에 대한 비평문을 찾아서 읽어 봅시다. 그 글을 통해 새롭게 알게 된 부분이나 글쓴이의 해석에 동의하지 않는 부분이 있는지 생각해 봅시다.

예시 인상 깊게 보았던 영화 「애프터썬」에 대한 비평문을 찾아서 읽어 보았다. 영화를 보면서 이해하기 어려웠던 부분들, 딸 '소피'를 향한 아버지 '캘럼'의 감정을 자세히 알 수 있어서 좋았다.

2 「어느 시대에든 인문학은 필요하다」에서 말한 '다정한 기술 사회'란 어떤 사회일지 상상해 보고, 기술이 인간다운 삶과 공동체에 도움이 된 사례를 찾아봅시다.

예시 '다정한 기술 사회'는 당장의 이익과는 동떨어진 듯 보이지만 결국 인간의 가치를 지키고 개개인이 스스로 사고할 수 있도록 하는 사회이다. 2023년부터 유행하기 시작한 대화형 인공 지능인 '챗지피티'는 혐오 표현과 위험한 정보 등을 걸러 내어 여러 사람들이 유익하게 사용하고 있다.

3 「10년 후, 다시 부끄럽기를」을 읽고 글쓴이가 '성실'과 '근면'을 어떻게 구분하고 있는지 적어 봅시다. 그리고 글쓴이가 성실을 강조하는 이유를 제목의 의미와 연관 지어 생각해 봅시다.

성실은 삶의 방향을 파악한 상황에서 끈기 있게 헌신하는 것이고, 근면은 생각 없이 그냥 열심히 하는 것이라며 구분하고 있다. 글쓴이는 빠르게 발전하는 사회에서 변화의 속도를 맞추기 위해서는 세상의 변화에 나를 맞추어 가는 노력을 꾸준히 해야 한다고 말한다. 아울러 새로운 시대의 전문가는 단순히 학력이나 경력이 아닌 깊은 전문성을 가지고 자신을 브랜딩할 수 있는 개인일 것이라고 전망한다. 글쓴이는 브랜딩을 위해 과거의 기준에 머무르지 말고 현재의 변화에 맞춰 자신을 혁신해야 한다고 말한다. 이 글의 제목은 혁신의 삶을 성실하게 살아감으로써 10년 후에는 과거보다 나아져 있기를 바라는 마음을 담은 것이다.

둘째 마당 : 사회·문화

| 173~174쪽 |

1 「언어의 높이뛰기」를 읽고 다음 물음에 답해 봅시다.

① '외국인'이라는 단어를 떠올리면 어떤 사람들이 그려지는지 적어 봅시다.

예시 피부색이 우리와 다르고 낯선 언어를 쓰는 사람들이 떠오른다.

② 다음을 근거로 할러데이 교수가 방문한 관광 안내소 안내 책자의 분류 기준의 문제점을 적어 봅시다.

외국인

1. 다른 나라 사람.

2. 『법률』 우리나라의 국적을 갖지 않은 사람. 법률상의 지위는 원칙적으로 한국인과 동일하지만 참정권, 광업 소유권, 출입국 따위와 관련된 법적 권리에서는 제한을 받는다.

내국인

자기 나라 사람을 다른 나라 사람에 상대하여 이르는 말.

외국인과 내국인의 뜻풀이에 외모나 모국어에 대한 언급은 없다. 일반적 의미로든 법률적 의미로든 외국인을 구분하는 기준은 대한민국 국적의 소지 여부이다. 그러므로 한국어로 된 안내 책자를 내국인용으로, 영어로 된 안내 책자를 외국인용으로 구분한 것은 문제가 있다.

2 「공감의 반경」과 「책을 왜 같이 읽는가」, 「문해력 위기의 또 다른 배경」을 읽고 세 편의 글이 지향하는 사회의 모습은 각각 어떤 것인지 제시된 열쇠 말을 사용하여 정리해 봅시다.

「공감의 반경」	**• 열쇠 말: 공감, 내집단, 외집단** 공감할 수 있는 대상을 넓혀 내집만이 아니라 외집단도 고려하고 이해할 수 있는 사회.
「책을 왜 같이 읽는가」	**• 열쇠 말: 독서, 공감, 가치** 독서 공동체를 통해 다른 이의 삶을 나의 삶으로 느낄 수 있는 공감의 힘을 길러 세상의 변화 속에서도 인간적 가치를 잃지 않는 사회.
「문해력 위기의 또 다른 배경」	**• 열쇠말: 극복, 타인, 함께** 이분법적 대립 구조를 극복하고 타인의 의도와 발화의 맥락을 고려하는 문해력이 풍성한 사회. 함께 사는 삶이 가능한 사회.

셋째 마당 : 과학·기술

| 216~217쪽 |

1 「예술하는 인공 지능」을 읽고 글쓴이의 주장과 이유, 근거를 써 봅시다.

- 주장: 자신이 내세우는 의견이나 견해
- 이유: 근거를 바탕으로 주장을 가능하게 하는 주관적 요인
- 근거: 주장을 지지하는 객관적인 자료

① **주장:** 인공 지능의 창작물은 예술 작품으로서의 가치를 인정받을 수 있다.

② **이유:** 인공 지능도 데이터를 조합하는 과정에서 우연성을 바탕으로 사람처럼 창의적 결과물을 선보일 수 있기 때문이다.

③ **근거:** 미국의 작곡가 존 케이지의 작품 「상상 풍경 4」와 인공 지능이 만든 창작물은 창작 과정에서 우연성에 기대고 있다는 공통점이 있다. 창작하는 인공 지능은 기존의 음악이나 그림을 데이터로 사용하고 내부 알고리즘에 따라, 다시 말해 확률론적 프로그래밍에 의해 우연성을 발생시켜 새로운 창작물을 선보인다.

2 글쓴이의 주장에 동의할 수 없는 글을 하나 고르고, 아래의 기준을 근거로 하여 반론을 해 봅시다.

- 글쓴이의 주장과 그 이유가 관련성이 있는가
- 각각의 근거와 이유가 타당한가
- 근거로 제시한 자료들을 신뢰할 수 있는가

① **반론하고자 하는 글:** 예시 「예술하는 인공 지능」

② **글쓴이의 주장:** 예시 인공 지능의 창작물은 예술 작품으로서의 가치를 인정받을 수 있다.

③ **나의 주장:** 예시 인공 지능의 창작물은 예술 작품으로서의 가치를 인정받기 어렵다.

④ **반론 근거:** 예시 예술 작품으로 인정받기 위해서는 창의성뿐만 아니라 '작가의 의도' 또한 있어야 한다고 생각한다. 현대예술은 작가의 의도가 무엇이며 그 의도가 잘 전달되었느냐가 중요한데, 인공 지능 자체에 어떤 의도가 있다고 보기는 아직 어렵다. 따라서 인공 지능의 창작물은 예술 작품으로서의 가치를 인정받기 어렵다.

넷째 마당 : 매체

| 241~242쪽 |

1 각 글에서 다루고 있는 매체를 〈보기〉에서 찾고, 글에서 설명하는 해당 매체의 특성과 유의점을 정리해 봅시다.

〈보기〉

방송　소셜 미디어　디지털 자료

① 「슬기로운 엠비티아이 사용법」

- **매체:** 방송.
- **특성:** 방송은 유행을 확대 재생산하는 힘이 있다.
- **유의점:** 특정 소재를 무분별하게 소비하는 방송과 이를 맹목적으로 받아들이는 태도에 비판적으로 접근해야 한다.

② 「사회 참여와 인터넷 문화」

- **매체:** 소셜 미디어.
- **특성:** 개방성과 접근성이 높다.
- **유의점:** 누군가 참여에 제한을 받고 있지는 않은지, 비하나 차별의 표현은 없는지, 타인의 권리를 침해하거나 비난하지 않는지를 끊임없이 성찰해야 한다.

③ 「가짜를 판별하는 능력 기르기」

- **매체:** 디지털 자료.
- **특성:** 누구나 무엇이든 내키는 대로 표현하고 드러낼 수 있다.
- **유의점:** 누구나 정보를 작성할 수 있으므로 거짓 정보도 많다. 정보에 대한 선행 지식을 갖추고 정보의 출처, 사이트 주소 등에 대해 검토하는 비판적 태도가 필요하다.

2 인터넷에서 자신이 관심 있는 분야의 키워드로 뉴스 기사를 검색해 보고, 다음의 기준에 따라 그 기사를 비판적으로 읽어 봅시다.

- 글에서 제시하는 주장과 근거가 타당한가?
- 신뢰할 수 있는 출처인가?
- 주장이 한쪽으로 치우치지 않았는가?
- 자료가 왜곡되지 않고 적절하게 제시되었는가?

예시 제47대 미국 대통령에 도널드 트럼프가 당선되어 주한 미군이 철수할 예정이라는 기사를 읽었다. 하지만 도널드 트럼프가 주한 미군 철수를 공식적으로 언급한 적도 없고, 참모들에게 전한 '한국이 방위비를 내지 않으면 주한 미군 철수를 검토해야 한다'는 말도 일종의 협상 전략이므로 잘못된 정보였다. 기사를 읽으면서 주장의 근거와 정보의 출처를 꼼꼼히 확인해야겠다는 생각이 들었다.

2부 문해력 키우기

| 243~244쪽 |

1 문맥상 밑줄 친 부분과 바꿔 쓰기에 적절한 단어에 ○표시를 해 보세요.

이런 가설을 바탕으로 할 때 인간이 친구를 필요로 한 이유는 자신을 **지키고,** 자신이 원하는 바를 이루기 위해서라고 할 수 있습니다. 「인공 지능과 친구가 될 수 있을까」	고수(固守)하다 수호(守護)하다 ○
아세틸콜린이 시냅스를 거쳐 다른 신경 세포에 도착하면 그쪽 신경 세포에 다시 전기 신호가 **만들어진다.** 「인간의 뇌와 인공 지능」	생성(生成)되다 ○ 달성(達成)되다
부가 가치나 에너지 소비량 대비 탄소를 얼마나 적게 배출하는가를 측정하는 탈탄소 경쟁력이 기업 경쟁력의 핵심 요소로 **떠올랐으니까요.** 「탈탄소 경쟁력이 국가 경쟁력이 되는 시대」	부상(浮上)하다 ○ 향상(向上)하다
각기 다른 성격 유형을 지닌 출연자들에게 특정한 상황을 제시한 뒤 어떤 선택을 할 것인지 묻는 예능 프로그램도 **나왔다.** 「슬기로운 엠비티아이 사용법」	등장(登場)하다 ○ 출연(出演)하다
그러나 비판적 사고력과 독립적 판단 능력은 현대에 와서 그 중요성이 더욱 **커지고** 있다. 「어느 시대에든 인문학은 필요하다」	증대(增大)되다 ○ 증설(增設)되다
심리학자 안데르스 에릭손이 1993년 발표한 논문에서 설명한 법칙으로, 하루에 3시간씩 10년을 꾸준히 노력해야 전문가의 경지에 **이를** 수 있다는 이야기 말입니다. 「10년 후, 다시 부끄럽기를」	도달(到達)하다 ○ 당도(當到)하다
이런 일들이 반복되는 한, 우리는 아직 그 다양성을 **받아들일** 준비가 되었다고 할 수 없다. 「언어의 높이뛰기」	수용(受容)하다 ○ 허용(許容)하다

2 다음에 제시하는 영화와 소설을 2부에 실린 글과 연결 지어 감상해 봅시다.

영화 「그녀」 (*Her*, 2019)	이 영화의 주인공은 사랑하는 사람에게 편지를 대신 써 주는 대필 작가입니다. 그러나 정작 주인공은 아내와 별거 중으로 외롭고 공허하게 살아가고 있습니다. 어느 날, 스스로 사고하고 감정까지 느끼는 인공 지능 운영 체제 '서맨사'를 만나 서서히 상처를 회복하고 행복해하지만 서맨사가 자신을 포함하여 수백 명의 사람들과 사랑의 감정을 공유하며 계속해서 업그레이드되고 있다는 사실을 알고 괴로워합니다. 이 영화는 인간과 인공 지능의 관계에 대해 생각할 거리를 제공합니다.
영화 「원더랜드」 (2024)	이 영화는 죽은 사람을 인공 지능으로 복원하는 '원더랜드' 서비스가 일상이 된 미래 사회를 배경으로 하고 있습니다. 어린 딸에게 자신의 죽음을 숨기기 위해 원더랜드에 서비스를 의뢰한 엄마, 사고로 식물인간 상태가 된 남자 친구를 원더랜드에서 복원하여 일상을 나누는 여자, 원더랜드 시스템의 개발자와 직원 등이 극을 구성하는 등장인물입니다. 여러 인물이 겪는 이야기가 중첩되는 구성을 통해 인공 지능과 함께 사는 세상, 감정을 교류하는 대상이 인공 지능으로 확장되는 세상에 대해 생각해 보게 됩니다. 또 발전한 과학 기술을 이용해 이별의 고통을 유예하는 것이 과연 인간에게 이로운지에 대해서도 생각해 보게 됩니다.

① '2부에 실린 「인공 지능과 친구가 될 수 있을까」와 영화 「그녀」, 「원더랜드」를 연결하여 읽고, 인공 지능과 소통하며 감정을 교류하는 사회의 모습은 어떨지 자유롭게 상상하여 적어 봅시다.

예시 인공 지능과 소통하며 감정을 교류하는 사회는 인간에게서는 얻을 수 없었던 교감과 관계를 만들 수 있는 사회일 것이다. 내 말을 친절히 들어 주는 인공 지능 친구, 죽었지만 생전의 데이터로 여전히 대화를 나눌 수 있는 인공 지능 인물 등 인공 지능은 공감을 주고 위로를 건네는 존재가 될 수 있다. 한편으로는 「그녀」의 주인공이 '서맨사'에게 지나치게 의존하는 것처럼 부작용이 나타날 수도 있을 듯하다.

② '영화 「그녀」의 주인공에게 '서맨사'가 참된 친구가 될 수 있는지 2부에 실린 글의 내용을 근거로 하여 자신의 주장을 펼쳐 봅시다.

예시 인공 지능은 도덕적 지위를 부여받을 정도로 나날이 발전하여 창의성을 발휘할 수도 있고 인간과 자연스럽게 대화를 나눌 수도 있다. 하지만 인간이 원하는 답변만 하고 인간이 원하는 관계만 맺는다는 점에서, 인공 지능이 '진정한' 친구가 될 수 있을지는 의문이다.

고등

국어 교과서 수록
작품 보기

9종 고등학교 국어 교과서 수록 작품 보기

| 시 |

작가	작품	수록 교과서
강혜빈	눈사람을 보면 이상해	창비교육(최원식) 1
계랑	이화우 흩뿌릴 제	해냄에듀(임광찬) 2
기형도	가을 무덤—제망매가	창비교육(최원식) 2
길재	오백 년 도읍지를	미래엔(신유식) 2
김소연	2층 관객 라운지	창비교육(최원식) 1
김소월	개여울	천재(김종철) 2
김소월	진달래꽃	비상(강호영) 2, 비상(박영민) 2, 해냄에듀(임광찬) 2
김수영	폭포	천재(김종철) 2
김영랑	모란이 피기까지는	비상(강호영) 1
김은지	중간고사	창비교육(최원식) 1
김용택	그대 생의 솔숲에서	비상(박영민) 1
김응	처음	창비교육(최원식) 1
김이듬	사과 없어요	해냄에듀(임광찬) 2
김종연	월드	창비교육(최원식) 2
김중식	이탈한 자가 문득	천재(김종철) 2
김지하	새봄 9	천재(김수학) 1
나태주	풀꽃 1	미래엔(신유식) 1
나희덕	땅끝	천재(김수학) 1
나희덕	뿌리에게	창비교육(최원식) 1
나희덕	산속에서	비상(박영민) 1

작가	작품	수록 교과서
나희덕	푸른 밤	동아(최두호) 1
마종기	우화의 강 1	해냄에듀(임광찬) 1
맹사성	강호사시가	비상(박영민) 2
문정희	이별 이후	동아(최두호) 2
문태준	1942열차	천재(김수학) 1
문태준	산수유나무의 농사	미래엔(신유식) 1
박재삼	산에 가면	동아(최두호) 2
박팽년	까마귀 눈비 맞아	동아(최두호) 2
배창환	길	해냄에듀(임광찬) 2
백석	남신의주 유동 박시봉방	창비교육(최원식) 2
백석	선우사	천재(김종철) 1
백석	수라	미래엔(신유식) 2, 비상(강호영) 1
백석	흰 바람벽이 있어	천재(김수학) 2
복효근	무지개	해냄에듀(임광찬) 1
손택수	나무의 꿈	천재(김종철) 1
손택수	내 안의 소년을 찾아서	천재(김종철) 1
송순	십 년을 경영하여	비상(강호영) 2, 지학사(김철회) 2, 창비교육(최원식) 2, 천재(김수학) 2
신경림	농무	천재(김수학) 2
안미옥	순간적	창비교육(최원식) 1
오규원	한 잎의 여자 1	지학사(김철회) 2
오은	나는 오늘	창비교육(최원식) 1
월명사	제망매가	미래엔(신유식) 2, 비상(박영민) 2, 지학사(김철회) 2, 창비교육(최원식), 천재(김수학) 2
유현아	사람의 시	창비교육(최원식) 1
윤동주	길	비상(박영민) 1
윤동주	별 헤는 밤	천재(김수학) 2, 해냄에듀(임광찬) 1
윤동주	서시	비상(강호영) 1

작가	작품	수록 교과서
윤동주	자화상	지학사(김철회) 2
윤선도	만흥	해냄에듀(임광찬) 2
이덕무	회잠	천재(김수학) 1
이문재	광화문, 겨울, 불꽃, 나무	비상(박영민) 1
이문재	어떤 경우	해냄에듀(임광찬) 2
이생진	벌레 먹은 나뭇잎	동아(최두호) 1
이용악	하나씩의 별	해냄에듀(임광찬) 1
이원	나는 클릭한다 고로 나는 존재한다	해냄에듀(임광찬) 1
이직	까마귀 검다 하고	비상(강호영) 1
장석남	배를 매며	지학사(김철회) 1
정극인	상춘곡	동아(최두호) 2, 비상(박영민) 2, 지학사(김철회) 2, 해냄에듀(임광찬) 2
정끝별	홈페이지 앞에서	해냄에듀(임광찬) 2
정인지 외	용비어천가	미래엔(신유식) 2, 지학사(김철회) 2, 해냄에듀(임광찬) 2
정일근	어머니의 그륵	해냄에듀(임광찬) 1
정지용	고향	비상(강호영) 1
정지용	바다 1	해냄에듀(임광찬) 1
정지용	향수	비상(강호영) 2
정지용	호수 1	천재(김종철) 1
정진규	연필로 쓰기	비상(박영민) 1
정철	내 마음 베어 내어	동아(최두호) 1
정철	속미인곡	미래엔(신유식) 2, 비상(강호영) 2
정현종	깊은 흙	동아(최두호) 1
정현종	나무에 깃들여	천재(김수학) 1
정현종	방문객	비상(강호영) 1, 해냄에듀(임광찬) 1

작가	작품	수록 교과서
정현종	섬	비상(강호영) 1, 해냄에듀(임광찬) 1
정호승	내가 사랑하는 사람	천재(김수학) 1
정호승	택배	창비교육(최원식) 2
정희성	숲	동아(최두호) 1
정희성	저문 강에 삽을 씻고	지학사(김철회) 2
정희성	한 그리움이 다른 그리움에게	비상(강호영) 2, 비상(박영민) 2
조동화	나 하나 꽃 피어	해냄에듀(임광찬) 1
조향미	들꽃 같은 시	해냄에듀(임광찬) 1
주민현	다 먹은 옥수수와 말랑말랑한 마음 같은 것	창비교육(최원식) 2
지은이 모름	가시리	동아(최두호) 2, 천재(김종철) 2, 해냄에듀(임광찬) 2
지은이 모름	나무도 바윗돌도 없는	동아(최두호) 2, 창비교육(최원식) 2, 천재(김수학) 2
지은이 모름	논밭 갈아 기음 매고	비상(강호영) 2, 비상(박영민) 2
지은이 모름	두꺼비 파리를 물고	지학사(김철회) 2
지은이 모름	서경별곡	비상(박영민) 2
지은이 모름	청산별곡	비상(강호영) 2, 해냄에듀(임광찬) 2
천상병	귀천	해냄에듀(임광찬) 1
천양희	너에게 쓴다	동아(최두호) 1
최영미	선운사에서	비상(강호영) 2
한용운	나룻배와 행인	비상(강호영) 2, 지학사(김철회) 1
한용운	나의 꿈	비상(박영민) 2
홍랑	묏버들 가려 꺾어	천재(김종철) 2
황진이	동짓달 기나긴 밤을	비상(강호영) 2, 천재(김수학) 1
황진이	청산은 내 뜻이오	동아(최두호) 2

| 소설 |

작가	작품	수록 교과서
공선옥	명랑한 밤길	미래엔(신유식) 2
김만중	구운몽	지학사(김철회) 2
김만중	사씨남정기	비상(박영민) 1
김시습	이생규장전	천재(김수학) 1
김애란	노찬성과 에반	창비교육(최원식) 2
김애란	도도한 생활	해냄에듀(임광찬) 2
김연수	거기 까만 부분에	창비교육(최원식) 1
김연수	뉴욕제과점	천재(김수학) 2
김유정	봄·봄	미래엔(신유식) 2, 비상(박영민) 2, 지학사(김철회) 1
김유정	동백꽃	창비교육(최원식) 2
김중혁	엇박자 D	비상(강호영) 1
김초엽	관내 분실	비상(박영민) 1
김호연	불편한 편의점	창비교육(최원식) 1
김훈	하얼빈	해냄에듀(임광찬) 1
박서련	더 셜리 클럽	창비교육(최원식) 2
박완서	겨울 나들이	천재(김수학) 2
박완서	배반의 여름	천재(김종철) 1
박완서	엄마의 말뚝 2	창비교육(최원식) 2, 천재(김수학) 2
박완서	카메라와 워커	미래엔(신유식) 1
백수린	눈부신 안부	창비교육(최원식) 1
서거정	태평한화골계전	미래엔(신유식) 1
서거정	차계기환	비상(박영민) 1
서유미	저건 사람도 아니다	비상(강호영) 2, 천재(김수학) 2
손원평	아몬드	지학사(김철회) 1

작가	작품	수록 교과서
안소영	책만 보는 바보	미래엔(신유식)2
윤흥길	아홉 켤레의 구두로 남은 사내	미래엔(신유식) 2, 창비교육(최원식) 1
은희경	소년을 위로해 줘	지학사(김철회) 2
이문구	유자소전	비상(강호영) 2
이서수	엉킨 소매	창비교육(최원식) 2
이유리	브로콜리 펀치	창비교육(최원식) 1
이주혜	계절은 짧고 기억은 영영	창비교육(최원식) 2
이청준	눈길	해냄에듀(임광찬) 1
이태준	돌다리	동아(최두호) 1
장류진	연수	천재(김수학) 1
조귀명	왜려설	천재(김종철) 1
조예은	스노볼 드라이브	비상(강호영) 1
조위한	최척전	창비교육(최원식) 2
지은이 모름	박씨전	동아(최두호) 1
지은이 모름	봉산 탈춤	천재(김수학) 2
지은이 모름	설씨녀 설화	천재(김종철) 2
지은이 모름	유충렬전	동아(최두호) 1
지은이 모름	조신 설화	지학사(김철회) 2
지은이 모름	주몽신화	해냄에듀(임광찬) 2
지은이 모름	춘향전	미래엔(신유식) 2, 비상(강호영) 2, 비상(김수학) 2, 천재(김종철) 2, 해냄에듀(임광찬) 2
지은이 모름	흥보전	동아(최두호) 2, 비상(박영민) 2
채만식	미스터 방	동아(최두호) 2, 천재(김수학) 1
최민석	능력자	창비교육(최원식) 1
황순원	소나기	미래엔(신유식) 1

| 수필 · 비문학 |

작가	작품	수록 교과서
강찬수, 제정임	기후 위기 보도, 무엇이 문제인가	미래엔(신유식)2
고봉준	인간은 동물의 동반자가 될 수 있을까?	창비교육(최원식) 1
공선옥	말을 걸어 봐요	비상(박영민) 1
공선옥	그 시절 우리들의 집	천재(김종철) 2
구본권	인공 지능, 예술에 도전하다	동아(최두호) 2
구정화	세계 인권 선언의 날	미래엔(신유식) 1
권승문, 김세영	기후변화는 정말 위기인가요?	창비교육(최원식) 2
권재일	표준어의 필요성, 방언의 가치	천재(김종철) 1
김경화	뉴 미디어가 올드 미디어를 죽이는가	창비교육(최원식) 2
김금희	선의를 믿는 것의 어려움	비상(강호영) 1
김대식	인공지능과 친구가 될 수 있을까	미래엔(신유식)2
김명철	지구를 위하는 마음	동아(최두호) 2
김민섭	어느 시대에든 인문학은 필요하다	창비교육(최원식) 2
김상욱	인간의 뇌와 인공지능	지학사(김철회) 2
김선화 • 신효진	소비자의 사회적 책임, 윤리적 소비'	비상(박영민) 2
김성태	별점 제도, 집단 지성의 힘	지학사(김철회) 2
김소영	외우기로 해요	창비교육(최원식) 1
김수아	사회 참여와 인터넷 문화	미래엔(신유식) 1
김원영	우리가 존엄한 이유	천재(김수학) 2
김재영	초연결성은 지역성을 강화하는가	지학사(김철회) 1
김홍재	아파트는 어떻게 우리의 몸과 마음을 지배하는가	천재(김종철) 2
김희경	겹겹의 함계들로 증명한 무한함	지학사(김철회) 2
나희덕	풀 비린내에 대하여	미래엔(신유식) 1, 지학사(김철회) 1

작가	작품	수록 교과서
나희덕	흙의 시학	창비교육(최원식) 1
남길임	신어로 바라보는 우리의 삶	천재(김종철) 2
남성현	더워진 지구에서 가장 위험한 것은 무엇일까?	해냄에듀(임광찬)
미국국무부	마틴 루터 킹 연설 자료	해냄에듀(임광찬)
박서양	성장의 계절	창비교육(최원식) 1
박승오	시계를 멈추고 나침반을 보다	비상(강호영) 1
박완서	죽은 새를 위하여	해냄에듀(임광찬) 1
박종하	창의성의 오해와 진실	비상(박영민) 2
박준	이해라는 문	창비교육(최원식) 1
박준	어떤 말은 죽지 않는다	해냄에듀(임광찬)
박찬국	참된 친구란 무엇일까요	미래엔(신유식)2
백석	가재미 · 나귀	천재(김종철) 1
베튤준불	우리는 의외가 아니야	천재(김수학) 1
변진경	한국어 기원 표제어 관련 뉴스 기사	해냄에듀(임광찬)
세종	세종어제훈민정음	동아(최두호) 2, 미래엔(신유식)2
손석춘	신문 읽기의 혁명	미래엔(신유식)2
손혜정	투표를 안 해도 될까	비상(강호영) 1
송길영	10년 후, 다시 부끄럽기를	창비교육(최원식) 2
신상규	인공지능 로봇의 도덕적 지위	지학사(김철회) 2
신지영	언어의 높이뛰기	지학사(김철회) 1
심완선	에스에프(SF)와 함께라면 어디든	창비교육(최원식) 2
유현준	통합적 건축의 탄생	지학사(김철회) 1
유홍준	산사의 미학, 혹은 깊은 산중의 깊은 절	지학사(김철회) 1
윤대녕	한 그루 나무처럼	비상(강호영) 2

작가	작품	수록 교과서
윤미애	실내 비판	지학사(김철회) 1
윤여탁 외	매체의 소통 문화의 변화	지학사(김철회) 2
윤휴	말에 대한 설	창비교육(최원식) 1
윤휴	백호전서	천재(김종철) 1
이규보	이상한 관상가와의 대화	동아(최두호) 1
이규보	이옥설	미래엔(신유식) 1, 비상(강호영) 1
이규보	슬견설(이와 개에 관한 명상)	지학사(김철회) 1, 천재(김수학) 1
이길보라	수어로 비밀 말하기	창비교육(최원식) 1
이동진	영화 업(UP) 비평문	비상(강호영) 2
이상림	건축가란 창조자이자 조율하는 사람	지학사(김철회) 1
이슬아	당연하지 않은 부모	창비교육(최원식) 1
이여울	동티모르 개발의 '마중물'이 되다	미래엔(신유식) 1
이정현	엄마, 제 초상권도 보호해 주세요	해냄에듀(임광찬)
이정희	슬기로운 엠비티아이(MBTI) 사용법	창비교육(최원식) 2
이태준	화단	비상(박영민) 1
이호준	양곡 창고, 예술의 산실로 변신하다	지학사(김철회) 2
임지영	과학 소설' 전성 시대. 왜 지금 에스에프 (SF)일까?	비상(박영민) 1
장대익	고래를 춤추게 하는 것은	미래엔(신유식) 1
장대익	공감의 반경	비상(강호영) 2
장동선	인공지능과 인간의 공존	창비교육(최원식) 2
장은수	책을 왜 같이 읽는가	창비교육(최원식) 2
장하준, 집필진	로봇이 우리의 일자리를 빼앗을까	해냄에듀(임광찬) 1
전병근	인공 지능 시대, 사유와 성찰의 힘	비상(강호영) 2
전채은	동물에게도 권리가 있다	동아(최두호) 1
정명희	17세기 왕실의 한글 편지	창비교육(최원식) 2
정약용	수오재기	창비교육(최원식) 1

작가	작품	수록 교과서
정약용	능력에 따라 인재를 뽑아 주시옵소서	해냄에듀(임광찬)
정여울	우리에겐 꿈을 쉽게 포기하는 경향이 있다	미래엔(신유식) 1
정여울	그건 단지 동화가 아니랍니다	창비교육(최원식) 2
정재민	소통 문화의 변화	미래엔(신유식)2
정재승	창의적인 사람들의 뇌에서는 무슨 일이 벌어질까	비상(박영민) 2
정재승	나만의 지도를 그리는 법	창비교육(최원식) 1
정지우	문해력 위기의 또 다른 배경	창비교육(최원식) 1
정혜윤	삶의 발명	창비교육(최원식) 1
조병영	가짜를 판별하는 능력 기르기	창비교육(최원식) 1
조천호	기후 변화와 정의	천재(김종철) 1
집필진, 권승문, 김세영	오늘부터 시작하는 탄소 중립	천재(김수학) 1
최선주	예술하는 인공 지능	동아(최두호) 2
최원형	아무것도 사지 않는 날	비상(박영민) 2
최인철	심리학에서 배우는 좋은 삶의 자세	비상(박영민) 1
최인철	행복은 몸에 있다	지학사(김철회) 1
최훈	동물도 권리가 있을까	비상(박영민) 1
한정원	언덕 서너 개 구름 한 점	창비교육(최원식) 1
허유진	흑인 민권 운동 이야기	해냄에듀(임광찬)
홍민지	하기 싫은 일과 하고 싶은 일은 모두 한통속이다	창비교육(최원식) 1
홍종호	탈탄소 경쟁력이 국가 경쟁력이 되는 시대	해냄에듀(임광찬)
황선우	수평 자세로 가마 누워 보는 세상	천재(김수학) 1
황장선	합리적 소비의 기준	비상(박영민) 2